GOLDMAN

Buch

Carina Armitage, die dritte der *»Sechs Töchter von Hochwürden«*, ist achtzehn Jahre alt. Sie ist glücklich in dem kleinen Dorf Hopeworth und hat kein Verlangen, in die vornehme Londoner Gesellschaft eingeführt zu werden. Da ihr Vater, Hochwürden Charles Armitage, wieder einmal in Geldnöten ist, seine beiden reichen Schwiegersöhne aber auf dem Weg nach Paris sind, um Napoleons Niederlage bei Waterloo zu feiern, muß er selbst die Dinge in die Hand nehmen und nach einem wohlhabenden Ehemann für seine dritte Tochter, Carina, Ausschau halten. Er findet auch gleich den idealen Kandidaten: den schönen, wenn auch anscheinend etwas dümmlichen Lord Harry Desire, der ein großes Vermögen allerdings nur unter der Bedingung erbt, daß er heiratet, bevor sein todkranker Onkel, Mr. Blewett, das Zeitliche segnet. Eile ist also geboten, doch Carinas Herz verlangt nach einem anderen – Guy Wentwater, der schon einmal in der Familie Armitage eine böse Rolle gespielt hat. Da entpuppt sich Lord Desire als nicht nur feuriger, sondern auch kluger Liebhaber, der seinen Rivalen schnell verdrängt. Und da er nicht nur auf die Erbschaft, sondern auch an der Börse spekuliert und große Gewinne macht, kann sich Hochwürden mit der Suche nach einem Ehemann für seine vierte Tochter Zeit lassen.

Autorin

Marion Chesney kommt aus Schottland und lebt seit einigen Jahren in New York.

Ihre unterhaltsamen Romane, die alle die englische Regency-Ära als zeitlichen Hintergrund haben, zeichnen sich aus durch ihren charmanten Witz und ihre Spannung.

Die »Sechs Töchter von Hochwürden« liegen geschlossen als Goldmann-Taschenbücher vor:

Minerva – Duell des Herzens (6792)
Annabelle – Der Widerspenstigen Zähmung (6846)
Daphne – Spiel der Versuchung (8491)
Diana – Verwirrung des Herzens (8610)
Frederica – Erwachen des Frühlings (8820)

Marion Chesney

Sechs Töchter von Hochwürden

Carina

Verlangen des Herzens

Roman

Deutsche
Erstveröffentlichung

GOLDMANN VERLAG

Aus dem Englischen übertragen von
Claudia Rackwitz
Titel der Originalausgabe: The Six Sisters: 3
Deirdre and Desire
Originalverlag: Macdonald & Co. Ltd., Edinburgh

Made in Germany · 7/87 · 3. Auflage

Umschlaggestaltung: Design Team München
Umschlagillustration: Ulrich Lichthardt, München
Satz: Fotosatz Glücker, Würzburg
Druck: Elsnerdruck, Berlin
Verlagsnummer: 8373
Lektorat: Ria Schulte/UK
Herstellung: Peter Papenbrok/Voi
ISBN 3-442-08373-7

Für meine Schwester,
Tilda Grenier,
und ihren Mann Laurent,
in Liebe

Erstes Kapitel

Den ganzen Tag hatte es heftig geregnet, aber gegen Abend riß die Wolkendecke auf, und das Dorf Hopeworth mit den umliegenden regennassen Feldern wurde jäh in ein grelles Licht getaucht.

Kleine goldene Kräuselwellen tanzten unruhig auf dem Dorfweiher. Die Sonne stand gleißend zwischen zwei riesigen purpurschwarzen Wolkenfetzen, und der aufkommende Wind wirbelte einen Schauer nasser brauner Blätter hoch und ließ sie über die Hausdächer tanzen. Solche Sonnenuntergänge pflegten Sturmwind anzukündigen; gelbe Sonnenuntergänge bedeuteten immer unruhige Nächte.

Squire Radford zog seinen Wintermantel enger um seine alten Schultern und spürte dabei, wie ihm der schwere Stoff lose um die spindeldürren Beine baumelte.

Als er auf sein malerisches Häuschen zueilte, verfluchte er seine eigene Dämlichkeit, Sir Edwin Armitages Einladung zum Tee im Herrenhaus angenommen zu haben.

Sir Edwins hochmütige Frau hatte sich, wie üblich, eisig reserviert verhalten, und ihre faden Töchter, Josephine und Emily, beide immer noch unverheiratet, hatten abwechselnd in höchst ärgerlicher Weise gekichert und geschmollt.

Radfords Gedanken wandten sich von Sir Edwin auf Sir Edwins Bruder, Hochwürden Charles Armitage, Vikar von St. Charles and St. Jude in der Gemeinde Hopeworth. Obwohl der Vikar ein enger Freund Radfords war und an sehr vielen Abenden vorbeikam, merkte der Squire zu seinem eigenen Erstaunen, daß er zum erstenmal hoffte, der auf Fuchsjagden versessene Vikar möge heute die Annehmlichkeit seines eigenen Heims vorziehen.

Es war traurig und ließ ihn seine Einsamkeit schmerzlich fühlen, mit ansehen zu müssen, wie sich ein lieber Freund in seinem Wesen so entsetzlich verändert hatte. Der Vikar war so aufgeblasen geworden, so voll dünkelhafter Überheblichkeit, daß er ein ganz und gar anderer Mensch zu sein schien.

Der Unsinn hatte mit der Hochzeit der zweitältesten Tochter des Vikars, Annabelle, begonnen, überlegte der Squire und zuckte zusammen, als der erste Windstoß an seinem altmodischen, dreieckigen Hut zerrte.

Die älteste Tochter, Minerva, hatte eine sehr gute Partie gemacht, als sie Lord Sylvester Comfrey heiratete, und der Vikar hatte dieses Geschenk des Himmels mit wohltuender Dankbarkeit angenommen. Wenig später hatte Annabelle den Marquess of Brabington geheiratet, und wieder war der Vikar dankbar. Als Annabelle dann mit ihrem Mann auf die Iberische Halbinsel gereist war, weil Brabington am Krieg gegen Napoleon teilnehmen wollte, fand der Vikar Geschmack daran, daß sich seine gesellschaftliche Stellung durch den Adelsstand seiner Schwiegersöhne erheblich verbessert hatte. Er verbrachte außerhalb der Jagdsaison soviel Zeit wie möglich in der Hauptstadt und kehrte eigentlich nur noch aufs Land zurück, um sich auf immer ausgefallenere Anbauexperimente und immer teurere Anschaffungen von Jagdhunden einzulassen.

Er war nun stolzer Besitzer einer Meute von vierzig Hunden, einer lächerlich übertriebenen Anzahl für einen Landpfarrer. Zwei Jahre waren mittlerweile seit Annabelles Hochzeit vergangen; Lord Sylvesters Verwalter, der sich große Mühe gegeben hatte, die Landwirtschaft der Armitages in Ordnung zu bringen, war auf die Besitzungen seines Herrn zurückgekehrt; und wieder einmal sah sich der Vikar dem finanziellen Ruin gegenüber.

Der Squire kannte diesen Zustand von früher, aber niemals zuvor hatte Charles Armitage ihn so rundheraus ignoriert.

Dabei waren vier seiner Töchter noch unverheiratet und seine beiden Söhne in Eton; ihre Zukunft war eine schwere Bürde für ihn.

Zwei volle Jahre war es her, seit Annabelle den Marquess of Brabington geheiratet hatte. Wie alt waren sie jetzt eigentlich alle?

Der Squire stieß das hohe Eisentor auf, das zu seinem Haus führte, und murmelte Namen und Alter der Kinder des Vikars vor sich hin.

»Laß sehen, die Zwillinge Peregrine und James mögen zwölf sein. Minerva ist jetzt einundzwanzig. Mein Gott! Wie schnell die Zeit vergeht! Annabelle wird demzufolge neunzehn sein, was bedeutet, daß die dritte Tochter gerade achtzehn ist; auch so eine Sache – der irische Taufname Deirdre war nicht mehr gut genug, jetzt wurde sie Carina gerufen! Daphne ist sechzehn, Diana fünfzehn und die kleine Frederica vierzehn.«

Der indische Diener des Squire öffnete auf leisen Sohlen die Tür und half seinem Herrn aus dem Mantel.

»Danke, Ram«, sagte der Squire. »Ich bin bis aufs Mark ausgefroren. Bring mir den Brandy in die Bibliothek, und wenn jemand kommt – und das gilt für jeden –, ich bin nicht zu Hause.«

Sogar als der Squire allmählich milder gestimmt wurde, weil seine Füße in den Pantoffeln sich am Kamin erwärmten, die Vorhänge den aufkommenden Sturm nicht sehen ließen und die Flammen des flackernden Kohlenfeuers sich golden in seinem Brandyglas widerspiegelten, war er froh, allein zu sein.

Er hatte sein malerisches Landhaus vor etwa zwölf Jahren bauen lassen, um das alte Tudor-Herrenhaus zu ersetzen, das nicht mehr im besten Zustand gewesen war. Er hatte etwas Einfaches gewollt und betrachtete seine fünfzehn bezaubernden Räume, die mit französischen Tapeten und erlesenen Möbeln, mit Gemälden und kostbarem Porzellan ausgestattet waren, als für seine Bedürfnisse genügend; seine Frau und seine Tochter waren schon vor langer Zeit gestorben. Die Decken waren niedrig und mit Holz verkleidet, die goldenen Lettern der in Kalbsleder gebundenen Bücher, die an den Wänden der Bibliothek aufgereiht waren, blinkten anheimelnd im sanften Schimmer der Öllampen.

Als ein heftiger Regenguß an die Fenster klatschte, schmunzelte der Squire zufrieden und kuschelte sich tiefer in seinen Lehnstuhl. Er nippte an seinem Brandy und öffnete ein Buch.

Als der Wind ein wenig abflaute, hörte er das Klipp-Klapp von Pferdehufen die kurze Auffahrt heraufkommen.

Der Vikar.

Er drückte sich noch ein wenig tiefer in seinen Lehnstuhl und lauschte schuldbewußt der Ankunft des Freundes, dem Klopfen an der Haustür und dem sanften Gemurmel des Dieners.

Dann schloß sich die Tür, und es war nur noch das Heulen des wieder einsetzenden Windes zu hören.

Der Wind war so heftig, daß Squire Radford nicht hörte, wie der abgewiesene Vikar davonritt.

Doch plötzlich erhob sich der Squire und ging zu dem Bibliotheksfenster, das seinem Stuhl am nächsten war; dort zog er die Vorhänge beiseite. Er stieß einen erschrockenen leisen Schrei aus und trat vom Fenster zurück; seine runzligen alten Hände hielt er vor den Mund.

Ein abscheuliches, vierschrötiges, aufgedunsenes, verzerrtes Gesicht war an die Scheibe gepreßt.

Dann zog sich das Gesicht ein wenig zurück und verwandelte sich dabei in das von Hochwürden Armitage. Dieser sagte etwas, aber der Squire konnte ihn wegen des Sturms nicht verstehen. Immer noch zu erschrocken, um wieder ganz bei Sinnen zu sein, machte der Squire schlaffe Handbewegungen, um dem Vikar zu bedeuten, er möge zum Vordereingang zurückgehen.

Dann zog er die Vorhänge wieder zu und setzte sich mit immer noch pochendem Herzen in den Lehnstuhl beim Feuer.

Nach kürzester Zeit stürmte der Vikar herein.

Er war ein untersetzter, rundlicher Mann, der normalerweise einen Schaufelhut, einen Pfeffer-und-Salz-Anzug und Gamaschen trug. Der Squire dachte oft, daß der Union Jack auf seiner Brust ihn in einen perfekten John Bull verwandeln würde.

Aber diesmal stellte der Vikar eine eher seltsame Figur dar. Sein Gesicht war geschminkt und die Wangen künstlich gerötet; er trug eine aufwendige Halskrause und Abendkleidung, seine hautenge Hose war in Schaftstiefel gezwängt. Wenn er sich bewegte, quietschte und knarrte es unmißverständlich.

»Korsett, Charles?« erkundigte sich der Squire schwach.

»Quatsch«, sagte der Vikar und wurde noch ein bißchen röter. »Es sind meine alten Knochen, die knarren. Bei einem solch verdammten Sauwetter ausgesperrt zu sein, tut meinen alten Knochen nicht gerade gut. Aber jetzt bin ich ja hier, und das ist die Hauptsache.«

Er setzte sich gegenüber vom Squire ans Feuer und schenkte sich selbst ein Glas Brandy ein, noch bevor er seinen tropfenden Hut abnahm und auf den Kamin legte, wo er zu dampfen begann.

Sein schütteres braunes Haar war kunstvoll gekräuselt und pomadisiert, so daß es wie ein Hahnenkamm in die Höhe stand, was ihm ein Aussehen permanenten Überraschtseins verlieh.

Er stürzte sein Glas Brandy in einem Zug hinunter, schüttelte sich, blickte ins Feuer und seufzte kummervoll.

Der Squire sagte nichts, also seufzte der Vikar ein bißchen vernehmlicher und schaute seinen Freund aus den Winkeln seiner zwinkernden Knopfaugen an.

Schließlich gab der Squire nach.

»Was ist los, Charles?« fragte er mit seiner hohen, klaren Stimme.

»Ich habe meinen Glauben verloren«, klagte der Vikar. »Einfach so. Gerade wie der Dingsda auf der Straße nach Irgendwo.«

»Er hat ihn nicht verloren, er hat ihn gefunden«, sagte der Squire aufgebracht.

»Wer?«

»Paulus.«

»Ach so, der? Natürlich, für ihn war es leicht«, sagte der Vikar leicht höhnisch. »Aber kümmert es Gott, wenn ich meinen Glauben verloren habe? Sendet er mir Lichter oder sonst irgendein kleines Wunder herab? Nein. Nicht einmal anständiges Jagdwetter hat er mir letztes Jahr verschafft.«

»Ich sehe nicht ein, Charles, warum du behauptest, etwas verloren zu haben, was du nie besessen hast«, sagte der Squire, während ihm die Zornesröte ins Gesicht stieg. »Du wirst immer anmaßender. Ohne Demut gibt es keinen Glauben.«

»Predige nicht«, sagte der Vikar beleidigt. Er goß sich noch einen Brandy ein und seufzte wieder.

Der Squire schaute ihn in einer Mischung aus Entrüstung und Mitleid an.

»Du bist ein großes Kind«, sagte er gütig. »Es ist nicht der Glaube oder sein Nichtvorhandensein, was dich bekümmert. Es ist das Geld oder sein Nichtvorhandensein.«

»Ja, das ist es«, stimmte der Vikar zu. »Du triffst den Nagel auf den Kopf. Zwei reiche Schwiegersöhne, und ich kann ihrer nicht habhaft werden. Brabington ist jetzt in Frankreich, und Comfrey ist auch abgereist, um sich ihm anzuschließen.«

»Wirklich? Ich wußte gar nicht, daß Minerva und ihr Gatte England verlassen haben! Ich habe es nicht erwartet. Sie wird dir bald einen Enkel bescheren.«

»In zwei Monaten«, sagte der Vikar verdrießlich. »Und er wird wahrscheinlich französisch sprechend auf die Welt kommen.«

»Aber was führte Lord Sylvester nach Frankreich?«

»Ich weiß es nicht. Er ging vermutlich dorthin wie andere auch. Wenigstens sind sie in Paris und nicht in Waterloo, um mit einem Stecken zwischen den Toten herumzustochern.«

»Mein lieber Charles!«

Es trat Stille ein. Die Tür öffnete sich, der Diener kam herein und legte zwei große Schaufeln Kohle nach.

Düster beobachtete der Vikar, wie sich der graue Rauch in langen Schwaden zu kräuseln begann. Dann sprangen kleine gelbe Flammen durch den schwarzen Kohlehaufen, und grüne und blaue tanzten im Gefolge des Kohlegases.

Die Standuhr in der Ecke tickte laut. Ein starker Windstoß heulte um das Gebäude.

»Es gibt eine Lösung«, sagte der Vikar schließlich. »Als ich in London war, sprach man in den Clubs über Lord Harry Desire.«

»Den Sohn des Earl of Carchester?«

»Genau den.«

»Und?«

Der Vikar seufzte schwer. »Desire hat einen Onkel, der steinreich ist, Jeremy Blewett. Er sagt, daß er all sein Geld Desire hinterlassen wird, wenn der Mann heiratet. Man munkelt, daß Blewett bereits im Sterben liegt.«

»Hat Desire kein eigenes Vermögen?«

»Nicht viel. Die Carchesters haben es noch nie zusammenhalten können. Er lebt aufwendig, der junge Desire. Er gibt mehr für seinen Schneider aus als ich für meine Meute.«

Der Squire stellte eine schnelle Kopfrechnung an.

»Unmöglich«, sagte er schließlich.

»Doch. Er ist ein arger Dandy.«

»Ich verstehe nicht, wie dieser junge Mann dir helfen soll. Wie alt ist er?«

»Ende Zwanzig. Vielleicht dreißig, würde ich sagen.«

»Und du hast ihn getroffen?«

»Ich nicht.« Der Vikar zuckte mit den Schultern. »Aber gehört habe ich von ihm.«

»Du wirst doch nicht etwa an einen Ehemann für Carina denken!«

»Warum nicht?« fragte der Vikar ärgerlich. »Ich hatte genug Umtrieb mit Minerva und Annabelle. Eine eingefädelte Hochzeit ist genau das Richtige.«

»Carina ist eine hochintelligente junge Frau, die weiß, was sie will.«

Der Vikar wühlte in seinen Rocktaschen herum, bis er einen Gänsekiel fand, worauf er daranging, in seinen Zähnen herumzustochern, sehr zum Mißvergnügen des gepflegten Squire. »Hör zu, Jimmy«, grinste der Vikar. »Carina ist weisgemacht worden, daß sie diejenige mit Köpfchen in der Familie sei, und zwar so lange, bis sie es selbst geglaubt hat. Aber stell dir vor, sie liest Romane. Da hast du's!«

»Ich lese selbst Romane«, protestierte der Squire.

»Das ist bei einem Mann etwas anderes«, brummte der Vikar. »Wie so viele Laster, übrigens.«

»Ich glaube, du machst einen großen Fehler«, sagte der Squire ernsthaft. »Ich weiß nicht, was in den letzten zwei Jahren in dich gefahren ist, Charles. Du verschleuderst dein Geld, du bist dazu übergegangen, dich zu schminken und – ja – du trägst ein Korsett.«

Der Vikar lief rot an und schaute trotzig. »Ich habe mich nicht verändert«, sagte er und wurde zusehends ärgerlicher. »Du bist es, der sich verändert hat. Verdammt noch mal, du bist schlimmer als der Bischof. Immerzu predigen und moralisieren und streiten. Ich gehe!«

»Wenn unsere Freundschaft dir so wenig bedeutet, daß du nicht einmal gutgemeinte Kritik vertragen kannst ...«

»Pah!« machte der Vikar, stand auf, nahm seinen dampfenden Hut und drückte ihn sich auf den Kopf.

»Laß uns nicht im Zorn auseinandergehen«, bat der Squire. »Bleib zum Abendessen, ich bitte dich, und laß uns die Sache bereden.«

»›Es ist besser ein Gericht Kraut mit Liebe, denn ein gemästeter Ochse mit Haß.‹ *Sprüche Salomos*, 15, Vers 17.«

»Oh, Charles ...«, begann der Squire, aber der Vikar war schon verschwunden.

Der Ritt durch die Nacht trug wenig dazu bei, die Laune von Hochwürden Charles Armitage zu heben. Das sorgenvolle, vorwurfsvolle Gesicht seines Freundes tauchte immer wieder vor ihm auf, als er seinem Pferd die Sporen gab, um schneller zum Pfarrhaus zu gelangen. Er hatte sich während der vergangenen zwei Jahre als ein neuer Mensch gefühlt. Als ein wichtiger Mann. Einer aus der Oberschicht. Dank der ausgezeichneten Partien seiner Töchter war er in den ersten Häusern zu Gast.

Er fühlte sich, als hätte er seine Jugend zurückgewonnen. Und wenn ihn auch sein Korsett kniff und die Farbe auf seinem Gesicht juckte, so waren das unbedeutende Nadelstiche, verglichen mit der tiefen Befriedigung, die es ihm gewährte, zu den Blaublütigen zu gehören.

Er stapfte in die enge, dunkle Eingangshalle des Pfarrhauses, wo ihn der Anblick seiner Tochter Daphne ruckartig zum Stehen brachte. Sie stand vor dem Spiegel und schaute ihr Spiegelbild mit einem verzückten Gesichtsausdruck an.

»Geh in dein Zimmer, Miss«, schnauzte der Vikar sie an, »und hör auf, dich immerzu zu bewundern. Und schick Carina in mein Studierzimmer.«

Daphne lehnte sich noch näher zum Spiegel hin und zupfte ein glänzend schwarzes Haarlöckchen zurecht.

»Ja, Papa«, sagte sie unbestimmt, während sie zur Treppe

entschwebte.

»Ach Gott!« stöhnte der Vikar. Er streckte seinen Kopf durch die Wohnzimmertür. Seine Frau lag auf einem Sofa. Sie hob ihm ein Gesicht mit einer braunen Maske entgegen.

»Um Himmels willen!« schrie der Vikar auf. »Was ...?«

»Es ist Fangoschlamm«, sagte seine Frau, wobei sie ihre Lippen so wenig wie möglich bewegte. »Es soll sehr gut tun.«

»Ach was!« schnaubte der Vikar, die Türe zuschlagend, und durchquerte die Diele in Richtung seiner Studierstube. Wenn Mrs. Armitage nicht gerade an irgendeiner eingebildeten Krankheit litt, war sie immerfort damit beschäftigt, Schönheitsmittelchen auszuprobieren. Er klingelte nach Betty, dem Hausmädchen, und verlangte eine Flasche weißen Brandy und einen Krug heißes Wasser. Das Mädchen wollte das Feuer anzünden, aber er knurrte, er wolle es selbst machen. Sobald der Brandy da war, füllte er großzügig einen Zinnbecher und goß mit heißem Wasser auf. Dann schüttete er auch über die Holzspäne im Kamin Brandy und zündete sie an. Das Feuer loderte erfreulich schnell hoch und versengte ihm fast die Augenbrauen. Er warf ein anständiges Scheit hinein und ließ sich dann hinter seinem unordentlichen Schreibtisch nieder.

Die Tür öffnete sich, und Miss Carina Armitage trat ein. Der Vikar blickte sie an, seufzte und schaute schnell wieder weg. Jedermann nannte Carina eine Schönheit, aber ihr Vater dachte immer, und es war ihm unbehaglich dabei, daß seine Tochter ihn an einen Fuchs erinnerte.

Sie hatte dichtes, glänzend rotes Haar und grüne Augen, nicht das Smaragdgrün Sylvesters, sondern ein eigenartiges Jadegrün wie meerwasserfarbenes Glas. Die Augen waren leicht schräg. Zusammen mit ihrer kurzen geraden Nase, den hohen Backenknochen und dem spitzen Kinn verliehen sie ihr ein elfenhaftes Aussehen. Sie hatte einen kleinen, hohen, festen Busen, eine schmale Taille und feine, zerbrechlich wirkende Gelenke. Aber es schien immer, als ob irgendein geheimer Spaß Carina amüsierte, und das ließ den Vikar an einen Fuchs denken. Gelegentlich hielt er sie für schlau und verschlagen.

»Nun, Papa«, begann Carina und setzte sich ihm gegenüber, »wie geht es Squire Radford?«

»Woher weißt du, daß ich beim Squire war?«

»Weil dein Mantel in der Halle hängt und naß ist, und weil du schuldbewußt aussiehst und schlecht gelaunt, wie immer, wenn du von Squire Radford kommst.«

»Sieh einer an, meine naseweise Miss; es wird höchste Zeit, daß du deine Zunge im Zaum hältst. Kein Mann will so ein rothaariges widerspenstiges Schlauköpfchen zur Frau.«

Carinas grüne Augen, die so wenig preisgaben, musterten ihn eindringlich.

»Nächstes Jahr soll ich eine Saison in London verbringen, Papa«, sagte sie schließlich. »Minerva hat versprochen, mich in die Gesellschaft einzuführen. Ich ... freue ... mich ... sehr ... darauf«, fügte sie langsam und klar hinzu.

»Oh, ah ja«, sagte der Vikar und betrachtete aufmerksam das Innere seines Bechers.

»Und ich bin nicht gesonnen, mich in so eine mißliche Lage wie Minerva und Anabelle bringen zu lassen. Ich werde es wissen, wenn ich in einen Gentleman verliebt bin.«

»Ach, Liebe. Du hast schon wieder Romane gelesen. Eine gute, vernünftige Ehe hat wenig mit Liebe zu tun.«

»Im Gegenteil«, sagte Carina bestimmt, »sie bedeutet alles. Als Gottesmann würdest du natürlich nicht im Traum daran denken, eine deiner Töchter in eine Vernunftehe ohne Liebe zu drängen, Papa.«

»Minerva war dazu bereit«, betonte der Vikar verärgert.

»Sie hatte Glück, daß es nicht soweit kam«, antwortete Carina. »Was wolltest du mit mir besprechen?«

Der Vikar überlegte in Windeseile. Es war nicht nötig, sich mit Carina in Wortgefechte einzulassen, noch bevor sie diesen Lord Harry Desire gesehen hatte. Vielleicht wurde gar nichts daraus. Und er konnte immer noch warten, bis einer oder beide Schwiegersöhne aus Paris zurückkehrten. Allerdings hatte er sie bereits um Geld gebeten, und er wußte, daß Lord Sylvester diesmal vielleicht die Ländereien selbst in die Hand nahm, womit er ihm schon das letzte Mal gedroht hatte. Überdies erachtete Lord Sylvester die private Jagd des Vikars als eine übertriebene Geldverschwendung.

»Ich wollte dir nur sagen, daß ich morgen früh in die Hauptstadt fahre«, sagte er mürrisch. »Sei also ein braves Mädchen und paß auf deine Mutter und deine Schwestern gut auf.«

»O Papa«, rief Carina aus, und ihre seltsamen Augen glänzten im Schein des Feuers, »nimm mich mit. Bitte! Es ist so langweilig hier. Mit Daphne ist es nicht mehr lustig. Sie tut nichts anderes mehr als vor dem Spiegel herumhängen.«

»Nein. Du hast deine Pflichten. Du mußt Lady Wentwater vorlesen. Dann tätest du gut daran, Mrs. Briggs, die schlecht zurecht ist, etwas Stärkendes zu bringen.«

»Wie steht es mit deiner Predigt?«

»Überlaß die Pettifor.« Mr. Pettifor war der überarbeitete Kooperator des Vikars. »Es ist noch früh genug für dich, nach London auszufliegen, wenn Minerva zurückkommt.«

Als Carina wieder in ihrem eigenen Zimmer war, merkte sie, wie ihre Hände zitterten. Sie wußte, daß die Finanzen im Pfarrhaus Ebbe hatten. Sie wußte auch, daß ihr Vater wahrscheinlich plante, dem abzuhelfen, indem er sie an einen reichen Mann verheiratete, der einen günstigen Heiratsvertrag abschloß. Dann lächelte sie in sich hinein und entspannte sich allmählich.

Obwohl sie vielen jungen Männern begegnet war, als sie ihre zwei Schwestern besucht hatte, hatte doch keiner von ihnen mehr als ein flüchtiges Interesse an ihr gezeigt. Sie wußte, daß sie den Ruf eines Blaustrumpfes hatte, aber das paßte ihr gerade gut. Carina war ausgesprochen romantisch und glaubte an eine Liebesheirat. Sie war es zufrieden, zu warten. Und Minerva würde es Papa nicht erlauben, sie zu einer Heirat zu zwingen, die für sie unannehmbar war.

»Wenn sie sich bei Minerva beklagt, wird Minerva der Sache ein Ende machen«, überlegte der Vikar, als er sich am nächsten Morgen nach London aufmachte. »Warte, ich werde dem einen Riegel vorschieben. Ich gebe dem Postboten John eine Guinee, damit er ihre Briefe nach Paris so lange in den nächsten Brunnenschacht wirft, bis ich ihm die Erlaubnis gebe, damit aufzuhören.« Abrupt überfielen ihn geradezu schmerzhafte Gewissensbisse. Aber da begann er schnell die Namen seiner Hunde wie eine Litanei aufzuzählen, um sich zu trösten. Nicht einer mußte geopfert werden, wenn sein Plan aufging. Er hatte ein paar Züchtungsfehler gemacht, aber jetzt war er überzeugt, daß er auf dem richtigen Weg war, die beste Meute in ganz England sein eigen zu nennen. Frauen redeten sowieso pausenlos über Liebe und Heirat. Es war eine ihrer Angewohnheiten. Die armen Geschöpfe waren nun einmal so. Er dagegen, Charles Armitage, hatte seine Frau niemals geliebt, und wenn er all diese Jahre ihr lästiges Gefasel und Gejammer aushalten konnte, dann konnte das jeder andere auch, folgerte er ziemlich unzusammenhängend. Und Frauen waren weniger wert. Auf jeden Fall.

Wie Lord Chesterfield betrachtete er Frauen als »große Kinder«, und »ein Mann mit Verstand nimmt sie nicht ernst, er spielt mit ihnen, tändelt mit ihnen, schmeichelt ihnen, genauso wie er mit einem aufgeweckten, frühreifen Kind umgehen würde.«

Als er die Stadt erreicht und es sich im Haus seiner Tochter Minerva gemütlich gemacht hatte, war er innerlich wieder ganz mit sich zufrieden.

Frisch rasiert und pomadisiert und in ein Cumberland-Korsett geschnürt, das er unter einem himmelblauen Rock aus dem feinsten Tuch und einer kanariengelben hochmodischen Hose trug, quietschte und scharwenzelte der Vikar des Weges. Er ging die Saint-James'-Street hinunter und bog in den Eingang von White's.

White's Club hatte sich wenig seit der Jugendzeit des Vikars verändert, auch wenn der Eingang tiefer gesetzt und der alte Zugang in einen Erker verwandelt worden war. Der Mitgliedsbeitrag war auf elf Guineen erhöht worden und die Aufnahmegebühr von zehn auf zwanzig Guineen. Von seinem Sitz im Erker fällte Beau Brummell modische Urteile über London.

Swift hatte White's »den allgemeinen Treffpunkt von berüchtigten Gaunern und adeligen Hereingelegten« genannt, aber White's war einfach *der* Club. Es war sicherlich der richtige Ort, solch einen Stutzer wie Lord Harry Desire aufzuspüren.

Es war bemerkenswert ruhig in den Clubräumen, obwohl es drei Uhr nachmittags war. Schließlich kam heraus, daß in der vergangenen Nacht besonders hitzig gespielt worden war, und zweifellos schliefen noch alle. Der Vikar erspähte Colonel Brian, und nach einigem Zögern näherte er sich ihm.

Der ältliche Colonel war der Liebhaber von Lady Godolphin gewesen, einer entfernten Verwandten der Frau des Vikars, die Minerva in die Gesellschaft eingeführt hatte. Lady Godolphin, diese alte Dame der Gesellschaft, die doch immer alle Fremdwörter verdrehte, hatte geglaubt, der Colonel sei verheiratet, dabei war seine Frau schon gestorben. Der Colonel hatte die Sache in Ordnung gebracht, indem er um ihre Hand anhielt. Er wurde erhört. Während des nächsten Monats sprach Lady Godolphin von nichts anderem als von der Vorbereitung ihres Torso, was sie für ein französisches Wort für Aussteuer hielt – und dann verlief ganz plötzlich alles im Sande. Es wurde geklatscht, daß der Colonel ihr den Laufpaß gegeben habe. Aber niemand konnte herausfinden, wie es wirklich gewesen war, da sich beide Seiten weigerten, sich über die Angelegenheit zu äußern.

»Ich muß schon sagen, Colonel«, begann der Vikar lebhaft, »ich habe Sie schon eine Ewigkeit nicht mehr gesehen. Ihnen scheint es ja nicht gerade prächtig zu gehen.« Denn der Colonel sah äußerst niedergedrückt aus.

Brian schaute den geschminkten und herausgeputzten Vikar aufmerksam an, und dann hellte sich sein Gesicht auf. »Charles Armitage!« rief er aus. »Ich hätte Sie beinahe nicht erkannt.«

»Natürlich nicht«, sagte der Vikar eitel. »Ich bin ja auch modisch geworden.«

»Gewiß«, erwiderte der Colonel unsicher, dabei trat er einen Schritt zurück, um dem überwältigenden Moschusduft, der Mr. Armitage wie eine große gelbe Wolke umhüllte, zu entrinnen. »Wie geht es Ihren Töchtern? Gut, nehme ich an?«

»Minerva und Annabelle sind in Paris.«

»Alle, die zur Gesellschaft gehören, scheinen in Paris zu sein«, seufzte der Colonel. »Die Stadt ist bemerkenswert leer. Es wird eine langweilige kleine Saison werden.«

»Ich habe vor, später bei Lady Godolphin vorbeizuschauen«, warf der Vikar leichthin ein. »Haben Sie Lust, mich zu begleiten?«

Der Colonel schüttelte traurig den Kopf und blickte zu Boden.

Der Vikar brannte darauf, ihn nach dem Grund seines Zerwürfnisses mit Lady Godolphin zu fragen. Aber der Gedanke an den wahren Grund für seinen Besuch im Club bewirkte, daß er die Frage, die ihm schon auf der Zunge lag, fallenließ und statt dessen fragte: »Kennen Sie Harry Desire?«

»Flüchtig. Gerade habe ich ihn gesehen.«

»Ich möchte gerne, daß Sie mich ihm vorstellen«, sagte der Vikar. »Ich muß etwas ganz Persönliches mit ihm besprechen.«

»Sehr wohl«, sagte Colonel Brian. »Er ist in der Kaffeestube. Wenn Sie mir vielleicht Ihrerseits einen kleinen Gefallen tun würden ...?«

»Aber selbstverständlich.«

»Wenn Sie Lady Godolphin besuchen, dann sagen Sie ihr, Arthur läßt sie ganz herzlich grüßen. Nein. Fragen Sie mich nichts.«

»›Arthur läßt ganz herzlich grüßen‹«, wiederholte der Vikar ungeduldig. »Aber führen Sie mich jetzt zu Desire.«

Lord Harry Desire saß hinter einer Zeitung verborgen in der Kaffeestube. Er schaute auf, als der Colonel hinter ihm stand und sich räusperte. Colonel Brian stellte den Vikar vor und verabschiedete sich.

Der Vikar setzte sich Lord Harry gegenüber und musterte ihn angelegentlich.

Lord Harry starrte zurück; sein Blick war leer, blau und matt. Er war nicht ganz der modische, aufgeputzte Geck, den der Vikar erwartet hatte. Das erste, was ihm auffiel, war die unglaubliche Schönheit des Mannes. Lord Harry hatte dichtes, schwarzes, glänzendes Haar, das ihm nach Künstlermanier gewollt lässig in die breite weiße Stirn fiel. Seine blauen Augen waren klar und unschuldig wie Kinderaugen. Die Lider waren geschwungen, und das verlieh ihm den trägen sinnlichen Ausdruck gewisser klassischer Statuen. Seine Mundpartie war entschlossen, aber insgesamt wirkte er doch etwas verweichlicht, was der mädchenhaften Reinheit seiner Haut und seiner schlanken Statur zuzuschreiben war.

Seine Kleider waren kunstvoll geschneidert; der Vikar stellte das mit einem schmerzlichen Gefühl des Neides fest. Sein flaschengrüner Rock saß wie angegossen, und seine lederfarbenen Hosen sahen aus, als wären sie auf seine Beine gemalt. Seine Stiefel glänzten wie schwarzes Glas. Seine Halskrause entquoll seiner gestreiften Weste in raffiniert gelegte Falten.

»Sie sind jünger, als ich dachte«, sagte der Vikar unvermittelt.

»Ich bin bemerkenswert gut erhalten für meine dreißig Jahre«, entgegnete Lord Harry ernsthaft.

»Jawohl, das stimmt«, erwiderte der Vikar.

Es folgte wieder langes Schweigen. Draußen verhunzte jemand Mozart auf einer Drehorgel.

»Tja, ja«, machte der Vikar und rieb sich die plumpen Hände. »Schau an, schau an.«

Lord Harry blickte ihn immer noch höflich lächelnd an.

»Sie müssen sich fragen, was ich mit Ihnen besprechen möchte«, sagte der Vikar verzweifelt.

»O nein«, antwortete Lord Harry sanft. »Ich frage mich nie etwas. Es ist zu ermüdend. Und ich bin überzeugt davon, daß Sie es mir zu gegebener Zeit schon sagen werden.«

Der Vikar sah ihn verwirrt an. Dann dachte er an das Vermögen des reichen Onkels und lehnte sich vor, um Lord Harrys Knie in onkelhafter Weise zu tätscheln.

Lord Harry schaute den Vikar an, schaute auf die Hand auf seinem Knie und schaute wieder den Vikar an. Sein Gesichtsausdruck veränderte sich dabei kein bißchen, aber der Vikar wurde ganz rot und zog eilends seine Hand zurück.

»Schauen Sie her, es steht so«, brachte Hochwürden Charles Armitage schließlich heraus und begann zu schwitzen. »Ich habe gehört, daß Sie heiraten müssen, um das Vermögen Ihres Onkels zu erben.«

Lord Harry schaute ihn sanft von oben bis unten an. Der Vikar spürte, wie er allmählich ärgerlich wurde. Warum sagte dieser Büffel nicht irgend etwas? So schwierig hatte er sich das nicht vorgestellt. Es war besser, zur Sache zu kommen.

»Sehen Sie, ich habe da eine Tochter – Carina. Achtzehn. Schön. Ich habe keine Moneten. Sie brauchen eine Frau, wie wäre es, wenn wir handelseinig würden?«

Etwas wie ein Funke glitzerte in den Augen Seiner Lordschaft auf und verschwand sogleich wieder.

»Wahrhaftig!« sagte er höflich.

»Nun?« fragte der Vikar ungeduldig. »Was halten Sie davon?«

»Hat sie rote Haare?« fragte Lord Harry, während er wie von ungefähr zum Kronleuchter blickte. »Ich kann rote Haare nämlich nicht ausstehen.«

»Färben«, beschloß der Vikar im stillen. Er dachte kurz an Gott, so wie man an einen nörgelnden, tyrannischen Vater denkt, schloß dann seine Augen etwas, holte tief Luft und sagte: »Nein.«

»Und sie ist in London?«

»Nein«, sagte der Vikar. »Aber bald. In vier Tagen.«

»Ich bin einmal Ihrer Tochter Minerva begegnet«, sinnierte Lord Harry. »Lady Sylvester Comfrey. Sehr schön und sehr gescheit. Sie hat mir gesagt, wie sehr sie Männer verabscheut, die mehr Wert auf Kleidung als auf eine tugendhafte Lebensführung legen.«

»Ach, Minerva macht gern ein Späßchen«, meinte der Vikar vergnügt; im stillen verfluchte er aber seine Älteste wegen ihrer selbstgefälligen Moralpredigten.

»Ist Ihre Tochter – Carina – ungeheuer klug?«

Der Vikar schaute Lord Harry aus den Winkeln seiner kleinen Knopfaugen an und überlegte, ob Lord Harry eine kluge Frau wollte. Lord Harry erwiderte den Blick mit einem absolut leeren Gesichtsausdruck. »O nein«, antwortete der Vikar schließlich. »Sehr weiblich. Hübsches kleines Ding. Häuslich. Gut erzogen. Hören Sie«, fuhr er fort, in aller Eile improvisierend: »Sie wird nächsten Montag bei Lady Godolphin sein zu einer kleinen musikalischen Soiree. Vielleicht möchten Sie gerne kommen?«

Es blieb lange still. Eine Schmeißfliege, ein Überbleibsel vom Sommer, brummte gegen das Fenster. Ein Holzscheit knisterte in der Glut, und von allen Seiten schlugen die Uhren die halbe Stunde.

»Ja«, sagte Lord Harry schließlich. »Ich komme.«

»Sehr gut, ich schicke Ihnen eine Karte«, stotterte der Vikar, der es plötzlich eilig hatte, zu verschwinden.

Lord Harry streckte Armitage eine lange, weiße, schlanke Hand entgegen, als sich der Vikar erhob.

»Sind Sie sicher, daß Ihre Tochter gefühlsmäßig noch ganz ungebunden ist?«

»Ja«, sagte der Vikar, froh, endlich einmal die Wahrheit sagen zu können. »Carina hat noch nie einen Mann auch nur angeschaut, wenn Sie verstehen, was ich meine.«

»Nein, ich verstehe es nicht«, sagte Lord Harry freundlich.

»Gut, grübeln Sie nicht weiter darüber«, meinte der Vikar und klopfte ihm auf die Schulter. »Wir freuen uns, daß Sie uns am Montag das Vergnügen Ihrer Gesellschaft machen.«

»Was für ein Dummkopf!« brummte der Vikar vor sich hin, als er den Club verließ. »Macht nichts. Er ist ein willfähriger Idiot, und Carina wird ganz glücklich sein mit einem Mann, der mit sich selbst und der Welt zufrieden ist.«

Raschen Schrittes ging er auf Lady Godolphins Haus zu.

Er brauchte jetzt alle Hilfen, die er auftreiben konnte.

Zweites Kapitel

Carina Armitage las einen Roman vor, der ihr nicht gefiel, und Lady Wentwater, ihre Zuhörerin, gefiel ihr ebensowenig.

Der Salon war dunkel und muffig. Lady Wentwater war weiß und teigig und muffig. Während sie las, fragte sich Carina, was wohl aus Lady Wentwaters Neffen, Guy, geworden war. Keiner hatte ihn mehr in der Grafschaft gesehen seit der Zeit, als er in

Annabelle verliebt war.

Es ging das Gerücht, daß der Vikar ihn vertrieben habe. Guy Wentwater hatte zugegeben, daß er ein Sklavenhändler war, und obwohl er sein Geld schon lange nicht mehr auf diese schändliche Art verdiente, war die Familie Armitage sehr froh, daß er es vorzog, wegzubleiben.

Dann kehrten Carinas Gedanken wieder zu der Geschichte zurück, die sie gerade las. Diese hieß *Die Rache des Ludovico* und war von einer anonymen Schriftstellerin verfaßt, die angeblich ihr Handwerk verstand; Carina hielt die Geschichte aber für das dümmlichste Machwerk, das sie je gelesen hatte. Jedermann wurde unentwegt entweder krebsrot oder aschfahl. Männer und Frauen wurden mit erstaunlicher Regelmäßigkeit ohnmächtig, und es kam nicht einmal ein anständiger Geist vor.

Carina warf rasch einen verstohlenen Blick auf die Uhr. Dann schloß sie das Buch kurzerhand.

»Es ist schon spät, Lady Wentwater«, sagte sie. »Ich muß nach Hause gehen.«

»Dann komm morgen wieder.«

»Daphne kommt morgen«, sagte Carina; dabei schwor sie sich im stillen, ihre Schwester ordentlich an den Haaren zu reißen, falls sie es nicht tun wollte.

»Oh, Daphne. Da muß ich aber jeden Spiegel im Haus verhängen, sonst bringe ich kein Wort aus ihr heraus«, sagte Lady Wentwater mißmutig. »Sie ist zu sehr mit sich selbst beschäftigt, ja wirklich.«

»Sie hat allen Grund dazu«, entgegnete Carina, die, obwohl sie insgeheim Lady Wentwater zustimmte, keine Kritik an ihren Schwestern vertrug. »Sie ist noch schöner als Minerva oder Annabelle geworden.«

»Eben, und sie weiß es. Hallo, Guy! Wann bist du angekommen?«

Carina schnappte nach Luft und sprang auf. Sie drehte sich um, um das Ungeheuer von Sklavenhändler zu sehen.

Guy Wentwater stand lächelnd da und schaute sie an; er sah so gut aus, so normal und so – ja – so gewöhnlich, daß Carina all ihre

Angst verlor und imstande war, mit gelassener Miene einen Knicks vor ihm zu machen.

»Gestatten Sie mir, Sie nach Hause zu begleiten, Miss ... Carina. Sie sind doch Miss Carina, nicht wahr?« lächelte Guy.

Carina nickte, fügte aber hinzu, daß sie sehr wohl allein nach Hause gehen könne.

Zu ihrer Verärgerung ging er mit ihr zur Haustür.

»Wir haben Sie seit einiger Zeit nicht mehr gesehen, Mr. Wentwater«, sagte Carina und hoffte, daß er sie nur bis zur Tür begleitete.

»Das ist richtig, ich bin gerade von Paris zurückgekehrt. Ich habe meinen Abschied genommen.«

»Abschied genommen? Dann waren Sie beim Militär, Sir?«

»Ja«, seufzte er mit ernster Miene. »Ich weiß, was Sie und Ihre Familie von mir halten, Miss Carina. Haben Sie je daran gedacht, welchen Ekel ich vor mir selbst empfinde? Der barbarische Handel, den ich kurze Zeit trieb, war die unbedachte Dummheit eines jungen Mannes. Ich habe in Waterloo für mein Vaterland gekämpft. Es war dies eine Möglichkeit, mir selbst zu beweisen, daß ich nicht ganz so schlimm bin.«

»Oh, erzählen Sie mir von Waterloo«, bat Carina und vergaß dabei völlig, daß sie einen Augenblick vorher gewünscht hatte, er möge sie in Frieden lassen. »Jedermann sagt, solche Dinge seien nicht für weibliche Ohren geeignet. Aber es war doch so ein wunderbarer Sieg.«

Er nahm liebenswürdig ihren Arm und ging mit ihr die Auffahrt hinunter. Sein Bericht über Ruhm und Tapferkeit und Mut und Tod faszinierte Carina, und sie hing förmlich an seinen Lippen.

Sie konnte nicht anders, sie mußte seine große, schlanke Erscheinung bewundern, seine unauffällige Eleganz und die tiefen Linien, die sich um seinen Mund eingegraben hatten, »die das Leid eingegraben hat«, wie sie es bei sich nannte.

Nur allzubald waren sie beim Pfarrhaus angelangt.

Er schien sich daran mit Schrecken zu erinnern. »Bitte verzeihen Sie mir«, sagte er leise, »wenn ich nicht weitergehe. Ich möchte keine peinliche Situation heraufbeschwören. Es ist sogar so, daß ich Ihnen dankbar wäre, wenn Sie nicht erwähnen würden, daß ich in Hopeworth bin. Es soll unser Geheimnis bleiben.«

»Ja«, stimmte Carina atemlos zu, denn er hatte sie bei der Hand genommen und hielt diese fest umklammert. »Aber wenn ich ihnen erzählen würde, wie tapfer Sie sind, wie Sie sich Mühe gegeben haben, alles wiedergutzumachen ... dann, glaube ich, würden Sie die Sache anders sehen. So wie ich jetzt.«

»Ich kann es nicht riskieren, eine Freundschaft zu verlieren, die so neu und so kostbar für mich ist«, sagte er. »Andere Leute denken vielleicht nicht so großzügig wie Sie. Ich habe mich geändert, Miss Carina. Ich habe die leeren Vorlieben und Heucheleien der Jugend abgelegt. Die Freundschaften, nach denen ich mich jetzt sehne, sind geistige Freundschaften. Verstehen Sie mich?«

»O ja«, hauchte Carina.

»Dann kann ich Sie also morgen wiedersehen? Vielleicht würde es Ihnen passen, am Nachmittag mit mir einen Spaziergang zu machen?«

Carina zögerte nur einen Augenblick lang. Guy Wentwater entsprach so haargenau ihrem Phantasiebild: ein bekehrter Bösewicht, ein Mann von Welt, ein gleichgesinnter Kamerad, eine verwandte Seele. Sie war erfüllt von einer wehen, ungestümen, sie fast erstickenden Begeisterung.

»Ich warte auf dem Friedhof auf Sie«, lächelte er. »Um zwei.«

Er führte ihre Hand an seine Lippen.

»Bis morgen«, flüsterte er.

Er kehrte um und schlenderte die Straße hinunter. Carina sah ihm kurz nach und eilte dann ins Haus, in ihr Zimmer hinauf, wo sie sich mit dem Gesicht nach unten auf das Bett warf; sie fühlte ihren ganzen Körper pochen in einem schmerzlichen Aufruhr von Erregung und Sehnsucht. All die Einsamkeit und Langeweile ihrer Tage waren verschwunden. Hatte sie nicht immer gewußt, daß der richtige Mann kommen würde, wenn sie nur lange genug wartete? Er war Sklavenhändler gewesen, das schon. Aber das war lange her. Und er hatte alles wiedergutgemacht und für seine Schuld gebüßt.

Nichts konnte ihr Idyll stören. Papa brauchte Geld, und Guy Wentwater hatte Geld.

Sie würde Papa schon herumkriegen. Alles, was er wollte, war doch, mehr und bessere Jagdhunde züchten.

Hochwürden Charles Armitage saß im Grünen Salon in Lady Godolphins Haus am Hannover Square und sprudelte seinen Bericht über seine finanzielle Bedrängnis und die Notwendigkeit, eine Hochzeit zwischen Carina und Lord Harry Desire zu arrangieren, heraus.

»Ja, ja«, begütigte Ihre Ladyschaft, als er geendet hatte. »Es ist aber nicht nötig, historisch zu werden. Ich sehe den Sinn einer arrangierten Heirat durchaus ein. Wir brauchen alle Geld«, fügte sie ernsthaft hinzu, falls der Vikar etwa vorhaben sollte, sie darum zu bitten.

»Sie sind also dazu bereit?« fragte der Vikar, nachdem er sich darüber klargeworden war, daß Lady Godolphin nicht historisch, sondern hysterisch meinte. »Sie wollen Carina aufnehmen und diese musikalische Soiree veranstalten?«

»Ja, vorausgesetzt, daß Sie mir die Kosten erstatten, sobald Sie können«, betonte Lady Godolphin. »Sie sehen immer noch bekümmert aus. Was ist los?«

»Ihre Haare«, antwortete der Vikar düster. »Sie wird sie färben müssen. Desire kann rote Haare nicht ausstehen.«

»Es ist nicht nötig, es zu färben«, sagte Lady Godolphin. »Sie kann eine Perücke tragen. Ich mache das immer.«

Sie tätschelte ihre flachsblonde Perücke mit innigem Behagen. Genau wie der Vikar übertünchte sie die Spuren der Jahre mit einer Unmenge Schminke.

Lady Godolphin war Ende Fünfzig, rundlich, mit einem Bulldoggengesicht unter einer Schicht aus weißem Puder und Rouge.

»Kluge junge Damen mag er auch nicht«, fuhr der Vikar fort.

»Carina ist eine kleine Plaudertasche«, entgegnete Lady Godolphin. »Ich verstehe nicht die Hälfte von dem, was sie sagt. Als sie das letztemal hier war, sprach sie dauernd über Bacon, und ich dachte, sie meinte Speck, aber es stellte sich heraus, daß sie über irgendeinen elisabethanischen Schwerenöter sprach.«

Der Vikar erinnerte sich seines Auftrags. »Ich traf Colonel Brian heute nachmittag bei White's«, bemerkte er beiläufig. »Er läßt Sie herzlich grüßen. Er hat gesagt, ›Arthur grüßt herzlich.‹«

»Ach, wirklich?« sagte Lady Godolphin obenhin. »Das Problem bei Arthur ist, daß er zu alt für mich ist.«

»Oh«, machte der Vikar, in der Hoffnung, daß noch mehr komme.

Aber Lady Godolphin kehrte zum Thema Carina zurück. »Carina war immer ein bißchen ein wildes Ding, sie und Daphne. Ist Daphne immer noch so ein Wildfang?«

»Nein, sie ist sehr eitel geworden. Schaut immerzu in den Spiegel und tut nichts anderes.«

»Aha, sie ist narkotisch«, erwiderte Lady Godolphin und nickte weise mit ihrem großen Kopf.

»Sie ist was?«

»Narkotisch. Also wirklich, Charles, hat man Ihnen in Oxford nichts beigebracht? Das war doch dieser Grieche, der so schön war, daß er nicht einmal mit Echos etwas zu tun haben wollte, und er hat sich in sein eigenes Spiegelbild verliebt, als er sich im Wasser eines Teiches sah, und weil er sein Spiegelbild nicht heiraten konnte, verging er vor Gram und wurde narkotisch. Sie wissen doch, wie diese gelbweiße Frühlingsblume.«

»Ich habe auch nichts mit Echos zu tun«, sagte der Vikar ganz verwirrt.

»Ach, Sie sind doch zu dumm, das war doch eine Frau.«

»Das ist alles Heidenkram«, sagte der Vikar rechtschaffen. »Und was hat es den Griechen genützt? Wo sind sie jetzt? Hmm? Sie schuften für einen Haufen Türken.«

»Sei dem, wie es wolle«, sagte Lady Godolphin bestimmt, »Sie bringen Carina zu mir, und ich werde sie in Null Komma nichts unter die Haube gebracht haben. Aber nun stellen Sie sich vor, was –«

Da ging die Tür auf, und Lady Godolphin brach ab, lächelte albern wie ein Backfisch und spielte mit ihrem Fächer herum.

Ein junger Mann trat ein. Er war mager und linkisch, aber nach der allerneuesten Mode gekleidet, vom ondulierten und pomadisierten Haar bis zu den Stiefeln mit hohen Absätzen und festen Sporen. Er hatte einen eigenartig wiegenden Gang, wie alle, die feste Sporen tragen. Er duftete noch stärker nach Parfum als der Vikar, und dessen Moschus ging eine innige Verbindung mit der Duftnote »Jugend im Frühling« ein. Es war, als hätten sich zwei dicke Nebelbänke vermischt, die alle anderen Düfte auf der Welt verschluckten.

»Mein ... hm ... Freund, Mr. Anstey«, lächelte Lady Godolphin ganz schrecklich albern.

Der Vikar verabschiedete sich, sobald er konnte. »Armer Colonel Brian«, dachte er. »Also das ist der Grund.«

Der Vikar, der Mann Gottes, sagte sich, daß er seine Tochter vielleicht nicht in einen solchen Haushalt bringen sollte. Aber der Jäger in ihm träumte von einer Meute, die alle anderen übertraf; er roch den modrigen Farn an feuchten Novembertagen, wenn der Wind von Osten bläst, und er sah seine Hunde »so eng beisammen, daß man sie mit einem Tischtuch verdecken könnte«. Der Jäger trug den Sieg davon.

Der Vikar hatte durchaus erwartet, daß Carina die Neuigkeit von ihrem bevorstehenden Besuch in London und die glühende Schilderung der hervorragenden Eigenschaften eines gewissen Lord Harry Desire mit Mißtrauen aufnehmen und ihre üblichen vorwitzigen Fragen stellen würde.

Aber nie und nimmer hätte er einen offenen Aufstand erwartet.

»Nein, Papa«, sagte Carina entschlossen. »Ich bleibe hier.«

»Warum?« fragte der Vikar, wobei er beinahe aufstampfte.

»Weil es meine Pflicht ist, zu Hause zu bleiben und mich um meine Schwestern zu kümmern«, antwortete Carina mit dem Ausdruck einer Heiligen auf ihrem Gesicht, der an Minerva in ihren schlimmsten Momenten erinnerte.

»Quatsch«, sagte der Vikar. »Du glaubst wohl, ich nehme dir das ab. Da steckt ein Mann dahinter. Du hast ihn dir wohl angelacht, kaum daß ich aus dem Haus war?«

»Da ist kein Mann, Papa«, sagte Carina. Wie in aller Welt konnte sie so einem Vater, der in seinem ganzen bisherigen Leben nicht einen höheren geistigen Gedanken gehabt hatte, die Reinheit ihrer Freundschaft mit Guy Wentwater klarmachen? Wie konnte sie ihm erklären, wie aufregend es war, Ideen miteinander zu teilen, oder wie ihm das süße zärtliche Aufkeimen einer Liebe schildern, die so sehr erhaben über die gemeinen Triebe der Männer war?

Sie dachte an die Begegnung auf dem Friedhof, an seine ernste tiefe Stimme, an die Art, wie seine blauen Augen den ihrigen in einer so geraden und aufrichtigen Weise begegnet waren.

»Es hat keinen Zweck, mich einzuschüchtern«, fuhr sie fort. »Du hast eine Heirat für mich in die Wege geleitet, und alles bloß, weil du gutes Geld für deine dämliche Hundemeute verplempert hast.«

»Was!« Niemals hätte der Vikar gedacht, daß eine seiner Töchter eine solch blasphemische Bemerkung machen würde.

Sie standen einander im Garten des Pfarrhauses gegenüber und maßen sich über ein Blumenbeet hinweg mit finsteren Blicken; ihr Atem stieg in der kalten Luft wie Rauch auf.

»Ich hole meine Peitsche«, schrie der Vikar grimmig. Er machte auf dem Absatz kehrt und ging ins Pfarrhaus.

Carina erstarrte zur Salzsäule. Er würde es nicht wagen!

Aber der Vikar erschien bereits wieder, seine Peitsche schwingend.

Carina drehte sich um und rannte.

Ihr nach, unter Hallo und Geschrei, kam ihr Vater. Gekleidet in ein lächerlich dünnes Musselingewand, mit ebenso dünnen Seidenschuhen – denn Carina hatte sich in der Hoffnung, daß Guy Wentwater vorbeikäme und sie sähe, im Garten aufgehalten –, nahm sie ihre Röcke hoch und floh die Straße hinunter, der Vikar in einer wilden Verfolgungsjagd dicht hinter ihr.

Carina kletterte über einen Zauntritt an der Straße und raste über ein frisch gepflügtes Feld, wobei sie sich wie ein gejagter Fuchs fühlte.

Die Schreie des Vikars verloren sich allmählich, aber das bedrohliche Verhalten ihres Vaters schockierte sie noch dermaßen, daß sie ihren Schritt nicht verlangsamte.

Ihr Kleid war zerrissen und schmutzig, und ihre seidenen Schuhe ruiniert. Ihr rotes Haar hing ihr ins Gesicht, als sie über die hartgefrorenen Felder hinter dem Dorf stolperte. Sie lief in Richtung Herrenhaus, wo ihr Onkel, Sir Edmund, lebte, da sie instinktiv wußte, daß das der letzte Ort war, wo der Vikar sie suchen würde.

Sie kletterte über die moosbewachsene Mauer, die den Grund und Boden des Onkels begrenzte, und hoffte, daß keiner seiner Wildhüter sie erschoß, weil er sie für einen Wilderer hielt.

Der Wald auf der anderen Seite war friedlich und dunkel und still. Carina lauschte angestrengt, konnte jedoch nichts mehr von der lauten Verfolgungsjagd ihres Vaters hören. Sie stand still, ihr Herz klopfte laut. Was passierte wohl, wenn sie ins Pfarrhaus zurückkehrte, denn zurück mußte sie ja. Und da war nicht einmal eine Minerva, die für sie Fürbitte einlegen konnte.

Plötzlich erfüllte sie Haß gegen ihren Vater; sie wäre fast daran erstickt. Warum konnte er sich nicht wie ein ganz normaler Geistlicher benehmen, wie man es von ihm erwartete? Der Vikar von St. Ann's in Hopeminster war ein friedlicher, gelehrter, belesener Mann, ganz anders als ihr Vater; wenn der nicht nach Moschus roch, roch er nach Stall, und ständig war er voller Hundehaare.

Das ganze Pfarrhaus riecht nach nassem Hund, dachte Carina wütend.

Auf der einen Seite war eine ganz neue Liebe – zitternd, unschuldig und zerbrechlich, auf der anderen Seite war der Vikar, der die Umgebung von Hopeworth mit der Peitsche in der Hand nach ihr absuchte.

»Keiner versteht mich außer Guy«, flüsterte Carina den gleichgültigen Bäumen zu.

Verzweifelt sank sie auf die Knie und betete zu Gott um Hilfe. Sie betete lange und fieberhaft, während ein Eichhörnchenpärchen über ihrem Kopf lärmte und ein neugieriges Kaninchen sie mit unbeweglichen Augen anstarrte.

Und dann, auf einmal, sprach Gott zu ihr. Sie hörte eine Stimme in ihrem Inneren, die ihr genau sagte, was sie zu tun hatte.

Sie mußte ins Pfarrhaus zurückkehren und sich bei ihrem Vater entschuldigen und sagen, sie wolle mit ihm nach London gehen. Wenn sie dort war, mußte sie dafür sorgen, daß sie diesem Lord Harry Desire so sehr mißfiel, daß er sie nie wieder sehen wollte. Wenn sie dann in Ungnade, aber geachtet, nach Hopeworth zurückgekehrt war, würde sie Guy ausfindig machen und ihn bitten, mit ihr durchzubrennen.

Eine tiefe Ruhe überkam Carina. Es ist wirklich erstaunlich, wie der Allmächtige zuzeiten den Leuten sagen kann, daß sie genau das tun sollen, was sie ohnehin tun wollten. Nur sehr fromme Leute bringen es fertig, irgendwie zurechtzukommen, ohne daß sie Stimmen oder das Flügelschlagen von Engeln hören.

Carina war in gehobener Stimmung und fühlte sich edelmütig, als sie schließlich ihre Röcke nach unten strich und sich auf den Heimweg machte.

Der Vikar war seinerseits beschämt über seinen Zornesausbruch. Nachdem er sich mit Hilfe mehrerer Gläser Punsch in den ›Sechs fröhlichen Bettlern‹ beruhigt hatte, hatte er beschlossen, nach Hause zu gehen und dort auf Carina zu warten. Wenn sie zurückkam, würde er ihr ganz ruhig befehlen, die Koffer zu packen. Seine kühle Würde würde ihr sicherlich Respekt einflößen.

Aber zu seiner Erleichterung – denn das ruhige und würdige Bild von sich selbst begann schon wieder zu verblassen, als er das Pfarrhaus erreichte – wartete Carina bereits auf ihn, um ihn ganz reizend um Verzeihung zu bitten.

Angesichts des Vergnügens, seinen Kopf so leicht durchsetzen zu können, ließ der Vikar seine sonstige Gerissenheit ganz außer acht.

Diana und Frederica nahmen die Nachricht von Carinas bevorstehender Reise nach London mit der Gelassenheit von zwei kleinen Mädchen auf, die es gewohnt waren, daß ihre großen Schwestern Abstecher in die weite Welt machen. Beide besuchten immer noch das Seminar in Hopeminster. Die Pläne des Vikars, eine Gouvernante zu engagieren, waren nie in die Tat umgesetzt worden. Einzig Daphne schien aus ihrer narzißtischen Versunkenheit aufgeschreckt zu sein und begann eine lange Einkaufsliste für Carina zu schreiben, die die Namen sämtlicher in London aufzutreibenden Schönheitsmittel enthielt.

Von etlichen Gläsern Portwein besänftigt, lehnte sich der Vikar nach dem Abendessen in seinem Stuhl zurück und betrachtete seine Familie wohlgefällig.

Er ertappte Carina, wie sie ihn mit grün funkelnden Augen ansah, ein Blick, den er von Tieren kannte, die in der Falle saßen. Aber sobald sie seinen plötzlich aufmerksamen Gesichtsausdruck bemerkte, schlug sie die Augen demütig nieder und bot das überzeugende Bild einer gehorsamen Tochter.

Carina hatte das Gefühl, ihren Vater das erste Mal zu sehen. Ihr unbestechliches Auge nahm das Peinliche seines zu engen Rockes, seines geröteten Gesichts und seines knarrenden Korsetts wahr. Ihre ätzende Verachtung war Labsal für ihre wunde Seele. Ein solcher Vater verdiente, betrogen zu werden. Und ihre Mutter war noch nie irgendeine Hilfe gewesen – eingekapselt, wie sie war, in ihre verschiedenen Wehwehchen und Unpäßlichkeiten.

Ganz plötzlich wurde ihr bewußt, daß er über Guy sprach. »Ich habe gehört, daß der junge Wentwater wieder da ist«, sagte der Vikar. »Komische Sache mit den Wentwaters. Lady Wentwater kam vor bald zwanzig Jahren hierher. Keiner hat je etwas von einem Lord Wentwater gehört, und sie steht auch nicht im Adelsregister. Ich habe sie immer wieder über ihren verstorbenen Gatten befragt, aber sie hat sich taub gestellt. Was soll's, sie ist eine harmlose alte Dame. Schade, daß man das von ihrem Neffen nicht behaupten kann.«

»Kaum, Papa«, ließ sich Carina mit süßer Stimme vernehmen. »Da niemand, der seine fünf Sinne beisammen hat, Mr. Wentwater als alte Dame bezeichnen würde.«

Der Pfarrer schaute sie scharf an, aber sie hatte ihre Augen bereits wieder niedergeschlagen.

»Nun gut«, sagte er, »So lange er hier nicht herumschnüffelt wie ein Fuchs auf der Suche nach Hühnern. Wie konnte Bella nur so dumm sein, diesen Mann auch nur anzuschauen ...«

»Wir alle haben ihn für gut genug befunden«, führte Mrs. Armitage matt an, »bis er uns erzählte, was für einen Beruf er hat. Auch du konntest bis dahin nichts Unrechtes an ihm finden, mein lieber Mann.«

»Das ist Blödsinn. Ich ...« Der Pfarrer unterbrach sich und starrte ganz verwirrt an die Decke. »Wie kann es hier heruntertropfen? Lauft hinauf und schaut, ob die Schlafzimmer unter Wasser stehen.«

»Es ist nicht der Regen«, sagte Carina. »Es ist Betty. Sie weint«, fügte sie hinzu, als das Mädchen aus dem Eßzimmer rannte.

»Was hat sie zu heulen?«

»Weinen ist sehr gut für die Augen«, warf Mrs. Armitage mit plötzlichem Enthusiasmus ein. »Es trainiert die Retina.«

»Betty weint«, sagte Carina laut und deutlich, »weil ihr vor zwei Jahren versprochen worden ist, daß sie uns verlassen und John Summer heiraten kann.« John Summer war der Kutscher des Pfarrhauses. Er war gleichzeitig Stallbursche, Hundeführer und Hundepfleger.

»Nun, dann muß sie eben noch warten«, meinte der Vikar gereizt. »Ich kann keine Bediensteten brauchen, die heiraten wollen. So etwas habe ich noch nie gehört. Wir können es uns im Augenblick nicht leisten, noch eine Magd einzustellen, und wir können es uns auch nicht leisten, John Summer genug zu bezahlen, daß er einen eigenen Hausstand gründen kann. Also, was soll's!«

Carina dachte bitter an die Unsummen, die zum Kauf neuer Hunde und Pferde ausgegeben worden waren, und öffnete ihren Mund, um einen beißenden Vorwurf zu machen. Aber dann erinnerte sie sich an ihren Plan und blieb still.

Schließlich war man mit dem Abendessen fertig, und die Mädchen nahmen ihre Bettkerze vom Tisch in der Halle und stiegen die Treppe hinauf in ihre Zimmer.

Seitdem Minerva und Annabelle aus dem Haus waren, hatten Daphne und Carina ein eigenes Zimmer, während Diana und Frederica sich immer noch ihr altes Zimmer teilten.

Der Sturm war abgeflaut. Carina öffnete das Fenster und lehnte sich hinaus. Die kühle frische Luft roch nach feuchten, vermodernden Blättern und Immergrün.

Hinter der hohen Hecke, die den Pfarrgarten umgab, tauchte die Gestalt eines Mannes auf, dessen Stock weißlich in der Dunkelheit schimmerte.

»Guy«, flüsterte Carina, und ihr Herz begann gegen ihre Rippen zu pochen.

Sie warf sich einen Mantel über und schlich sich aus ihrem Zimmer und langsam die Treppe hinunter; dabei ging sie auf den Zehenspitzen, um ja keinen Lärm zu machen.

Die dröhnende Stimme ihres Vaters und die hohe Stimme ihrer Mutter drangen durch die Tür des Wohnzimmers.

Sie stand ganz still in der Halle. Betty und die Köchin waren bestimmt noch in der Küche. Die Haustür war noch nicht abgeschlossen und verriegelt. Sie mußte versuchen, auf diesem Weg hinauszugelangen, und beten, daß sie keinen Lärm machte, und daß ihr Vater nicht zufällig aus dem Fenster schaute, wenn sie die Auffahrt hinunterlief.

Die Haustüre öffnete sich mit einem Knall wie von einem Pistolenschuß. Carina erstarrte und dachte sich bereits Ausreden aus. Aber im Wohnzimmer unterhielt man sich weiter, und in der Küche klapperte das Geschirr.

Sie schlüpfte leise hinaus und bemühte sich, die Türe langsam und sorgfältig hinter sich zu schließen. Dann lief sie im Schatten der Eiben die Auffahrt hinunter, denn ein verräterischer Mond tauchte alles in ein silbriges Licht.

Das Eisentor kreischte wie ein böser Geist, aber Carina konnte sich nicht mehr zwingen, auf mögliche Auswirkungen zu warten. Sie ließ das Tor krachend hinter sich zufallen und rannte auf die Straße hinaus, in beide Richtungen schauend.

Niemand.

Sie stieß einen Laut der Enttäuschung aus und dann einen voller Angst, als sich ein Arm von hinten um ihre Taille legte. Sie wirbelte herum. »Guy!«

»Ich habe mir gedacht, daß Sie mich vielleicht sehen und nach mir schauen«, flüsterte er. »Gehen Sie ein Stückchen mit mir spazieren. Wird man Sie vermissen?«

Carina schüttelte den Kopf, und es entging ihr nicht, wie gut Guy im Mondlicht aussah mit seinen schimmernden weißen Zähnen und den Augen, die aufregend glänzten.

Die Bemerkung ihres Vaters vom Fuchs, der nach Hühnern Ausschau hielt, kam ihr in den Sinn, und sie sagte nervös: »Ich hasse diese heimlichen Treffen. Ach, ich wünschte, Sie könnten mich im Pfarrhaus besuchen und Papa wäre vernünftig.«

»Ich bin gekommen, weil mir jemand erzählt hat, daß Ihr Vater mit der Peitsche hinter Ihnen her war«, sagte er mit leiser ernster Stimme. »Ich konnte nicht schlafen. Ich habe mir Sorgen um Sie gemacht. Glauben Sie mir, ich mag diese heimlichen Treffen auch nicht.«

»Ist es nicht erstaunlich«, fragte Carina sanft, »daß wir so gute Freunde geworden sind? Es ist, als ob wir zur gleichen Zeit die gleichen Gedanken hätten.«

»Ich glaube, es liegt daran, daß ich genug von albernen, kichernden weiblichen Wesen habe«, sagte Guy. »Ich bewundere Frauen mit Verstand. Ich muß gestehen, daß Ihre Schwester, Annabelle, mich durch ihre Schönheit blendete, aber das war, bevor ich Vernunft angenommen hatte.«

»Ja«, stimmte Carina mit mäßiger Begeisterung zu. Sie hätte es lieber gehabt, wenn Mr. Wentwater gesagt hätte, er sei von ihrer Schönheit und ihrer Klugheit gleichermaßen geblendet.

»Oh, Mr. Wentwater«, sagte Carina, blieb auf dem mondhellen Weg stehen und ergriff seine beiden Hände, »ich muß es Ihnen erzählen. Es ist etwas Furchtbares passiert.«

Der Wind seufzte über ihren Köpfen, und ein Schauer von nassen Blättern rieselte auf sie herab.

»Erzählen Sie's mir. Warum war Ihr Vater hinter Ihnen her? Wenn ich irgendwie helfen kann?« sagte Guy und drückte dabei ihre Hände an seine Brust.

»Papa hat eine Heirat für mich arrangiert. Ich soll morgen nach London fahren und bei Lady Godolphin bleiben, damit mich irgend so ein Mensch namens Lord Harry Desire begutachten, meine Zähne kontrollieren und am Ende sagen kann, ob er mich will oder nicht.«

»Das ist unerhört! Ihr Vater hat bereits zwei Töchter reich verheiratet. Wozu noch mehr?«

Carina seufzte, und der Wind, der über die hohen Hecken zu beiden Seiten des Weges strich, schien ihren Seufzer aufzunehmen und über die kahlen herbstlichen Felder zu tragen. »Wir sitzen finanziell schon wieder auf dem trockenen«, sagte sie. »Papa gibt sehr viel Geld für die Jagd aus. Dieser Lord Desire muß heiraten, um in den Besitz der Erbschaft seines Onkels zu kommen; er braucht eine Frau, Papa braucht das Geld, ich bin das Opfer.«

Er ließ ihre Hände los und wandte sich ein wenig von ihr ab, so daß sein Gesicht im Schatten war. Carina wartete angespannt darauf, daß er sagte, er wolle sie selbst heiraten.

»Ich hatte gehofft«, sagte er schließlich, »daß wir uns besser kennenlernen würden ... daß ich mich in der Grafschaft niederlassen könnte und von Ihrer Familie akzeptiert würde.«

Er stieß ein verlegenes Lachen aus. Carina fröstelte und zog ihren Mantel enger um die Schultern.

»Aber«, meinte er lebhaft, »es ist nicht gesagt, daß dieser Lord Harry Sie heiraten will. Dann können Sie nach Hause zurückkehren, und es geht uns allen wieder gut.« Er lachte genüßlich. »Ich bin sicher, daß Sie genau wissen, wie Sie sich bei ihm unbeliebt machen können. Eine intelligente Frau wie Sie ...«

»O Guy! Unsere Gedanken sind wirklich immer dieselben«, rief Carina aus und vergaß darüber ihre Enttäuschung über ihn. »Das ist genau das, was ich plane.«

»Sie müssen nach Hause gehen«, sagte er, nahm ihren Arm in seinen und führte sie zurück zum Pfarrhaus. »Ich möchte nicht, daß Ihr Vater seine Meute auf mich hetzt und mich wieder aus der Grafschaft jagt.«

»Was?« Carina blieb stehen, und Guy verfluchte sich wegen seiner vorübergehenden Unaufmerksamkeit. Sie wußte offensichtlich nichts von der Demütigung, die er von seiten ihres Vaters

erlitten hatte. Sie durfte nie erfahren, wie sehr er ihren Vater haßte für den Tag, an dem er buchstäblich von Hunden gehetzt die sommerlichen Straßen entlang fliehen mußte, dicht gefolgt von der Meute des Vikars, die nahe daran war, ihn zu zerreißen. Sie durfte nie ahnen, wie er Rache geschworen und Pläne dafür entwickelt hatte. Sie durfte noch viel weniger ahnen, daß ihre Anziehung für ihn vor allem darin bestand, daß er in ihr ein Instrument für diese Rache sah.

»Papa tat *was*?« Carina bestand auf einer Antwort.

Er lachte und zog sie am Arm, so daß sie gezwungen war, mit ihm Schritt zu halten. »Sie haben mich mißverstanden. Ich meinte, daß ich hoffe, daß Mr. Armitage mich nicht wegjagt. Nur ein Scherz, wissen Sie.«

Die Lampen im Wohnzimmer waren bereits gelöscht, und das Haus lag im Dunkeln. Es ist noch schwieriger zurückzukommen, dachte Carina. Diesmal wußte sie nämlich nicht, wo ihr Vater war.

Aber der Zauber von Guys Gegenwart gab ihr Mut. Sie blickte hinauf auf seine ausgeprägte Kinnlinie, das untadelige Weiß seines Hemdes und sein edles Profil und fühlte sich einer solchen Begleitung beinahe unwürdig. Er war Welten entfernt von ihrem großsprecherischen, vulgären Vater und seinen kleinkarierten Machenschaften.

»Gute Nacht«, sagte er zärtlich, hielt ihr das Tor auf und zog es leise hinter ihr zu.

Sie drehte sich um und schaute ihn durch die Gitterstäbe des großen Tors an; dabei spürte sie die Kälte des Eisens an ihren bloßen Händen. »Gute Nacht«, erwiderte sie ebenso zärtlich.

Er lehnte sich vorwärts, und sie tat das gleiche. Er küßte sie ganz zart durch die Gitterstäbe hindurch; es war ein leichter, keuscher Kuß.

Carinas Gesicht strahlte vor unverhüllter Liebe und Bewunderung, und Guy merkte, während er sie aufmerksam beobachtete, wie ein Gefühl von Macht in ihm aufkam.

Carina schwebte ins Haus und merkte nicht einmal, daß die Haustür immer noch offen war; sie versuchte auch gar nicht, leise die Stufen hinaufzuschleichen.

Wäre ihr Vater ihr in diesem Augenblick begegnet, hätte Carina ihm sicher ihre Liebe gestanden, und ihr Idyll mit Guy Wentwater wäre bestimmt zu Ende gewesen.

Aber niemand begegnete ihr auf der Treppe, und sie erreichte unbemerkt ihr Zimmer.

Lange Zeit saß sie traumverloren am Fenster.

Morgen würde sie nach London fahren. Am Montag würde sie Lord Harry Desire treffen.

Und wenn sie ihre Karten richtig ausspielte, war sie sehr bald danach wieder zu Hause, ungebunden und frei, ihre Romanze mit Guy weiterzuspinnen.

Nach einem solchen Fehlschlag war ihr Vater sicherlich froh, sie überhaupt verheiraten zu können.

Drittes Kapitel

»Wenn du mir nicht hilfst, Betty«, sagte Carina Armitage streng, »werde ich dafür sorgen, daß du bis ans Ende deiner Tage im Pfarrhaus schuftest und als alte Jungfer stirbst.«

»Wenn Sie nicht tun, was der Herr Vikar sagt«, schniefte das Mädchen Betty, »dann werden Sie auch nicht heiraten, und was ist dann mit Mr. Armitage, der kein Geld hat, wo doch Miss Minerva und Miss Bella bei den Heiden sind.«

»Für dich immer noch Lady Sylvester und Lady Peter, Miss«, sagte Carina bissig. »Sei kein Frosch, Betty«, fuhr sie in schmeichlerischem Ton fort. »Alles wird gut werden, wenn Minerva und Bella aus Paris zurückkommen – Paris ist nicht heidnisch, Betty. Denk nur an die Hüte! – und ich werde dafür sorgen, daß Papa dich deinen John heiraten läßt. Aber wenn du Papa dabei unterstützt, mich zu zwingen, diese schreckliche Perücke zu tragen, dann werde ich alles in meiner Macht Stehende tun, ihn darin zu bestärken, daß wir es uns nicht leisten können, John Summer mehr Lohn zu bezahlen.«

»Aber ich werde dafür geschimpft!« jammerte Betty.

In wenigen Minuten sollte Carina Lord Harry Desire vorgestellt werden. Carina hatte Lady Godolphin erzählt, daß Betty sich sehr gut als Kammerzofe eigne. Betty war aufgetragen worden, eine von Lady Godolphins zweitbesten, nußbraunen Perücken aufzudrehen und zu kämmen und dafür zu sorgen, daß nicht eine verräterische rote Locke hervorblitzte.

Das Kleid, das ihr Vater und Lady Godolphin für Carina ausgesucht hatten, war aus weißem, mit Rosenknospen besticktem Musselin, ein Meisterstück der Schneiderkunst, das äußerst geschickt Unschuld mit Raffinesse verband. Das Mieder war am Rücken mit Fischbein verstärkt und saß vorne so eng, daß Carinas Brüste wie zwei Äpfelchen in dem tiefen Ausschnitt lagen. Der Rock war so kurz, daß ihre Fesseln fast ganz zu sehen waren.

»Ich weiß, was ich mache«, sagte Carina. »Ich lasse die Perücke ins Waschbecken fallen und sage, daß sie mir vom Kopf gefallen ist, als ich mein Gesicht gewaschen habe. Dann werde *ich* geschimpft. Komm jetzt, ich will dieses skandalöse Kleid anziehen.«

Betty wußte nichts von der Abneigung Seiner Lordschaft gegen rotes Haar. Deshalb lächelte sie plötzlich, nachdem sie voller Zweifel Carinas Haar und die Perücke genau miteinander verglichen hatte, und meinte, sie sei überzeugt davon, daß Lady Godolphin nicht ganz bei Troste war, als sie ihre Anweisungen gab. Jedermann könne doch sehen, daß Carina mit ihren eigenen Haaren viel besser aussehe, auch wenn es schade war, daß die Rosenknospen auf ihrem Kleid gar so rosa waren, ganz zu schweigen von der breiten rosa Schärpe, die um ihre Taille geschlungen war.

Normalerweise hätte Carina schreckliches Lampenfieber gehabt, weil sie gewissermaßen der Ehrengast des Abends war. Aber ihre schmerzliche, zarte, kostbare Liebe zu Guy Wentwater gab ihr ein Gefühl, als könne sie alles ertragen.

Statt mit sich ins Gericht zu gehen wegen der Schnelligkeit, mit der sie sich in einen Mann von zweifelhaftem Ruf verliebt hatte, war sie sogar noch stolz auf ›ihre Liebe auf den ersten Blick‹, wie so manch verblendeter Liebender vor ihr. Und wie viele vor Liebe blinde Mädchen war sie davon überzeugt, daß die Übereinstimmung ihrer und Guys Seelen ein seltenes und kostbares Phänomen war.

Sie ließ es geduldig geschehen, daß Betty sie anzog und ihr Haar raffiniert in griechischem Stil frisierte, was sie von Annabelles Zofe gelernt hatte.

Es befriedigte sie, daß die Kombination von weißem Musselin und rosa Rosenknospen mit ihrem flammend roten Haar so abstoßend war, und um noch ein übriges zu tun, legte sich Carina eine rosafarbene Seidenstola um die Schultern.

»Ich sehe ziemlich schrecklich aus, Betty«, sagte sie schadenfroh, als sie vor dem großen Wandspiegel herumwirbelte.

Betty sah ihre junge Herrin prüfend an. Im stillen dachte sie, daß Carina noch nie besser ausgesehen habe. Die Pomade, die sie auf ihr Haar aufgetragen hatte, ließ dieses tiefroter erscheinen, und das rosa-weiße Kleid brachte ihren makellosen Busen und ihre zarten Fesseln wunderbar zur Geltung. Die ungewöhnliche Kombination von Rosa und Weiß mit ihrem roten Haar und den grünen Augen machte aus Carina eine ungewöhnlich aufregende, exotische Erscheinung. Betty kam zu dem Schluß, daß es nicht gut sei, Miss Carina Armitage zu bewundern. Zuviel Eitelkeit hätte Miss Annabelle beinahe verdorben, und Miss Daphne war auf dem besten Weg dazu.

»So geht es schon«, war alles, was Betty sagte, und Carina ging befriedigt darüber, daß sie ganz gräßlich aussah, nach unten.

Lord Harry Desire hatte auf einem Sofa Platz genommen. Es war nicht möglich, aus der schönen Ausdruckslosigkeit seines Gesichts seine Gedanken zu erraten.

Einmal hob er sein Monokel und blickte verblüfft im Raum umher – aber das war auch alles.

Mit Ausnahme der noch nicht anwesenden Carina und Mr. Anstey, dem albernen Liebhaber von Lady Godolphin, war keiner der Anwesenden unter fünfzig Jahren.

Lady Godolphin hatte nicht gewollt, daß Seine Lordschaft oder auch Carina durch irgend jemanden abgelenkt wurden. Selbst der Sopran, der der Star des heutigen Abends sein sollte, war dick, ausufernd und fünfzig, und ihr Begleiter drehte die Seiten des Notenheftes mit zitternder Hand, die mit Altersflecken bedeckt war, um.

Lord Harry erkannte die alte Lady Chester, die aussah und roch, als wäre sie für diese Gelegenheit ausgemottet worden.

Brüchige, vor Alter hohe Stimmen sprachen über Gicht, Rheuma und Depressionen. Lady Godolphin sah am jüngsten von allen Anwesenden aus. Sie genoß es, daß ihr all diese alten Leute ein Gefühl der Verjüngung vermittelten.

Aber sie beteiligte sich dennoch mit Vergnügen am Wettstreit der Krankheiten, indem sie ausführte, ihr Arzt habe ihr gesagt, sie leide an Rheumatismus, sie sei aber überzeugt, daß es Arthritis sei. Sie war gerade dabei, ihre Krampfadern lebhaft zu beschreiben, als sich die Tür öffnete und Miss Carina Armitage hereinkam.

Lady Godolphin sprang mit erstaunlicher Behendigkeit von ihrem Stuhl auf. Der Vikar stieß einen lauten Fluch aus, der ein schockiertes Gemurmel und ein heftiges Rascheln von Fächern auslöste.

»Ich tue so, als ob sie jemand anderes wäre«, dachte Lady Godolphin, als sie durch das Zimmer eilte, »und bringe sie so schnell wie möglich nach oben, um ihr die Perücke aufzusetzen.«

Aber direkt hinter Carina tauchte Colonel Arthur Brian auf.

Lady Godolphin errötete wie ein Schulmädchen unter ihrer Schminke. Sie öffnete und schloß ihren Mund, aber kein Laut war zu hören.

Carina lächelte die Gesellschaft holdselig an, machte ihren Knicks und ging auf einen einzelnen Stuhl zu, der in der äußersten Ecke des Zimmers stand.

»Heh!« herrschte der Vikar sie an und trat ihr in den Weg. Seine kleinen Knopfaugen glitzerten so hart wie Straß, aber er zwang sich zu einem jovialen Lächeln. »Komm, mein Mädchen. Da ist ein schöner junger Mann, der es kaum erwarten kann, deine Bekanntschaft zu machen.«

»Ich bin entzückt, Papa«, antwortete Carina untertänig und knickste beflissen vor einem voreiszeitlichen Gentleman namens Mr. Sothers.

»Der doch nicht, du dummes Gänschen«, klagte ihr Vater. Darauf folgte peinliches Schweigen, und der Vikar schaute zornig um sich. »Ha, ha, ha«, machte er und entblößte seine Zähne zu einem schrecklichen Grinsen. »Das sind so unsere kleinen Familienscherze. Meine Carina ist ein unartiges Kätzchen.« Er ergriff seine Tochter entschieden am Oberarm, als ob er sie abführen wollte, und ging mit ihr zu Lord Harry hinüber.

Lord Harry erhob sich aus seiner gemütlichen Lage und machte eine untadelige Verbeugung.

Carina musterte ihn unter ihren Wimpern hervor mit großem Vergnügen. Das ging ja viel besser, als sie gedacht hatte. Er war ein sehr gut aussehender Mann, überlegte sie, aber die schiere Dummheit seines Ausducks beraubte ihn jeder Anziehung, die er sonst vielleicht ausgeübt hätte.

Er stand da und lächelte sie leer und liebenswürdig an.

»Setz dich, setz dich!« sagte der Vikar betont herzlich.

Er gab seiner Tochter, die ihn zur Weißglut gebracht hatte, einen kräftigen Schubs, und sie fiel beinahe auf das Sofa. Lord Harry setzte sich anmutig neben sie und schaute sie höflich und umgänglich an.

Carina spielte mit ihrem Fächer.

»Ich war neulich im Theater«, begann Lord Harry liebenswürdig. »Ich habe Mrs. Siddons als Queen Catherine gesehen.«

Schweigen.

Der Vikar, der an Carinas anderer Seite wachte, zischte: »Du dumme Pute, frag ihn doch, wie es ihm gefallen hat!«

»Wie hat Ihnen das Stück gefallen, Mylord?« fragte Carina pflichtschuldig.

»Sehr gut«, antwortete Seine Lordschaft nach reiflicher Überlegung. »Ich habe meine Halskrause so getragen, wie es meinem Stil entspricht. Petersham meinte, sie sähe aus wie ein gefrorener Wasserfall. Aber, obwohl ich mich über das Kompliment gefreut habe, fand ich es nicht sehr zutreffend. Gemeißelter Schnee wäre besser gewesen, finden Sie nicht auch?«

»Nein«, sagte Carina. »Ich habe an Mode überhaupt nicht das geringste Interesse. Ich hätte mich dem Theaterstück gewidmet.«

Ein Zug von fast teuflischer Schadenfreude glitt über Lord Harrys schönes Gesicht, aber als Carina aufschaute, um die Wirkung ihrer ungezogenen Bemerkung zu sehen, zeigte sein Gesicht schon wieder diesen korrekten, unverbindlichen Ausdruck.

»Wissen Sie, warum Sie hier sind?« fragte Lord Harry, als der Vikar resigniert die Schultern zuckte und sich außer Hörweite begab.

»Ja«, sagte Carina. »Ich bin hier, um Sie kennenzulernen.«

»Wissen Sie, warum es so wichtig ist, mich kennenzulernen?«

»Ich glaube, daß mein Vater mich verheiraten möchte«, erwiderte Carina geradeheraus. »Aber, wie Sie sehen, würden wir natürlich überhaupt nicht zusammenpassen.«

»Und warum nicht, bitteschön?«

Die Antwort darauf wäre gewesen: Weil Sie ein absoluter Dummkopf sind und ich nicht, aber Carina fand, daß sie schon unhöflich genug gewesen war.

Sie ließ ein kurzes Lachen hören. »Um nur mal anzufangen – Sie werden ja bemerkt haben, daß ich rote Haare habe. Mein Vater hat mir gesagt, daß Sie rote Haare nicht ausstehen können.«

»Hat er das gesagt?« rief Lord Harry aus. »Bei Gott, das stimmt, das habe ich gesagt. Wissen Sie, rotes Haar bei Damen hat auf mich eine verheerende Wirkung. Ich verliebe mich in rothaarige Damen ... wie soll ich es sagen ... sozusagen auf den ersten Blick.«

»Dann genügt es wohl zu sagen, daß ich den Ruf habe, ein Blaustrumpf zu sein«, sagte Carina schnell. »Das wird Ihnen ja sicher eine gewisse Abneigung gegen mich einflößen.«

»Das würde es sicherlich, wenn es wahr wäre«, entgegnete Lord Harry ernsthaft. »Aber Sie können in dieser Hinsicht ganz beruhigt sein, Miss Carina, denn ich finde Sie überhaupt nicht intelligent.«

Carina schnappte entrüstet nach Luft, aber die entsprechend scharfe Entgegnung erstarb ihr auf den Lippen, weil der Sopran angefangen hatte zu singen.

Es war Madame Vallini, sie besaß eine laute, durchdringende Stimme, sehr zum Entzücken der hinteren Reihen auf der Galerie, die sich damit brüsten konnten, jeden Ton zu hören.

In einem Privatsalon war die Wirkung dagegen entsetzlich.

Unter den faszinierten Blicken von Carina brachte Lord Harry aus den Tiefen seiner Frackschöße eine Schnupftabaksdose zum Vorschein. Er ließ sie aufschnappen und nahm ein weißes Wachskügelchen heraus. Dann holte er aus einer anderen Tasche ein Taschenmesser, schnitt das Wachs feinsäuberlich entzwei, rollte jede Hälfte zwischen den Fingern und stopfte sich dann feierlich die entstandenen Wachszäpfchen in die Ohren. Er lehnte sich bequem zurück und ließ offenbar seine Gedanken schweifen.

Wie Guy lachen wird, wenn ich ihm von diesem Gecken erzähle, dachte Carina belustigt.

Dann übermannte sie eine Welle der Traurigkeit.

Guy.

Ach, wenn sie doch schon wieder in Hopeworth wäre und die Wege gehen könnte unter dem reinen weiten Himmel und dabei seine Stimme hören.

Papa würde kein Verständnis haben, das war ihr klar. Wie sollte jemand, der der Erde so sehr verhaftet war wie ihr Vater, das geistige Erlebnis ihrer Zusammenkünfte und den Gleichklang ihrer Seelen erfassen.

Guy hatte ihr von der Armee erzählt und von der großen Schlacht von Waterloo. Er hatte sie als ebenbürdig behandelt.

Zwei große Tränen zitterten an Carinas langen Augenwimpern.

Durch einen Tränenschleier sah sie überrascht, daß ihr träger Begleiter ihr ein sehr hilfreiches großes Taschentuch hinhielt.

Sie errötete, ergriff es aber und betupfte ihre Augen damit. Er nahm sicher an, daß sie von der Musik ergriffen sei, dachte Carina.

Sie wußte, daß der Vikar und Lady Godolphin irgendwann, wenn der Gesang vorüber war, beschlossen, sie mit Lord Harry allein zu lassen.

Sie mußte versuchen, ihn davon zu überzeugen, daß die geplante

Verbindung schlicht und einfach unpassend war.

Auf einmal war es Carina, als ob Guy mit ihr zusammen im Raum wäre, als ob er irgendwie mit ihr in Verbindung stände.

Sie lächelte vor sich hin. Sie wußte blitzartig, wo er war. Er saß in der alten, kaum benutzten Bibliothek in Lady Wentwaters dunklem Herrenhaus. Er stützte sein Kinn in die Hand, schaute über die ungepflegten Rasenflächen hinweg und dachte dabei an sie.

All ihre Einsamkeit und Verzweiflung verflüchtigten sich, und sie fühlte sich geliebt, getröstet und unterstützt.

Gar nicht so weit weg streckte genau in diesem Augenblick Guy Wentwater seine Stiefel auf dem mit Sägemehl bestreuten Boden von Humbolds Kaffeehaus aus und lächelte seinem Begleiter, Silas Dubois, zu.

Allzuviel Aufmerksamkeit schenkte er Mr. Dubois nicht. Der einzige Grund, warum er seine Gesellschaft in Kauf nahm, war, daß er ihn zufällig getroffen hatte und daß Mr. Dubois den Wein bezahlte. Guys Gedanken kreisten vielmehr um die schwarzen Locken und den weißen Busen eines Mädchens, das draußen auf dem Gehsteig auf und ab ging.

Er überlegte gerade, ob er einfach aufstehen und sein Glück bei ihr versuchen sollte, als ein Herr auftauchte, sich vor dem kecken Ding verbeugte und Arm in Arm mit ihm abzog.

Guy seufzte bedauernd. Er hätte sein Bett gerne mit so etwas aufgewärmt.

Er hörte, daß Mr. Dubois ihm eine Frage stellte: »Sehen Sie eigentlich die Familie Armitage manchmal?« fragte Dubois und schielte ihn über den Vorsprung seiner großen Nase hinweg an.

»Nein«, antwortete Guy Wentwater. »Der Vikar und ich hatten einmal eine gewisse Meinungsverschiedenheit. Ich mache dort keine Besuche. Nicht daß es mich stört. Eine sehr provinzlerische Familie.«

»Und doch eine, die auf dem Heiratsmarkt bemerkenswert viel Erfolg hatte«, sagte Mr. Dubois bedächtig.

»Ich glaube schon«, gähnte Mr. Wentwater. »Ich habe gehört,

daß der Vikar Miss Carina mit Lord Desire verheiraten will.«

»Davon habe ich schon in den Clubs gehört«, entgegnete Mr. Dubois.

»Das kann doch wohl nur bedeuten, daß der liebe Vikar wieder in Finanznöten ist.«

»Ja, immerhin hat der geistliche Herr aber eine Menge Töchter auf Lager.«

»Ist diese Carina so schön wie Minerva und Annabelle Armitage?«

»Nicht eigentlich«, zuckte Guy die Schultern. »Ein kleines Füchschen mit schrecklich roten Haaren.«

»Ich frage mich«, sinnierte Mr. Dubois und rieb sich die Hände, »ob Sie meinen, daß Minerva diese Schwester, Carina, ganz besonders liebt.«

»Unglaublich, wie die Familie Armitage Sie beeindruckt«, spöttelte Guy. »Minerva, die Gute, hängt an der ganzen Bande.«

»Und würde sie sich fürchterlich aufregen, wenn etwas schiefginge?«

Guy schaute Silas forschend an.

»Aha!« sagte er. »Jetzt fällt es mir wieder ein. Es geht ein Gerücht, daß Sie sich mit Lord Sylvester um die schöne Minerva duelliert haben und daß Lord Sylvester Ihnen die Pistole glatt aus der Hand geschossen hat.«

»Es war ein Trick, er hat mich hereingelegt«, verteidigte sich Mr. Dubois. »Er hat mich ruiniert. Ich war vorher der beste Schütze in England.« Er tätschelte zärtlich seine rechte Hand.

»Und Sie wollen sich rächen?«

»Warum nicht?«

Guy Wentwater grinste. »Dann sind Sie vielleicht mit einem kleinen Vorschlag einverstanden, der uns beiden nützen würde. Ich möchte mich nämlich auch an der Familie Armitage rächen. Kommen Sie ein wenig näher und hören Sie gut zu, wirklich sehr gut ...«

Der Sopran schmetterte seinen letzten hohen Ton. Es gab ein arthritisches Händeklatschen, und dann erhob sich die Gesellschaft, um sich in das Eßzimmer zu begeben.

»Was macht Arthur hier?« verlangte Lady Godolphin vom Vikar zu wissen.

Mr. Armitage warf ihr einen zerstreuten Blick zu. »Ich habe ihn überredet zu kommen«, sagte er. »Sie können doch an diesem Gecken, Anstey, nicht im Ernst interessiert sein.«

»Ich habe es nicht nötig, hier zu stehen und mir Ihre wirren Gedanken anzuhören«, entgegnete Lady Godolphin. »Ich rede später mit Ihnen darüber. Was wir jetzt tun müssen, ist, die Gäste ins Eßzimmer zu bitten und dafür zu sorgen, daß Carina und Desire in diesem Zimmer bleiben. Klar?«

»Ja, ja, ja«, brummte der Vikar. »Überlassen Sie das besser mir. Ich werde das taktvoll in die Wege leiten.«

Lady Godolphin schaute ihn nicht ganz überzeugt an, watschelte aber gehorsam davon, und bald konnte man sie ihre Gäste auffordern hören, doch ein Glas ›Cannery‹ zu trinken.

Der Vikar ging auf Carina und Lord Harry zu, die sich ebenfalls erhoben hatten.

»Wenn ihr beide euch zu etwas entschließen wollt«, sagte er, »dann ist es besser, ihr fangt bald damit an.«

Und damit machte er kehrt und folgte den übrigen Gästen, die vor ihm hinausgingen. Lord Harry versuchte, dem Vikar zu folgen, aber dieser unterband das, indem er ihm direkt vor der Nase die Tür zuschlug und sie von draußen fest versperrte.

»Ach herrje«, seufzte Lord Harry. »Ich bin so hungrig.«

»Es wäre besser, Sie würden jetzt um meine Hand anhalten und abgewiesen werden. Dann hätten wir diese idiotische Geschichte hinter uns gebracht«, schlug Carina vor.

Er nahm sein Monokel aus der Westentasche, polierte es gewissenhaft, klemmte es sich ins Auge und musterte Carina aufmerksam von oben bis unten.

»Ich muß mich entschuldigen«, sagte Carina und wurde ganz rot dabei. »Es ist mir sehr peinlich, wie Sie sehen. Ich will nicht verheiratet werden.«

»Nicht mit mir? Oder überhaupt nicht?«

Er hatte das Monokel fallen lassen, und sein Blick war ganz offen und freundlich.

»Das ist es nicht«, sagte Carina verzweifelt. »Es ist nur ... o ja, es ist nur so, daß ich einen Mann meiner Wahl heiraten möchte.«

»Das ist nur natürlich«, sagte er gelassen. »Also, ich hasse es, zu etwas gezwungen zu werden. Mein Kindermädchen hat mir immer gesagt, daß ich gekochten Kohl essen muß, weil er so gesund für mich ist, und seitdem verabscheue ich ihn. Ihnen hat man gesagt, daß diese Heirat gut für Sie ist, und deshalb verabscheuen Sie die ganze Angelegenheit. Sie schauen mich an, und Sie sehen gekochten Kohl.«

»Nicht ganz«, kicherte Carina unsicher. Er stand sehr dicht vor ihr. Sein ganzes Wesen strahlte eine beunruhigende Sinnlichkeit aus. Sie war sich der Entschlossenheit seines Mundes und der Breite seiner Schultern nur allzusehr bewußt.

Unsinnigerweise fragte sie sich, ob sie gepolstert waren. Er war sonst so schlank. Abgesehen von seinen Beinen natürlich. Es war einfach nicht zu vermeiden, seine Beine zu bemerken, da seine Hose so extrem eng war. Vielleicht trug er falsche Waden. Aber wenn er sich bewegte, konnte man das ausgeprägte Muskelspiel unter dem Stoff ganz deutlich beobachten ...

Carina errötete so heftig, daß sie beinahe so rot war wie ihre Haare.

»Ich muß heiraten, wissen Sie«, seufzte Lord Harry. »Eigentlich muß ich nicht wirklich, aber sehen Sie, ich bin ein verschwenderischer Mensch, und mein Onkel hat Geld in Hülle und Fülle. Das Dumme ist, daß ich zu faul bin, in den Londoner Salons nach weiblichen Wesen Ausschau zu halten und ihnen den Hof zu machen. Ich dachte, dieses Arrangement Ihres Vaters würde mir viel unnötige Mühe ersparen.« Man hörte die Türe leise aufgehen. »Der Herr Vikar hat befunden, daß wir genug Zeit gehabt haben.«

»Was soll ich tun?« fragte Carina. »Ich möchte so gerne nach Hause. Ich hasse London. Ich habe hier nichts verloren. Wenn ich Papa sage, daß wir nicht zusammenpassen, dann läßt er mich erst recht in London, in der Hoffnung, daß schließlich etwas aus der

Sache wird.«

»Und würden Sie mich besser leiden können, wenn es mir gelänge, den Vikar zu überreden, Sie nach Hopeworth zurückzubringen, sagen wir, morgen?«

»Ich wäre Ihnen ja so dankbar dafür.«

»Dann werde ich das so einrichten«, sagte Lord Harry tröstend. »Jetzt wollen wir aber zu den anderen gehen.«

Carina war nur zu froh, ihm zu entrinnen.

Die ältlichen Gäste häuften Berge von Delikatessen auf ihre Teller. Sie bedienten sich von einem Buffet, das im Eßzimmer aufgebaut war. Lady Godolphin stritt sich gerade erbittert in einer Ecke mit Colonel Brian und schien gar nicht zu merken, daß Mr. Anstey Lady Chester angelegentlich den Hof machte.

Lord Harry knüpfte ein Gespräch mit der Sopranistin an. Er schien vergessen zu haben, daß Carina Armitage überhaupt existierte. Carina sah, wie sich ihr Vater näherte und begann hastig eine Unterhaltung mit dem alten Earl of Derham.

Derart um seine Beute betrogen, wandte sich der Vikar Lord Harry zu, der sich gerade von der Diva entfernte.

Während Carina mit Lord Derham über die Wirkung von Essig und Wasser auf die Milz plauderte, sah sie, wie Lord Harry seinen hübschen Kopf leicht zur Seite neigte, als er ihrem Vater zuhörte. Darauf lächelte er und sagte etwas. Der Vikar sah erfreut aus, klopfte ihm auf die Schulter und drückte seine Hand.

»Um Himmels willen!« dachte Carina entsetzt. »Dieser unglaubliche Dummkopf hat Papa wahrscheinlich erzählt, daß wir heiraten. Nichts anderes würde Papa so erfreuen.«

Sie beendete die Konversation mit dem Earl überstürzt und ging auf ihren Vater zu. Er sah sie kommen und strahlte sie an.

»Du bist ein vernünftiges Mädchen«, sagte er liebevoll. »Ich habe immer gewußt, daß du ein Schlauköpfchen bist. Als Desire mir von deiner Idee erzählte, daß er mit uns nach Hopeworth fahren und so lange bleiben soll, bis ihr euch besser kennengelernt habt, war ich ganz überrascht. Ich hätte nicht gedacht, daß du so vernünftig bist, wirklich wahr.«

»›Seele, du hast gut vorgesorgt für viele Jahre; ruh dich nun aus, iß, trink und sei fröhlich‹«, zitierte der Pfarrer freudig und griff an Carina vorbei nach einem Teller. »Ich habe mir ja solche Sorgen gemacht, daß ich mich fast zu Tode gehungert hätte. Aber heute beende ich mein Fasten.«

Carina wandte sich ab, um die blinde Wut auf ihrem Gesicht zu verbergen. »Der verdammte Narr!« wütete sie innerlich und verfluchte Lord Harry. Aber wenigstens bin ich morgen wieder zu Hause, und Guy braucht diesen Idioten nur zu sehen, um zu wissen, daß er mich retten muß. Wirklich, dieser Lord Harry ist solch ein Hornochse, daß er nicht einmal merkt, daß ich ihn gar nicht besser kennenlernen will! So ein Narr war ja wohl noch nie da!

Viertes Kapitel

Nie zuvor hatte das Pfarrhaus so klein gewirkt. Die Ankunft von Lord Harry schien es zu reduzieren, obwohl es ein ansprechendes Gebäude mit Eßzimmer, Wohnzimmer, Salon und Arbeitszimmer im Erdgeschoß, sechs Schlafzimmern im ersten Stock und den Dachzimmern war. Carina und Daphne mußten sich, wie früher, ein Zimmer teilen, um Lord Harry Platz für ein Schlafzimmer zu machen, da ihm das Schlafzimmer der Jungen als Ankleideraum diente. Die Dienerschaft mußte ebenfalls zusammenrücken, um seinem Diener Platz zu machen.

Den extrem eleganten Lord Harry als Gast zu haben war, als ob man ein besonders schönes Möbelstück gekauft hätte, um dann festzustellen, daß die Vorhänge verblichen und der Teppich abgetreten war.

Carina fand, daß er ihr Heim schäbig, düster und erbärmlich machte.

Sie hatte es bis jetzt sorgfältig vermieden, allein mit ihm zu sein. Als Sir Edwin und seine Frau von seiner Anwesenheit erfuhren, baten sie die ganze Familie zu einem Gartenfest, um sich die Teilnahme von Lord Harry zu sichern. Sie waren nämlich immer noch begierig, eine gute Partie für eine ihrer Töchter zu arrangieren, und wußten, daß bis jetzt von einer offiziellen Verlobung mit Miss Carina Armitage keine Rede war. Carina betete um Regen. Sie mochte ihren Onkel und seine kalte Frau nicht, und deren dumme, boshafte Töchter noch weniger.

Doch dann hörte sie zufällig, wie ihr Vater mit Mr. Pettifor darüber schimpfte, daß Mr. Wentwater auch eingeladen war, und von diesem Augenblick an konnte Carina den Samstag, an dem das Gartenfest stattfinden sollte, kaum mehr erwarten.

Sie waren am Mittwoch morgen aus London gekommen. Es war bereits Freitag, und bis jetzt hatte Carina von Guy Wentwater weder etwas gesehen noch gehört.

Sie hatte am Mittwoch- und Donnerstagabend am Fenster gesessen, in der Hoffnung, ihn spazierengehen zu sehen.

Sie wußte nicht, daß er gleichzeitig mit ihr in London gewesen war, und ihre Vision, wie er in der Bibliothek von ihr träumte, hatte sich in ihrem Kopf festgesetzt. Überdies hatte sie Gott um Rat gebeten, und wenn dieser ihr auch einen unerwarteten Schlag versetzt hatte, indem er Lord Harry ermöglichte, zu Besuch zu kommen, war sie immer noch der Überzeugung, daß der Allmächtige der Ansicht sei, sie solle mit Guy durchbrennen.

Das ganze Pfarrhaus war in heller Aufregung wegen der Vorbereitungen für das Gartenfest. Es war gar nicht einfach, sich zu entscheiden, was man anziehen sollte. Der Hundertjährige Kalender versprach einen schönen Tag. Sollte man lieber in Schönheit frieren, oder sich in Wolle wohl fühlen?

Daphne wollte natürlich frieren. Kein Opfer war zu groß. Mode stand über alles.

Wäre Minerva immer noch ihre Ersatzmutter gewesen, hätten sie sich alle vernünftig anziehen müssen. Aber Minerva war verheiratet. Minerva war in Paris, und Mrs. Armitage hatte ein neues und delikates Leiden entdeckt und hatte sowenig Interesse an dem, was ihre Töchter taten oder ließen, wie eh und je.

Carina wünschte den eleganten Lord Harry aus tiefster Seele zur Hölle.

Er war viel zu sehr zum Liebling der ganzen Familie geworden, als daß sie sich dabei wohlgefühlt hätte. Sie alle schienen die Heirat für eine beschlossene Sache zu halten. An diesem Abend hatte Lord Harry nach dem Abendessen ein lautes Stäbchenspiel mit Carina und Diana gespielt; dabei hatte er unbekümmert sein ganzes Vermögen verspielt und gedroht, in den Garten zu gehen und sich zu erschießen – zu Fredericas Entzücken.

»Das ist schlimmer als Waterloo«, lachte er und zog Frederica an den Haaren.

»Wie wollen *Sie* das denn wissen?« fragte Carina unhöflich.

Es folgte peinliches Schweigen.

»Carina!« drohte ihr Vater. »Ich möchte dich in meinem Studierzimmer sprechen.«

Carina warf ihre Lippen rebellisch auf. Lord Harrys heisere Stimme beschrieb den Taifun, der das Gartenfest morgen sicherlich heimsuchen würde, und sogar Daphne kicherte hemmungslos über die verrückten Beschreibungen, die er entwarf.

Das ganze Pfarrhaus scheint von Lord Harry Desire erfüllt zu sein, dachte Carina ärgerlich, als sie ihrem Vater durch die Halle zu seinem Arbeitszimmer folgte.

Sie hatte heimlich gehofft, ihre Familie würde eine Abneigung gegenüber diesem trägen, dümmlichen Lord entwickeln.

»Schließ die Tür«, schnauzte ihr Vater sie an, sie aus ihren Gedanken reißend. »Was sollte diese Bemerkung bedeuten, Miss?«

»Welche Bemerkung, Papa?« fragte Carina zuckersüß zurück.

»Daß Lord Harry nichts von Waterloo weiß.«

»Ich hielt es für eine gerechte Feststellung, Papa. Es gab viele gute und tapfere Männer, die in Waterloo kämpften. Er sollte es nicht einmal im Spaß wagen, so zu tun, als wäre er einer von ihnen.«

»Und warum nicht? Da er doch ganz bestimmt einer war?«

»Du mußt –«

»Hör einmal, Mädchen, ich weiß es von Lord Brothers, daß Harry Desire einer der tapfersten Offiziere auf dem Schlachtfeld war. Nur weil der Mann nicht überall angibt und protzt, heißt das nicht, daß er nicht tapfer ist.«

»Es tut mir leid, Papa«, ließ sich Carina kleinlaut vernehmen, auch wenn sie im stillen Lord Harry nur noch mehr dafür haßte, daß sie jetzt so dumm dastand.

»Ich weiß nicht, was in deinem Kopf vorgeht«, fuhr der Vikar fort. »Wenn da ein anderer Mann in deinem Leben wäre, könnte ich es verstehen. Desire ist ein netter Kerl. Er ist nicht allzu klug, das garantiere ich dir. Oft scheint er nicht älter als Frederica zu sein. Er hat dem Bellen meiner Hunde zugehört und gesagt: ›Der Baß ist eine Spur zu tief. Sie sollten das Tier stimmen lassen, meinen Sie nicht?‹ Aber Intelligenz ist sowieso nicht Mode und war's auch nie. Er ist ein Gentleman, und der wahre Gentleman ist dumm.«

»Würdest du dich selber so beschreiben?« fragte Carina hinterhältig.

»Oh, ich bin nicht dumm«, sagte der Vikar ernsthaft, »aber ich habe den Grips, diese Tatsache zu verbergen. Ich habe von Minerva und Annabelle Post. Sieht so aus, als ob sie meinen, dein Debut sollte nächstes Jahr sein. Aber wir können es uns nicht leisten, zu warten.«

Carina ballte ihre Fäuste und schaute ihren Vater mit ihren eigenartigen grünen Augen an: »Papa, wenn ich einen Mann heiraten würde, der einen Haufen Geld hat, dann wäre es dir doch bestimmt egal, was das für ein Mann ist?«

Sie blickte ängstlich, denn Guys Name zitterte ihr auf den Lippen.

»Natürlich wäre es mir nicht egal«, sagte der Vikar überzeugt. »Stell dir vor, unsere Bella hätte diesen Guy Wentwater geheiratet. Er soll übrigens auch zu Edwins Gartenfest kommen. Ich habe zu Edwin gesagt, ›du hast keinen Stil‹, ja das habe ich gesagt. Edwin sagte, Wentwater handelt nicht mehr mit Sklaven und hat eine Menge Geld, und er zieht ihn für Josephine oder Emily in Betracht. Aber ich habe gesagt, wir würden lieber alle verhungern, als diesen Unmenschen in die Nähe des Pfarrhauses lassen.«

All der neuentdeckte Haß auf ihren Vater entbrannte noch einmal so heftig in Carinas Brust.

»Ich muß Minerva schreiben und ihr von deinen Plänen erzählen, Papa«, sagte sie.

Der Vikar sah sie scharf an, dann fiel ihm ein, daß er den Postboten bestochen hatte. »Tu das«, sagte er, Milde vortäuschend. »Sie ist ein vernünftiges Mädchen und würde meine Wahl gutheißen. Ich habe versucht, dich und Lord Harry allein zu lassen, aber du machst immer irgendwelche Ausflüchte. Soviel ich weiß, ist er doch hierhergekommen, damit ihr zwei euch besser kennenlernt. Und ihr werdet euch besser kennenlernen, Carina Armitage. Das ist ein Befehl!«

»Ja, Papa«, seufzte Carina.

»Das ist eine Schnapsidee von Edwin, dieses Gartenfest da. Wer in aller Welt hat je von einem Gartenfest gegen Ende Oktober gehört? Aber die Umgebung des Herrenhauses ist ja sehr schön, und du wirst dafür sorgen, daß du und Lord Harry euch irgendwie absondert.«

Du gemeiner, abscheulicher, vulgärer Mensch, dachte Carina. Laut sagte sie, »ja«, und wollte nur noch entfliehen.

»Dann geh wieder hinein«, befahl der Vikar, »und laß deine Ungezogenheiten bleiben, Miss.«

Es gab keine weiteren Ungezogenheiten von Carina, weil sie Lord Harry den ganzen Abend kein einziges Mal mehr ansprach. Endlich war es Zeit, ins Bett zu gehen.

Wieder einmal saß Carina am Fenster und schaute hinaus, ob Guy auf dem Weg spazierenging; dabei wartete sie ungeduldig darauf, daß Daphne mit ihrer ausgedehnten Toilette für die Nacht fertig wurde und einschlief.

Daphne war glücklicherweise zu sehr mit sich selbst beschäftigt, als daß sie sich wunderte, warum ihre Schwester so viel Zeit am Fenster verbrachte, statt sich zum Schlafengehen zurechtzumachen.

Schließlich schlief Daphne ein, ihr Haar mit den Lockenwicklern glänzte im Dunkeln.

Dann war plötzlich der schwache rote Schein einer Zigarre auf dem Weg zu erkennen. Carina unterdrückte ein Stöhnen, als sie die Fensterscheibe klar rieb, um hinauszuspähen. Da war die große

Gestalt, da war das vertraute Schimmern des weißen Stocks in der Dunkelheit.

Sie zog ihren Mantel über und rannte aus dem Pfarrhaus, zu aufgeregt, um auch nur den Versuch zu machen, leise zu sein.

Der Rasen und die Büsche im Garten glitzerten im abendlichen Tau. Aus dem Hundezwinger kam das melancholische Heulen eines Hundes. Sterne leuchteten am Himmel.

Carina öffnete das Tor und schoß auf den Weg hinaus.

Zuerst dachte sie, er sei nicht mehr da, aber dann sah sie die leuchtende Zigarrenspitze an der Straßenbiegung tanzen.

Sie hetzte atemlos den Weg entlang und bog um die Ecke.

Jenseits des Zauntritts tanzte das verlockende, quälende Leuchtkäferchen über den Feldern.

Da Carina es nicht wagte, laut zu rufen, kletterte sie mit geschürzten Röcken über den Zauntritt und rannte dann über die harte, gefurchte Erde, bis sich die hohe, dunkle Gestalt eines Mannes am Rande des Gehölzes abzeichnete. Eine Wolke verdeckte den Mond, und so konnte sie nur seinen Umriß ausmachen.

»Warten Sie!« rief sie atemlos. »O bitte, warten Sie.«

Er warf seine Zigarre weg und drehte sich zu ihr um.

Erfüllt von Liebe und Sehnsucht, stürzte sie auf ihn zu und warf sich ihm an die Brust.

Starke Arme umfingen sie, und sie seufzte und schloß die Augen und wandte ihr Gesicht nach oben.

Der Kuß war genau so, wie sie ihn sich erträumt hatte, suchend, brennend, leidenschaftlich, so daß sie zitterte und außer Atem war.

Er liebte sie!

Als er sie schließlich losließ, sah sie voller Bewunderung zu ihm auf.

Der wankelmütige Mond kam wieder hinter der Wolke hervor.

Die schönen Augen von Lord Harry Desire schauten sie an.

»Sie!« rief Carina aus und fuhr sich mit der Hand an den Mund.

»Wer sonst?« antwortete er mit der Andeutung eines Lachens in der Stimme.

Seine Arme hielten sie noch immer eng umschlungen. Carina

versuchte verzweifelt, zu entkommen. Sie konnte ihm nicht von Guy erzählen. Denn er könnte es ja ihrem Vater berichten.

»Sie haben eine nette Art, unsere Bekanntschaft zu vertiefen, Miss Carina«, meinte Lord Harry.

»Ich hatte nicht die Absicht... Ich habe ge...schlafwandelt«, stotterte Carina verzweifelt. »Und ich habe nicht gewußt, wer ... was ich tue.«

»Ach, und da küssen Sie immer irgendwelche Männer, wenn Sie schlafwandeln? Wenn wir verheiratet sind, werde ich Sie ans Bett ketten müssen.«

»Nein. So etwas habe ich noch nie gemacht. Mylord, Sie sind ein Gentleman. Lassen Sie uns bitte zum Pfarrhaus zurückgehen und nicht mehr über die Angelegenheit sprechen.«

»Wie Sie wünschen«, antwortete er leichthin.

»Aber ich *kann* nirgends hingehen«, sagte Carina ärgerlich. »Sie halten mich so fest.«

»Das ist richtig«. Seine Augen leuchteten im Mondlicht. »Mir ist kalt, wissen Sie, und Sie wärmen mich so schön.«

»Bitte, lassen Sie mich gehen«, bat Carina. Sie schaute wild um sich. Eine wahnsinnige Angst vor Vergewaltigung überkam sie. Er war gar nicht mehr der dümmliche, träge Lord der vergangenen Tage. Seine Männlichkeit war geradezu überwältigend, und seine kräftigen Arme, die um sie geschlungen waren, machten sie ganz hilflos. Er gehörte plötzlich zu dieser geheimnisvollen Welt der Männer, die schlüpfrige Witze erzählten und Frauen verachteten, sie aber mit den Blicken auszogen. Diese Welt der Männer hatte sie immer gefürchtet – das merkte sie jetzt.

»Natürlich lasse ich Sie gehen«, sagte er begütigend. »Aber Sie müssen mich natürlich noch einmal küssen, denn ich kann heute nacht nicht ruhig mit dem Wissen schlafen, daß ich von einer schönen jungen Dame geküßt worden bin, nur weil sie schlafgewandelt ist.«

»Nein, ich will Sie nicht noch einmal küssen!«

»Aber begreifen Sie doch, daß ich für Ihre Gesundheit fürchte. Ich meine, Ihre Mutter und Ihr Vater sollten von dieser gefährlichen

Krankheit erfahren.«

»Nein, Sie dürfen Ihnen nichts sagen. Sie würden sich Sorgen machen. Es kommt ganz selten vor. Machen Sie sich nicht lustig über mich.«

»Dann küssen Sie mich.«

Carinas Ängste verflogen, sie war jetzt nur noch verärgert. Schließlich konnte nur ein sehr dummer Mann so hartnäckig um einen Kuß betteln, wenn das Mädchen in seinen Armen so offensichtlich fort wollte.

»Also gut«, sagte sie. »*Einen* Kuß.«

Sie bot ihm ihre Lippen dar und schloß die Augen ganz fest. Im nächsten Augenblick öffneten sie sich vor Überraschung. Denn er hatte sie hochgehoben, als ob sie überhaupt nichts wiege. Ein Arm lag um ihre Schultern und der andere in den Kniekehlen. Der Mond verschwand wieder hinter einer Wolke und tauchte sie ins Dunkle, als sich sein Mund auf ihren Mund herabsenkte.

Noch bevor seine Lippen die ihren berührten, dachte Carina grimmig: »Jetzt wird der dumme Kerl den Unterschied merken ... jetzt, wo ich weiß, daß es nicht Guy ist.«

Sein Mund schien an ihren Lippen zu haften, als er sie sehr sanft küßte, während sie teilnahmslos darauf wartete, daß er endlich aufhörte.

Doch da fing ihr Körper verräterisch zu zittern an und schmerzte geradezu vor Sehnsucht. Ihre Hand stahl sich in seinen Nacken, scheinbar ohne ihr Zutun, und vergrub sich in seinen dichten Locken.

Er ließ sie abrupt los, stellte sie auf die Füße und gab ihr mit einem Arm um die Schultern Halt.

Sie stand ganz still und schaute zu Boden; sie fühlte sich schlecht, bis ins Mark erschüttert und voller Angst. Diese schwindelnde Lust, die sie da ergriffen hatte, war furchterregend. So sollte Liebe nicht sein. Sie sollte süß und rein sein: eine zarte Vereinigung zweier Seelen, ein Zusammentreffen und Zusammenfließen von Ideen.

Carina hatte das Gefühl, daß sie Guy untreu geworden war.

Sie schaute zu Lord Harry auf. Er hatte ein flaches Etui aus der

Tasche gezogen und holte sich eine Zigarre heraus.

»Was für eine schöne Nacht«, stellte er glücklich fest.

»Sie ... Sie werden meinen Eltern doch nichts erzählen von ... von meinem Schlafwandeln?« fragte Carina mit einer ungewohnt rauhen Stimme.

»Nein«, sagte er sanft und begann über das Feld zu gehen. »Nein, ich denke nicht. Sie würden mir ja auch vielleicht nicht glauben. Ihr guter Vater, der manchmal – verzeihen Sie Miss Carina – Gedanken hat, die nicht recht zu seinem geistlichen Stand passen, könnte zu dem Schluß kommen, daß Sie mich mit jemandem verwechselt haben.«

Carina stolperte, und er nahm ihren Arm. Sie schaute ängstlich zu ihm auf, und er lächelte zurück; in seinen Augen war nichts anderes als gutmütiger, harmloser Humor zu sehen.

»Was sehr dumm von ihm wäre«, sagte Carina leise.

»Was sehr dumm vom ihm wäre«, stimmte Lord Harry zu, »da Sie mich ja beim zweiten Mal genauso liebevoll wie beim ersten Mal geküßt haben.«

»Wir wollen nicht mehr darüber sprechen«, meinte Carina. »Bitte erzählen Sie mir etwas. Ich habe von meinem Vater erfahren, daß Sie sich in Waterloo tapfer geschlagen haben.«

»Ich habe dort gekämpft, ja.«

»Erzählen Sie mir davon.«

»Ich habe keine Lust, darüber zu sprechen«, sagte er lässig. »Ich möchte über Ihre Augen sprechen. Tragen Sie manchmal Jadeohrringe? Ich wünschte, wir wären verlobt, dann könnte ich Ihnen ein Paar kaufen.«

»Ich nehme an, Sie halten Frauen für zu dumm, um Kriegsgeschichten zu hören.«

»Die einzigen, die Geschichten über Waterloo erzählen, sind Leute, die nicht selbst dort waren und die auch nie in einer solchen Schlacht gekämpft haben. Es war nicht wie andere Schlachten, wissen Sie. Es war ein Gemetzel und Blutvergießen.«

»Sie meinen, eine Schlacht, die England nicht hätte schlagen sollen?«

»Nein, warum sollte ich das denken? Mein Französisch ist ziemlich haarsträubend. Ich glaube, deshalb hätte ich keine Lust, unter Napoleon zu leben. Und denken Sie nur an ihre Mäntel! Ganz abscheulich, das kann ich Ihnen sagen.«

»Ich kenne einen Mann, der tapfer in Waterloo gekämpft hat und sich nicht schämt, darüber zu sprechen«, sagte Carina mit einem Hauch von Verachtung in der Stimme.

»Wirklich? Wer bitte?«

»Sie werden ihn morgen kennenlernen.«

»Ah, eine Überraschung.«

»Ich glaube, Lord Harry, bevor wir zu Hause ankommen, sollte ich klarstellen, daß wir nicht zusammenpassen. Ich bin Ihnen dafür dankbar, daß Sie Papa gesagt haben, daß Sie auf Besuch kommen, so daß ich aus London wegkonnte. Aber es ist an der Zeit, diese Komödie zu beenden.«

»Aber ich fühle mich sehr wohl«, sagte er. »Ich mag Ihre Familie. Ich habe in letzter Zeit nicht viel Familienleben gehabt.«

»Haben Sie Geschwister?« fragte sie neugierig und merkte dabei, wie wenig sie über ihn wußte.

»Ich habe drei Brüder, alle jünger als ich, und zwei kleine Schwestern.«

»Besuchen Sie Ihre Eltern sehr oft?«

»So selten wie möglich.«

»Ich weiß, was es heißt, seine Eltern zu verabscheuen«, sagte Carina bitter; zum erstenmal fühlte sie sich mit ihm verbunden.

»Ich habe nicht gesagt, daß ich sie verabscheue«, sagte er obenhin.

»Ich habe sie sogar gern, aber ich lebe lieber in der Stadt.«

Er sprang leichtfüßig über den Zauntritt und stand auf der anderen Seite, um sie herabzuheben.

»Ich komme ganz gut selbst hinüber, Sir«, sagte Carina.

Aber er gab sich den Anschein, nichts gehört zu haben. Er hielt beide Arme auf.

Sie legte ganz zurückhaltend ihre Hände in die seinen und wollte hinunterspringen.

Er zog sie zu sich hinunter, so daß sie in seine ausgebreiteten

Arme fiel.

O verräterischer, abscheulicher Körper, der so viel Lust empfand, daß man verging!

Carina befreite sich und lief fast vor ihm, so lautlos wie eine Katze, die Straße hinunter.

Er holte sie ein. Sie schaute zu ihm auf und erschrak über die berechnende Intelligenz, die sich in seinem Gesicht spiegelte. Doch mußte dies dem Mondlicht zuzuschreiben sein, denn im nächsten Moment sahen seine hübschen Züge so leer, dumm und gutgelaunt wie immer aus.

Der Vikar begegnete ihnen am Tor. »Ja, ja«, sagte er und rieb sich die Hände. »Das sehe ich gerne.«

Carina schob sich an ihm vorbei und rannte ins Haus.

An diesem Abend weinte sie sich in den Schlaf.

Der Tag, an dem das Gartenfest stattfinden sollte, ließ sich hell und sonnig an. Carinas Aufregung hatte die anderen Mädchen angesteckt, die sehr erregt waren, als sie endlich aufbrachen.

Lord Harry hatte seine eigene Kutsche, und alle nahmen an, daß er mit Carina fuhr, aber Carina wollte nicht in seiner Begleitung erscheinen. Sie wollte, daß Guy sie allein, ungebunden und unabhängig sähe. Und so überredete sie Daphne dazu, in Lord Harrys eleganter zweisitziger Kutsche Platz zu nehmen, und Daphne war nur zu gern bereit.

Carina trug ein jadegrünes Seidenkleid mit einem Umhang in derselben Farbe. Ein reizender Strohhut à la Schäferin verdeckte ihre roten Locken keineswegs. Ihre Füße schmückten römische Sandalen. Die Luft war beißend kalt, obwohl eine strahlende Sonne schien.

Sie wünschte bereits, sie hätte sich zu etwas Wollenem entschlossen. Was nützte das vorteilhafteste Kleid, wenn die Nase vor Kälte rot war!

Sir Edwin hatte seine sämtlichen Pächter ebenso eingeladen wie die feinen Leute der Gegend. Carina war ganz überrascht, als sie John Summer sah, der mit einem Heuwagen voller Holz und

Planen hinter der Familienkutsche herfuhr.

Der Grund dafür war, daß der Vikar meinte, Gartenfeste müßten irgendeinem guten Zweck dienen, und was konnte es für einen besseren Zweck geben als die Renovierung des Kirchendaches.

Eine Bude war schnell errichtet, ein Plakat, das um Spenden bat, davor aufgestellt und die schöne Daphne dahinter postiert.

Nie zuvor hatte Carina ihre Schwester so zornig gesehen.

Sir Edwin und Lady Edwin schwebten herbei und trennten Lord Harry geschickt von den anderen, um ihn zu ihren kichernden Töchtern, Josephine und Emily, zu lotsen.

Josephine und Emily trugen die gleichen Kleider aus schreiend buntem Schottenstoff. Dazu hatten sie riesige Schutenhüte auf, deren Krempen ihr Kichern so widerhallen ließ, als ob es vom Ende eines Tunnels käme.

Auf der einen Seite des Rasens wurde ein ganzer Ochse gebraten, und auf der anderen tanzte das Landvolk unlustig um einen Maibaum. Die Leute trugen elisabethanische Kostüme, die ihnen Lady Edwin aufgezwungen hatte.

Sir Edwin rühmte sich, ein guter Landlord zu sein und auch der Tatsache, daß kein einziger Pächter – soviel man wußte – je verhungert war. Natürlich waren manche geradezu peinlich mager, aber Sir Edwin betonte immer, daß das Veranlagung sei.

Carina hielt sich, so gut es ging, aus der Menge heraus. Sie schaute nach Guy, dem sie von ihrem Kummer erzählen und ihn bitten wollte, mit ihr durchzubrennen.

Lord Harry war scheinbar restlos glücklich, Josephine und Emily unterhalten zu können.

Ganz plötzlich sah Carina Guy mit Lady Wentwater am Arm den Rasen von der Südseite betreten.

Aber gleichzeitig entstand ein großes Durcheinander, weil Lady Edwin die Gäste an die langen Tische bat, die in der Mitte des vorderen Rasens aufgebaut waren.

Mrs. Armitage tauchte auf: »Du mußt mir helfen, Carina«, sagte sie wehleidig. »Dieser schreckliche Geruch nach gebratenem Fleisch macht mich ganz krank. Sei ein liebes Mädchen und finde heraus, wo wir sitzen sollen, sonst werde ich noch ohnmächtig.«

»Ich habe es herausgefunden, Madam«, sagte Lord Harry, der gerade an ihrer Seite auftauchte. Er sah wieder vollendet aus in blauem Frack, weißer Weste und biskuitfarbener Hose. »Erlauben Sie mir, Sie zu geleiten.«

Er streckte beide Arme aus. Carina biß sich auf die Lippen und schaute zu Guy hinüber, der sich gerade vor Lady Edwin verbeugte.

Nicht ein einzige Mal schaute er zu ihr hin.

Und Carina wartete doch so sehnsüchtig darauf, daß sie mit ihm sprechen und seinen beruhigenden Händedruck fühlen konnte; und sie wollte ihn lächeln sehen.

Er konnte es ganz gewiß nicht mit Lord Harry aufnehmen, aber gerade das machte Guy Wentwater in ihren Augen anziehender als je zuvor. Wirklich, Miss Carina Armitage fand Lord Harry Desire immer abstoßender.

Nein, sie wolle nicht von der Wildpastete, schnauzte sie ihn an, den Tränen nahe.

Josephine hatte ihren Platz auf der anderen Seite von Lord Harry und war fest entschlossen, die Situation weidlich auszunützen.

Guy saß ein wenig weiter unten am Tisch neben Emily. Er lachte und neckte sie. Carina konnte Emilys Gesicht wegen der großen Schleife an ihrem Hut nicht sehen, aber das Gekicher und Gekreische, das unter dem Strohhut hervorkam, bewies, daß sie sehr erfreut war über die Beachtung, die man ihr schenkte.

Und so nahm das nicht enden wollende Mahl seinen Fortgang und ging weiter und weiter.

Wind kam auf. Vor die Sonne schoben sich kleine Wolken; Tau legte sich auf das Gras, und die Feuchtigkeit drang durch die dünnen Sohlen von Carinas Sandalen.

Sie schielte immer wieder ängstlich auf ihre Nasenspitze, um zu sehen, ob diese schon vor Kälte rot anlief, und Lord Harry strahlte sie an und fragte, ob sie an einer plötzlichen Verdauungsstörung leide.

Endlich erhob sich der Gutsverwalter und brachte einen Toast zu Ehren des Gutsherrn aus, und die Bauern ließen pflichtschuldig ein dürftiges Hurra ertönen. Viele hatten heimlich soviel Essen wie möglich auf die Seite gebracht.

Carina beneidete den Squire, dessen indischer Diener hinter ihm mit Decken im Arm stand, und auf ein Zeichen seines Herrn diesem eine nach der anderen um die hageren Schultern legte.

Daphne hustete und nieste bereits. Sie war in einem Gedicht aus indischem Musselin in zartestem Rosa auf das Gartenfest gekommen. Ihre erzwungene Untätigkeit am Wohltätigkeitsstand der Familie hatte ihr eine solche Gänsehaut verschafft, daß man den Eindruck hatte, sie würde sie nie wieder los, so blau und rot gefroren sah sie aus. Der tiefe Ausschnitt ihres Kleides enthüllte dermaßen bläulich angelaufene Haut, daß es aussah, als trüge sie ein blaues Gazehalstuch.

Schließlich konnte sich die Gesellschaft frei im Garten bewegen und diesen begutachten. Guy nahm Emily am Arm und entfernte sich mit ihr in Richtung Rosengarten.

»Wer ist derjenige, von dem Sie erzählt haben, daß er in Waterloo war?« schreckte Lord Harry Carina aus ihren Gedanken auf.

»Er ist gerade zum Rosengarten gegangen«, antwortet Carina, die gleichsam aus ihrer Starre erwachte. »Ach, lassen Sie uns auch hingehen, Mylord, und Sie können Erinnerungen austauschen.«

»Einverstanden«, stimmte er liebenswürdig zu, indem er ihre Hand unter seinen Arm zog.

Der Rosengarten konnte nur noch mit ein paar spärlichen Blüten aufwarten, aber er bot wenigstens einigermaßen Schutz vor dem Wind.

Guy lehnte lässig an einer Sonnenuhr und flüsterte Emily etwas zu, worauf diese kicherte und mit der Spitze ihres Sonnenschirms Muster in den Boden zeichnete.

»Mr. Wentwater!« rief Carina mit schriller Stimme.

»Mist«, sagte Emily hörbar. »Das ist so ein Quälgeist vom Pfarrhaus.«

Carina ging entschlossen weiter und zog Lord Harry fast hinter sich her.

»Mr. Wentwater«, wiederholte Carina, als sie vor ihnen standen.

»Erlauben Sie mir, daß ich Ihnen Lord Harry Desire vorstelle. Lord Harry, Mr. Wentwater. Miss Emily Armitage kennen Sie ja bereits.«

Guy machte eine Verbeugung. Eine kleine Pause entstand. Lord Harry lächelte allen verbindlich zu und hielt seinen pelzbesetzten Hut und seinen Stock in einer Hand, während der lebhafter werdende Wind seine schwarzen Locken zerzauste. Emily durchbohrte Carina mit einem giftigen Blick. Unter ihrem Schutenhut sah sie aus wie ein kleines, boshaftes Tier, das aus seinem Loch herausstarrt.

»Ich hatte einfach das Gefühl«, sagte Carina heiter, »daß ich die beiden Herren zusammenbringen muß. Lord Harry war auch in Waterloo, Mr. Wentwater, und ich kann es kaum erwarten, Ihre Erzählungen über diese große Schlacht zu hören.«

»Großer Gott!« rief Guy Wentwater. »Meine Tante ruft mich. Sie scheint sich große Sorgen zu machen.«

Und er sah völlig verwirrt aus. Er machte eine ungeschickte Verbeugung und rannte aus dem Rosengarten.

Lord Harry nahm sein Lorgnon heraus und blickte interessiert der sich rasch entfernenden Gestalt Guy Wentwaters nach.

»Der Mann hat ausnehmend gute Ohren«, murmelte er. »Wie eine Fledermaus. Ich habe nicht das geringste gehört.«

»Auch wir sollten lieber gehen«, meinte Carina. »Vielleicht braucht Lady Wentwater Hilfe.«

Sie eilte in die Richtung, die Guy eingeschlagen hatte, ohne sich auch nur umzusehen, ob die anderen beiden überhaupt die Absicht hatten, ihr zu folgen.

Doch als sie bei der übrigen Gesellschaft angekommen war, sah sie keine Spur von Guy. Das einzige laute Geräusch kam von ihrem Vater und Sir Edwin. Sir Edwin sagte gerade unverblümt, daß er die Einrichtung eines Wohltätigkeitsstandes auf seinem Fest für äußerst vulgär halte, und der Vikar schleuderte ihm Bibelsprüche entgegen, als wären es Steine.

Carina suchte ganz außer sich die Gegend ab, mal hierhin, mal dorthin laufend, bis sie schließlich auf die untersetzte Gestalt Lady Wentwaters stieß, die mit Squire Radford unter einer Ulme saß und sich mit ihm in seine Decken teilte.

»Wo ist Mr. Wentwater?« keuchte Carina, und es entging ihr nicht, daß die freundlichen Augen des Squires unangenehm aufmerksam dreinschauten.

»Das wüßte ich selber gern«, sagte Lady Wentwater. »Warum suchst du ihn nicht selbst?«

»Aber ich habe gesucht und gesucht«, sagte Carina und ballte ihre herabhängenden Hände zu Fäusten.

»Ist etwas nicht in Ordnung?« fragte Lady Wentwater neugierig. Ihre kleinen Rosinenaugen wurden plötzlich verschlagen. »Warum mußt du denn meinen Neffen unbedingt sehen?«

»Ich muß ihn gar nicht unbedingt sehen«, sagte Carina und wurde rot. »Aber er hat gesagt, daß er Sie in höchster Not habe schreien hören.«

»Das war ich nicht. Such weiter!« sagte Ihre Ladyschaft obenhin.

Und das tat Carina auch.

Sie suchte nicht nur den Garten ab, sondern auch das Gebäude. Aber von Guy Wentwater sah sie nicht die geringste Spur.

Ihr Kummer wurde noch dadurch verstärkt, daß beim Verlassen des Herrenhauses ein kalter Nieselregen fiel.

Die Pächter brachen eilends auf und nahmen so viel Essen mit, wie sie unauffällig tragen konnten. Die feineren Gäste versammelten sich dagegen im Salon, wo der Tee serviert werden sollte. Die Familie Armitage war bereits abgefahren, und Lord Harry sollte Carina heimbringen – das teilte ihr jedenfalls Lady Edwin eisig mit.

Carina wollte nicht mit Lord Harry fahren, sie wollte nicht allein mit ihm sein. Sie hatte Angst, in seiner Gegenwart keine Luft zu bekommen.

Sie benutzte ihren Sonnenschirm als Regenschutz und rannte die lange Auffahrt hinunter, sie schlüpfte durch das große Tor und begann den langen, ermüdenden Marsch zum Pfarrhaus.

Der Regen fiel dichter, und der Dorfteich sah aus, als ob er die Blattern bekommen hätte, da schwere Tropfen seine glatte Oberfläche mit Blasen bedeckten. Der brennende Wunsch, Guy zu sehen, war wie ein körperlicher Schmerz. Plötzlich drehte sie sich um und machte sich, so schnell sie konnte, in die entgegengesetzte Richtung zu Lady Wentwaters Haus auf. Sie war in einem argen Zustand, als sie endlich das alte, efeubedeckte Haus erreichte.

Unter dem glühenden Gebet, er möge zu Hause sein, betätigte sie kräftig den Türklopfer.

Das grimmig aussehende Hausmädchen ließ keinerlei Überraschung angesichts der nassen und mitgenommenen Gestalt auf der Schwelle erkennen und sagte, sie werde Miss Armitage melden, nachdem sie Carina in das dunkle und kalte Wohnzimmer geführt hatte.

Carina schritt fröstelnd auf und ab. Kam er denn nie? Wenn er sich nicht beeilte, kam Lady Wentwater zurück, und alles Bitten, mit ihr zu entfliehen, wäre unmöglich.

Sie hatte schon die Hoffnung aufgegeben, als sich die Tür öffnete und Guy hereinkam. Er ging auf sie zu und nahm ihre Hände in die seine.

»Was ist denn das?« rief er zurücktretend aus, um sie genauer anzuschauen. »Sie sind ja naß bis auf die Haut.«

»Ich mußte Sie einfach sehen«, sagte Carina. »Ich bin in einer äußerst schwierigen Lage.«

»Ich dachte, Sie hätten in die Heirat mit Desire eingewilligt, als ich Sie mit ihm zurückkommen sah«, sagte Guy.

»Aber nein«, weinte Carina. »Ich liebe doch Sie.«

Da – jetzt war es heraus. Sie hatte es gesagt. Sie wartete angespannt, daß er sagte, er liebe sie auch, aber er ließ ihre Hände fallen und stand ganz still, in die Schwärze des leeren Kamins starrend.

»Was wollen Sie von mir?« fragte er schließlich.

»Daß Sie mit mir durchbrennen«, flüsterte Carina.

Sie hatte Angst, ihn anzusehen, so sehr fürchtete sie, er könnte sie abweisen.

Der Wind ächzte draußen in den Bäumen, und der Regen schlug an die Fenster.

»Warum nicht?« sagte er, plötzlich auflachend.

»O Guy!« schluchzte Carina dankbar. Sie wartete so sehr darauf, daß er sie in die Arme schloß, aber er stand lediglich ein wenig entfernt von ihr da und schaute sie mit einem grüblerischen, berechnenden Gesichtsausdruck an, den sie nicht verstand.

»Ich hab's!« sagte er schließlich. »Wir treffen uns morgen an der Kreuzung nach Hopeminster. Ich fürchte, Sie müssen laufen. Bringen Sie ganz wenig mit. Ich kaufe Ihnen alles, was Sie brauchen.«

Carina wäre gerne in seine Arme geeilt, damit er sie ganz fest halte und alle ihre Sorgen und Zweifel zerstreue. Wenn er nur sagen würde, daß er sie liebte.

Sie hörten das Geräusch von Wagenrädern auf der Auffahrt.

»Meine Tante!« rief Guy. »Sie darf Sie hier nicht antreffen. Ich werde dem Mädchen sagen, daß es nichts davon erwähnen darf. Kommen Sie mit, ich zeige Ihnen, wie Sie durch den Hinterausgang gehen können.«

Er drängte sie hastig aus dem Wohnzimmer und durch das Haus in ein Frühstückszimmer, von dem sich Flügeltüren in den rückwärtigen Garten öffneten.

Guy zog an der verrosteten Klinke und stieß Carina geradezu in den Garten hinaus.

»Bis morgen«, sagte er eilig. »Wir treffen uns um zwei an der Kreuzung. Gehen Sie jetzt!«

»Guy«, bettelte Carina und hängte sich an seinen Arm. »Ich will dich nicht dazu zwingen. Liebst du mich?«

»Natürlich«, antwortete er mit einem angedeuteten Lachen. Er lehnte sich nach vorne und küßte sie auf die Lippen, dann gab er ihr einen kleinen Schubs. »Weg mit dir! Wir können morgen reden«, fügte er hinzu und schloß die Glastür fest hinter ihr.

Das war es also, dachte Carina, als sie durch den nassen Garten davoneilte und durch das enge Tor hinausschlüpfte, das auf den schmalen Weg führte, der das Anwesen begrenzte.

Den ganzen langen Weg nach Hause war sie bekümmert und voller Angst. Sie hatte sich ausgemalt und davon geträumt, daß alles sich in wunderbarer Weise zum Guten wenden würde, wenn er endlich sagte, daß er sie liebe und mit ihr durchbrennen wolle.

Und er hatte es gesagt!

Aber der Kummer und die Sorgen wollten nicht von ihr weichen.

Sie mußte froh sein, daß niemand sie ins Pfarrhaus schleichen sah. Sie ging in ihr Zimmer hinauf und zog rasch ein bequemes altes Wollkleid an, rieb ihr Haar mit einem Handtuch trocken und kämmte es streng nach hinten aus dem Gesicht.

Wie in aller Welt sollte sie zwei Hutschachteln packen – denn mehr konnte sie nicht mitnehmen – und ungesehen aus dem Pfarrhaus kommen?

Ein Ausweg bot sich beim Abendessen an. Lord Harry plante gutgelaunt einen Ausflug nach Hopeminster für den folgenden Tag. Selbst Mrs. Armitage hatte sich aus ihrer Teilnahmslosigkeit aufgerafft und äußerte eine gewisse Begeisterung. Die Familie beschloß, unmittelbar nach der Morgenandacht aufzubrechen.

»Ich werde so tun, als ob ich krank wäre«, dachte Carina. »Und wenn sie alle nach Hopeminster aufgebrochen sind, kann ich verschwinden.«

Sie würde eine volle Stunde bis zur Kreuzung brauchen.

Der Vikar beobachtete seine Tochter beim Abendessen ohne Unterlaß und bemerkte das fiebrige Glänzen ihrer grünen Augen und die Blässe ihres Gesichts sehr wohl.

Sein Gewissen plagte ihn, und schließlich hörte er auf seine innere Stimme. Wie schade, daß Carina keinerlei Zuneigung zu Lord Harry entwickelte. Aber wenn schon allein der Gedanke daran sie krank machte, dann mußte er wohl oder übel die Sache fallenlassen und Lord Sylvester etwas Geld abschmeicheln.

Das Herz des Vikars wurde bei diesem Gedanken schwer, denn er hatte vor seinem eleganten Schwiegersohn ungeheuer viel Respekt; sein anderer, der Marquess of Brabington, konnte gelegentlich sogar noch schlimmer sein.

Lord Harrys Stimmung war plötzlich ungewöhnlich düster. Er weiß, daß sie ihn nicht mag, dachte der Vikar schwermütig.

Er verließ die Tafel, sobald es irgend ging, und floh zum Hundezwinger, um den Hunden seinen Kummer zu erzählen, die ihn manchmal besser verstanden als jedes menschliche Wesen.

Carina war froh, daß sie zu Bett gehen konnte. Sie dachte, daß sie unmöglich einschlafen könnte, aber sie schlief ein, sobald ihr

Kopf das Kissen berührte, übermüdet von all der Aufregung und Angst.

Der Tag brach hell, glitzernd und kalt an. Auf den Wasserkannen hatte sich eine dünne Eisschicht gebildet. Während Daphne noch schlief, saß Carina bereits fröstelnd im Bett und überlegte angestrengt, wie sie am besten eine Krankheit vortäuschen könnte.

Aber am Ende mußte sie gar nicht viel vortäuschen. Der Vikar war schon voraus zur Kirche gegangen, und die übrige Familie wartete mit Lord Harry im Salon auf sie. Sie öffnete den Mund, um ihre gut vorbereiteten Lügen vorzubringen, schloß ihn wieder und brach statt dessen in Tränen aus. Sie weinte und weinte herzzerbrechend.

Daphne schob sie eilig aus dem Zimmer und führte sie wieder hinauf.

»Was ist denn los, Carina?« fragte sie mit ihrer angenehmen, sanften Stimme und vergaß ausnahmsweise, an ihr Aussehen zu denken.

»Ich – ich fühle mich nicht wohl«, schluchzte Carina. »Ich bin gestern im Regen zu Fuß nach Hause gegangen und ... und ... ich muß mich erkältet haben. Ich habe solche Kopfschmerzen. Ich möchte nur, daß ihr mich in Frieden laßt. Fahrt bitte nach dem Gottesdienst ohne mich nach Hopeminster.«

»Ich weiß, wie es ist«, sagte Daphne und strich Carina über die roten Locken. »Ich habe auch manchmal irrsinniges Kopfweh und möchte dann nur noch in Frieden gelassen werden. Ich mag dich wirklich gern, Carina. Weine nicht. Ich lasse es nicht zu, daß Papa dich zwingt, mit uns nach Hopeminster zu fahren, und ich sage Mrs. Hammer, daß sie dir etwas Kaltes ins Eßzimmer stellt, so daß du essen kannst, wenn du dich danach fühlst.«

»Danke«, murmelte Carina unglücklich. Sie sehnte sich danach, Daphne ins Vertrauen zu ziehen, aber sie wußte instinktiv, daß Daphne geradewegs zu ihrem Vater gehen würde.

So legte sie sich auf ihr Bett und drückte das Gesicht in ihr Kissen. Daphne nahm eine Steppdecke, deckte sie fest damit zu und verließ mit einem sanften »Auf Wiedersehen« das Zimmer.

Carina erwartete ganz sicher, daß ihre Mutter nach ihr schauen würde, denn Mrs. Armitage konnte unnachgiebig sein, wenn es um Familienausflüge ging, so lasch sie in allem anderen war. Aber es stellte sich heraus, daß Daphne hart wie Stahl war, was bisher niemand vermutet hätte, und mit aller Entschiedenheit betonte, daß Carina auf keinen Fall gestört werden dürfe.

Daphne hatte die Ehre, von Lord Harry zur Kirche geleitet zu werden. Als sie ruhig auf dem schmalen Weg hinter dem Rest der Familie Armitage hergingen, dachte Lord Harry, daß Daphne ein verwirrend schönes junges Mädchen sei, wenn sie es nur einmal fertigbrachte, nicht an ihr Aussehen zu denken.

»Erzählen Sie mir alles über Mr. Guy Wentwater«, bat er leichthin.

»Ach, das werden Sie doch nicht wollen«, rief Daphne aus. »Er hat einen sehr schlechten Ruf und ist kein Gentleman.«

»Und doch lädt Ihr Onkel ihn ein, und Miss Carina war sehr daran gelegen, mich mit ihm bekannt zu machen.«

»Wie merkwürdig«, sagte Daphne sanft. »Sir Edwin hat Mr. Wentwater wohl deshalb eingeladen, weil er sehr reich ist. Aber daß Carina auch nur in seine Nähe geht!«

»Was ist denn so schlimm an Mr. Wentwater?«

»Ach, eine Zeitlang sah es so aus, als würde er Annabelle heiraten, aber wir fanden gerade noch früh genug heraus, daß er Sklavenhändler war. Er handelt jetzt nicht mehr, aber Papa sagt, wenn man einmal so etwas gemacht hat, dann ist man schnell in einer Situation, wo man etwas genauso Schlimmes tut.«

»Wie wahr«, sagte Lord Harry. Er konnte geradezu spüren, wie sich die schöne Daphne wieder in sich selbst zurückzog. Sie blieb stehen, um ihr Spiegelbild in einer Pfütze zu bewundern.

»Aber Miss Carina schien keine Abneigung gegen ihn zu hegen.« Lord Desire lag daran, das Gespräch fortzusetzen.

»Meinen Sie?« fragte Daphne unbestimmt. »Vielleicht tut er ihr leid, weil sie herausgefunden hat, was Papa ihm angetan hat.«

»Und das war?«

»Sie dürfen es aber niemandem weitererzählen, weil ich es nicht wissen darf, aber ich habe gelauscht, wie John Summer, unser Kutscher, Betty die Geschichte erzählt hat. Sie erzählen einander alles, weil sie sich gut verstehen und hoffen, daß sie heiraten können.«

»Ja, ja, und was hat John Summer Betty erzählt?« fragte seine Lordschaft mit einer Andeutung von Ungeduld in der Stimme.

»Nur, daß Papa mitten im Sommer seine Meute herausgeholt hat und Mr. Wentwater gehetzt hat.«

»Ich kann mir nicht vorstellen, wie er es fertiggebracht haben sollte, eine Meute Jagdhunde auf einen Menschen anzusetzen.«

Daphne kicherte: »John Summer versteckte einen toten Fuchs im Kutschbock von Mr. Wentwaters Kutsche. Und den jagten die Hunde ... Mr. Wentwater wußte natürlich, daß sie ihn jagten. Das war vor über drei Jahren, und Mr. Wentwater ist jetzt zum erstenmal wieder aufgetaucht.«

»Wie hat Miss Carina ihn dann sehen können, wenn er doch im Pfarrhaus gar keine Besuche abstatten darf?«

»Oh, ich nehme an, daß sie ihn bei Lady Wentwater getroffen hat. Carina liest ihr oft vor, wissen Sie.«

Sie gingen durch das Kirchentor. Daphne merkte plötzlich, daß sie über der Sorge um Carina ganz vergessen hatte, ihren neuen Kapotthut aufzusetzen, und dieser Umstand verscheuchte all ihre anderen Gedanken.

Carina packte unterdessen in fieberhafter Eile und glaubte selbst nicht mehr ganz daran, daß sie einen solch folgenschweren Schritt tun würde. Das Pfarrhaus sah gar nicht mehr schäbig und dürftig aus; im Gegenteil, es glich einem sicheren, geschützten Hafen, der voll glücklicher Erinnerungen war. Sie hatte Sehnsucht nach Minerva. Irgendwie hatte Carina das Gefühl, daß die Dinge einen anderen Verlauf genommen hätten, wenn Minerva noch im Pfarrhaus wäre.

Ihr Herz schlug zum Zerspringen, und ihre Finger zitterten. Was würden die Zwillinge, Perry und James, von ihr denken, wenn sie die Nachricht hörten?

Sie würden an Weihnachten nach Hause kommen und sie würde

nicht dasein. Sie war davon überzeugt, daß der Vikar ihr nie mehr erlauben würde, einen Fuß ins Pfarrhaus zu setzen.

Die Familie und Lord Harry wollten nach der Kirche direkt nach Hopeminster fahren, ohne vorher noch einmal nach Hause zu kommen. Sie mußte also die Hauptstraße meiden und den Umweg über die Nebenstraßen machen.

Sie zog ein Paar feste Schuhe an und warf einen dicken Mantel um ihre Schultern.

Auf den Kopf setzte sie einen Strohhut, den sie noch nie getragen hatte, weil er ihr nicht gefiel. Aber er verbarg ihr Gesicht, und wenn die Familie sie durch einen unglücklichen Zufall von weitem sah, erkannte sie sie bestimmt nicht.

Endlich schlich sie vorsichtig die Treppe hinunter, bei jedem Knarren zusammenzuckend. Sie versuchte dabei, die beiden Hutschachteln nicht ans Geländer stoßen zu lassen.

Sie war schon auf der untersten Stufe, als sich die Küchentür öffnete und Betty in die Halle kam.

»Was machst du denn hier?« fragte Carina, um Fassung ringend. »Du solltest doch in der Kirche sein.«

»Miss Daphne hat mich angewiesen, zu Hause zu bleiben, für den Fall, daß Sie etwas brauchen«, sagte Betty, wobei ihre schwarzen Augen vor Neugier beinahe aus den Höhlen traten. »Wo gehen Sie denn hin, und warum haben Sie die Hutschachteln dabei?«

»Ich bringe diese Sachen zum Herrenhaus«, antwortete Carina. »Lady Edwin sammelt für die Armen alte Kleidung. Es geht mir viel besser. Mach kein Wesen daraus, Betty.«

Carina dachte an den tränenbefleckten Brief, den sie auf ihrem Nadelkissen zurückgelassen hatte. Was, wenn Betty ihn zu früh entdeckte und alle alarmierte?

»Nun, wenn das so ist, Miss Carina, dann hole ich am besten meine Haube und begleite Sie«, meinte Betty frohgemut.

»Das ist nicht nötig«, sagte Carina und zwang sich, ruhig zu bleiben, obwohl sie am liebsten wegen des Zeitverlustes geschrien hätte. »Ein Spaziergang an der frischen Luft ist genau das Richtige für mich. Ich gehe auf dem Rückweg an der Kirche vorbei und schließe mich den anderen an.«

Betty zögerte und nickte dann widerwillig.

Carina sog die Luft in tiefen Zügen ein, als sie dem Pfarrhaus endlich entkommen war, und eilte den Weg hinunter. Sie erwartete jeden Moment, daß Betty hinter ihr herlief.

Sie verließ die Straße nach Hopeminster und hielt sich an kleine Sträßchen und Fußwege, die sie auf Umwegen ebenfalls zu ihrem Ziel bringen würden – allerdings ihren Marsch auch um mehrere Meilen verlängerten.

Lord Harrys elegante Kutsche und der alte Reisewagen des Vikars waren von der Dienerschaft vor die Kirche gebracht worden.

Daphne hatte wieder die Ehre, von Seiner Lordschaft gefahren zu werden. Sie war hin- und hergerissen zwischen der Sorge um ihren Teint bei diesem Wind und dem Entzücken, in solch einer hübschen Equipage dahinzurasen.

Doch Lord Harry hatte eigenartigerweise keine Lust, in seine gewöhnliche rasche Gangart zu verfallen, und war es ganz zufrieden, hinter der langsamen Kutsche des Vikars zu bleiben.

Allmählich gab es immer weniger Bäume zu seiten des Weges. Jenseits der kahlen Felder sah Lord Harry eine Gestalt hinter einen Baum springen. Er blickte angestrengt in diese Richtung, konnte aber nur die Andeutung eines Kopfes, der hinter dem Stamm hervorlugte, ausmachen.

Er runzelte die Stirn. Plötzlich trieb er sein Gespann an, so daß sie die Kutsche des Vikars überholten, und als er vor ihr war, brachte er sein Gespann zum Halten und gab dem Kutscher des Vikars ein Zeichen, ebenfalls zu halten. Er sprang leichtfüßig hinab und blieb, die Pferde haltend, stehen, als der Vikar gemächlich auf ihn zukam.

»Ich fürchte, Sie müssen Miss Daphne mitnehmen. Einer der Zugriemen ist kurz vorm Reißen«, sagte er. »Ich kann ihn reparieren und komme dann nach Hopeminster nach.«

Normalerweise hätte der Vikar den Zugriemen sehen wollen und alle möglichen Vorschläge gemacht, aber Carina und seine finanziellen Nöte lasteten schwer auf ihm. Daphne war nur zu froh, in die geschlossene Kutsche zu kommen, damit sie ihr Gesicht im Taschenspiegel sehen und den Schaden, den der Wind ihrem Haar angetan hatte, wiedergutmachen konnte.

Mit dem Versprechen, sie alle im Gasthaus in Hopeminster wiederzusehen, winkte Lord Harry ihnen fröhlich zum Abschied zu. Er stand mitten auf der Straße, bis die schwankende Kutsche um eine Biegung fuhr und nicht mehr zu sehen war.

Dann lenkte er sein Gespann zur Kreuzung zurück und schaute sich um. Jenseits der Felder, ganz weit weg, sah er eine kleine Gestalt mit zwei Hutschachteln über einen Zauntritt klettern. Ein Windstoß blies der Gestalt den Hut vom Kopf und jagte ihn über das Feld. Rote Haare blitzten im Sonnenlicht.

Er ließ sein Auge von der entfernten Gestalt zur Kreuzung, die nach Hopeminster und Hopeworth führte, schweifen und führte sein Gespann von der Straße weg und in ein umzäuntes Feld hinein. Dort spannte er seine Pferde aus und ließ sie grasen, nicht ohne das Gatter sorgfältig hinter sich zu verschließen, bevor er wegging.

In der Nähe der Kreuzung war auf einem Hügel ein Erlenwäldchen. Dahin schlenderte er. Es bot einen ausgezeichneten Blick auf die Kreuzung und die sie umgebenden Felder.

Er lehnte sich mit dem Rücken an einen sonnenwarmen Stamm und beobachtete, wie die kleine Gestalt mühselig die Felder überquerte. Sie wurde größer, und schließlich erkannte man in ihr eine staubige und zerzauste Carina Armitage.

Sie hatte ihren Hut verloren, und der Wind blies ihr die Haare ins Gesicht. Ungeduldig stellte sie immer wieder ihre Hutschachteln auf den Boden und versuchte, die Haare wieder aufzustecken.

Endlich erreichte sie die Kreuzung und setzte sich müde auf einen Meilenstein.

Allmählich ließ der Wind nach, und die Sonne wurde wärmer. Carina Armitage wartete geduldig; verborgen in seinem Erlenschlag wartete Lord Harry Desire ebenso geduldig.

Die Minuten wurden zu Viertelstunden, zu halben Stunden und zu Stunden. Als die Sonne am Horizont tiefer sank, fiel die kleine

Gestalt auf dem Meilenstein immer mehr in sich zusammen.

Lord Harry richtete sich auf und ging zu seinen friedlich grasenden Pferden zurück. Er spannte sie wieder vor die Kutsche und führte sie auf die Stelle zu, an der Carina geduldig auf dem Meilenstein saß.

Sie schaute nicht einmal auf, als er sich näherte, aber sie mußte seine Gegenwart gespürt haben, denn alles, was sie mit matter Stimme sagte, war: »Ach, Sie sind's.«

»Ich hatte eine kleine Panne mit meinem Zweispänner«, sagte er gutgelaunt. »Warten Sie auf jemanden? Oder kann ich Sie irgendwohin bringen?«

»Nein, ich warte auf niemanden. Das heißt, ich warte darauf, daß mein Vater aus Hopeminster zurückkommt und mich mit nach Hause nimmt. Ich bin so furchtbar müde, wissen Sie.« Tränen traten ihr in die Augen, und sie wischte sie mit einer ungeduldigen Handbewegung fort.

»Da können Sie lange warten«, sagte er freundlich. »Ihr Vater sprach davon, daß er im ›Goldenen Hahn‹ noch zu Abend essen wollte. Kommen Sie, ich bringe Sie zu den anderen.«

»Nur, wenn ich vorher nach Hause kann«, sagte Carina und dachte an den belastenden Brief auf dem Nadelkissen. »Ich sehe so furchtbar aus. Ich fühlte mich viel besser, und deshalb entschloß ich mich, zu Fuß zu gehen. Ich wollte diese Kleider den Armen von Hopeminster bringen. Aber vielleicht sollte ich sie vorher meiner Mutter zeigen.«

»Natürlich«, sagte er begütigend. »Wir fahren zuerst zum Pfarrhaus und dann nach Hopeminster.«

Carina war zu müde und zu elend, und zu gedemütigt, um zu protestieren – er fuhr rasend schnell. In kürzester Zeit waren sie zu Hause.

Betty sah erleichtert aus, als sie sie sah, und Carina fragte sich fast gleichgültig, ob das Mädchen irgendeinen Verdacht hegte. Aber Betty war offensichtlich nicht in ihrem Zimmer gewesen. Carina zerriß den Brief an ihre Mutter, wusch ihr Gesicht, brach in Tränen aus, wusch ihr Gesicht noch einmal, zog sich um und wählte ein hübsches Kapotthütchen aus. Erschöpft ging sie die Treppe zu Lord Harry hinunter.

Zu ihrer Erleichterung schien er nicht zum Reden aufgelegt zu sein; seine Pferde legten die Strecke nach Hopeminster mit einer unglaublichen Geschwindigkeit zurück.

Die Familie Armitage setzte sich gerade in einem Nebenzimmer zum Abendessen hin.

Carina schickte ein Stoßgebet zum Himmel, daß ein Wunder geschehe und Lord Harry nicht erzähle, daß er sie gefunden hatte, wie sie auf einem Meilenstein mit zwei Hutschachteln an der Kreuzung saß. Er war so dumm, daß er ihre Geschichte ohne weiteres geglaubt hatte. Aber ihr Vater – da war sie sicher – würde so eine Geschichte nicht glauben. Verzweifelt wünschte sie, sie hätte Lord Harry gebeten, nichts zu sagen. Und wenn Betty redete? Aber das wäre nicht so schlimm. Sie würde einfach noch einmal lügen und sagen, daß sie genau wußte, daß Lady Edwin alte Kleider brauchte. Wahrscheinlich würde ihre Mutter fragen, was sie denn für alte Kleider habe, daß sie zwei Hutschachteln dafür brauche. Also mußte sie neue Lügen erfinden.

Sie war so beschäftigt mit dem Erfinden von Lügen und Ausreden und dann so erleichtert, als Lord Harry jedermann im Glauben ließ, er hätte sie vom Pfarrhaus abgeholt, daß einige Zeit verging, bis sie die erlittene Enttäuschung und Erniedrigung erneut niederdrückte.

Der Vikar sah den leidenden Ausdruck auf Carinas Antlitz, und sein Entschluß, Lord Harry beiseite zu nehmen und ihm zu sagen, daß es hoffnungslos sei, stand endgültig fest.

Er fühlte sich sehr edel, als er schließlich zu dieser unumstößlichen Entscheidung gekommen war, anstelle des halbherzigen Versprechens, das er sich am Abend vorher gegeben hatte. Er wollte auch Jimmy Radford genau darüber berichten und seinen alten Freund mit seiner Großmut beeindrucken.

Aber jedesmal, wenn er das schöne Profil von Lord Harry sah, wurde er an all die Hunde erinnert, die er sich gekauft hätte, wenn der Handel zustande gekommen wäre.

Der Vikar von Chalton St. Ann's, sechs Meilen von Hopeworth

entfernt, wollte gerade seine Hunde verkaufen, um seine Ausgaben abzubauen. Nun mußten sie wohl in die Hände eines glücklicheren Jägers übergehen.

Dem Vikar entrang sich ein schwerer Seufzer. Gottes Wege waren nicht leicht zu durchschauen.

Carina ließ einen trockenen Schluchzton hören, den sie ohne großen Erfolg in ein Niesen zu verwandeln suchte. Der Vikar seufzte noch einmal. Je eher er ihr sagte, daß sie sich wegen der Verlobung keine Gedanken machen sollte, desto besser.

»Die Stadt ist voller Armitages«, sagte der Vikar, als er eine Zeitlang schweigend dagesessen hatte und sich verpflichtet fühlte, seinen Teil zur Unterhaltung beizusteuern.

»Edwin und seine blatternarbigen Töchter waren schon hier, als wir ankamen. Ich hatte heute früh erwähnt, daß wir hierherfahren würden, deshalb haben sie wahrscheinlich versucht, uns aufzuspüren.«

»Warum?« fragte Lord Harry.

Der Vikar nahm eine Prise Schnupftabak, während er sich eine Antwort zurechtlegte. Die Wahrheit war – wie er sehr wohl wußte –, daß sein verwünschter Bruder immer noch versuchte, Lord Harry für eine seiner Töchter zu kapern. Aber wenn Carina schon nicht das Desire'sche Vermögen – oder vielmehr das Vermögen, das der Lord erbte, wenn sein Onkel das Zeitliche segnete – bekam, dann wollte der Vikar doch verdammt sein, wenn es ausgerechnet Josephine oder Emily in die Klauen geriet. Sie sind geradezu zum Abgewöhnen, dachte er. Und wie abscheulich sie immer gekleidet waren. Erstaunlich, daß ihre Mutter, die doch selbst recht elegant war, wenn man ihre farblosen kalten Augen und ihren verkniffenen Mund übersah, sie nicht besser anleitete.

»Warum?« fragte Lord Harry noch einmal.

»Oh, ja natürlich«, sagt der Vikar. »Äh ... nun, weil ich mich so modisch kleide und Edwin etwas von einem alten Hagestolz an sich hat. Er versucht mich nachzuahmen, haben Sie das nicht bemerkt?«

»Eigentlich nicht«, erwiderte Lord Harry verdutzt. Seine Miene war freundlich und gleichmütig, aber irgendwie fühlte sich der

Vikar unbehaglich unter diesen kindlichen Blicken und zog an den Enden seiner Weste, die über seinen Bauch hinaufgerutscht war und ein ganzes Stück von seinem hervorquellenden Hemd sehen ließ.

»Macht auch nichts«, sagte er hastig.

Mittlerweile spürte Carina, daß sie erstaunlich hungrig war. Sie war davon überzeugt gewesen, daß die Tragödie ihr jeden Appetit geraubt hätte. Aber es ging ihr eigentlich ganz gut, und als sie sich an einer Geflügelpastete, einigen Scheiben Schinken, etwas Fisch und den unvermeidlichen Kartoffeln, die jeden Gang begleiteten, gütlich getan hatte, war sie überzeugt, die Nacht, die schließlich und endlich doch kommen mußte, überstehen zu können. Einige Gläser schweren Weins taten das ihre, um einen kleinen Hoffnungsschimmer aufkommen zu lassen, der sich allmählich zu einer Flamme entwickelte.

Wie konnte sie Guy nur in Gedanken so untreu sein? Natürlich war irgend etwas wirklich Ernstes vorgefallen, das ihn abgehalten hatte zu kommen. Was, wenn er krank war?

Sie bekam wieder Farbe, als ihre Müdigkeit und Verzweiflung von ihr wichen.

Mit der Spannkraft der Jugend brachte sie es fertig, aus den tiefsten Tiefen der Hoffnungslosigkeit in die schwindelerregenden Höhen der Zuversicht emporzusteigen. Armer Guy! Wie unglücklich er sein mußte. Wie sein Herz vor Mitleid mit ihr schmerzte.

Die Damen waren eingeladen, zu Portwein und Nüssen bei den Herren zu bleiben; die kleinen Mädchen verdünnten ihren Wein mit heißem Wasser.

Carina fühlte sich allmählich schläfrig und zufrieden. Die Welt war wunderbarerweise wieder in Ordnung.

Als sie zum Aufbruch bereit waren, nahm Carina den Vorschlag, sie solle mit Lord Desire nach Hause fahren, ohne Widerrede an, obwohl er diesmal von Mrs. Armitage und nicht vom Vikar kam.

Dieser half ihr gerade in den Zweispänner, als sie plötzlich erstarrte und beinahe rückwärts fiel. Zwei rote Flecken brannten auf ihren Wangen.

Aus dem Gasthaus kamen Sir Edwin, Lady Edwin und ihre beiden Töchter – und Guy Wentwater. Sie hatten offensichtlich ebenfalls zu Abend gegessen.

Guy hielt Emilys Hand und flüsterte ihr etwas ins Ohr, und sie kicherte und wand sich, während ihre Eltern sie lächelnd gewähren ließen, Josephine schmollte.

Die Gesellschaft um Sir Edwin sah die Gesellschaft vom Pfarrhaus. Der Vikar ging auf sie zu.

Carina nahm ihren Platz neben Lord Harry ein und starrte geradeaus. Ihr Vater sagte etwas zu Sir Edwin, und Sir Edwin machte eine Handbewegung, um auf die Anwesenheit von Mr. Wentwater hinzuweisen. Der kleine Vikar warf sich in die Brust und maß Mr. Wentwater mit seinen Knopfaugen von Kopf bis Fuß, dann drehte er sich auf dem Absatz um, ohne die ausgestreckte Hand zu beachten, und ging zu seiner Kutsche zurück.

»O Gott«, murmelte Lord Harry. »Er hat ihn ganz offen geschnitten.«

»Fahren Sie zu, Mylord«, sagte Carina heiser.

Wie konnte er nur, dachte sie schmerzerfüllt. Was tat Guy nur, er war gesund und munter und machte dieser schrecklichen Emily den Hof.

Ihre Gedanken wühlten sie auf und schmerzten sie auf dem ganzen Weg zum Pfarrhaus. Von Zeit zu Zeit versuchte Lord Harry ein paar Worte an sie zu richten, aber Carina war taub gegen alles außer gegen die Stimmen, die in ihrem Kopf keine Ruhe gaben.

Sie sagte Lord Harry kurz angebunden gute Nacht und verschwand in ihrem Zimmer.

Als Daphne hereinkam, lag Carina immer noch angezogen auf ihrem Bett und starrte blicklos zum Betthimmel hinauf.

»Wir haben unten gesessen und stundenlang geredet«, sagte Daphne schläfrig. »Ich wollte dich holen, aber Papa hat mir geraten, dich in Ruhe zu lassen, was sehr seltsam ist, denn er hat dich ja in den letzten Tagen ständig mit Lord Harry zusammengebracht.«

Carina drehte den Kopf und schaute auf die Uhr auf dem Kaminsims. Mitternacht! Und sie war um zehn Uhr zu Hause gewesen.

So vertieft war sie gewesen, einen Ausweg aus ihrer Erniedrigung zu suchen, daß sie nicht gemerkt hatte, wie die Zeit verging.

»Geht es dir besser?« fragte Daphne fürsorglich.

Carina nickte.

»Papa ist zornig«, fuhr Daphne fort und setzte sich an den Toilettentisch, der mit einer Rüschenkante geschmückt war, und nahm eine Haarbürste in die Hand. »Er sagt, daß Wentwater ein gemeiner Abenteurer ist und daß kein Mann sich zu Emily hingezogen fühlen kann, es sei denn er hätte finanzielle Motive.«

»Das ist großartig«, sagte Carina und drehte sich zu ihr herum. »Wann hat Heirat für Papa je etwas anderes bedeutet als mehr Geld für seine stinkenden Hunde?«

Daphne war jetzt in ihr hübsches Spiegelbild vertieft. Sie entdeckte einen Mitesser und lehnte sich nach vorne. Dabei hielt sie die Kerze so nah an ihr Gesicht, daß ihre dunklen Haare beinahe Feuer fingen.

Carina lag da und überlegte und überlegte. Schließlich erschien Daphne auf der anderen Seite des Bettes und bat Carina zu rücken, damit sie unter die Decke schlüpfen konnte.

Wie ein Stehaufmännchen sprang Carina plötzlich auf und ging zu ihrem Lieblingsplatz am Fenster; sie schaute hinaus. Die gleichmäßigen Atemzüge ihrer Schwester sagten ihr, daß Daphne sofort eingeschlafen war.

Urplötzlich war Carina sich ganz sicher, daß Guy sie rief. Sie hörte seine Stimme in ihrem Kopf.

Der Schmerz in ihrem Herzen ließ nach. Diese wunderbare Vereinigung ihrer Seelen war eine unglaublich schöne Sache. Er schien ihr zu sagen, daß er nicht hatte fortkönnen, aber sich Sir Edwins Gesellschaft angeschlossen hatte in der Hoffnung, sie zu sehen.

Mit einemmal wußte Carina, daß sie zu ihm gehen mußte.

Fünftes Kapitel

Squire Radford konnte keinen Schlaf finden. Ein besonders schmerzhafter Rheumaanfall hatte sein linkes Bein befallen. Schließlich gab er den Kampf auf und stieg aus dem Bett; er hüllte sich in einen dicken Mantel und legte sich eine Decke über die Schultern. Er mußte im Garten ein bißchen frische Luft schnappen.

Er schlurfte in seinen Hauspantoffeln über den Rasen und blieb an der hohen Hecke stehen. Durch einen kleinen Spalt schaute er hindurch, dahin, wo das Mondlicht den Dorfteich in eine Silberfläche verwandelt hatte.

In diesem Moment sahen seine scharfen alten Augen ein Mädchen, das zwei Hutschachteln trug, rasch die Straße auf der gegenüberliegenden Seite des Teiches entlanggehen. Er beobachtete sie, bis sie verschwunden war, und fragte sich, wer in aller Welt es sein könnte, der da mitten in der Nacht unterwegs war.

Carina ging und lief abwechselnd zu Lady Wentwaters Haus.

Sie überquerte den Blyne auf der Bogenbrücke. Das Flüßchen plätscherte unter ihr, unaufhörlich und rastlos wie ihre Gedanken.

Sie hatte jetzt das Gefühl, daß sie nicht wirklich zu Guy Wentwater gestanden hatte. Ein Gentleman wie er sagte doch nicht, daß er sie liebte, und traf auch nicht feste Abmachungen, um mit ihr durchzubrennen, und vergaß es dann einfach.

Nein. Irgendwelche unvorhersehbaren Umstände mußten ihn daran gehindert haben. Und deshalb war sie auf dem Weg zu ihm. Wieder hatte sie ihre Hutschachteln dabei und einen Brief an ihre Mutter zu Hause auf dem Nadelkissen hinterlassen.

Carina hatte vor, zur Rückseite des Hauses zu gehen und nachzusehen, ob Guy die Tür zum Frühstückszimmer offengelassen hatte. Sie mußte versuchen, sein Schlafzimmer zu finden.

Sie sagte sich ganz überzeugt, daß er begeistert über ihr Kommen sein würde. Denn hatte nicht Gott selbst mit ihr gesprochen und ihr die Erlaubnis gegeben, mit Guy durchzubrennen, und sehnte

Guy sie nicht gerade in diesem Augenblick herbei? Jede Faser ihres Wesens sagte ihr, daß es so war.

Zu ihrer Erleichterung war die Tür zum Garten nicht verschlossen. Sie öffnete sie vorsichtig und schlüpfte ins Haus.

Als sie die Tür des Frühstückszimmers öffnete, die in die Halle führte, stand sie ganz still und lauschte angespannt. Gelächter und männliche Stimmen drangen aus dem Wohnzimmer. Dann hörte sie Guys Stimme: »Meine Güte, ist das eine Freude, euch zu sehen. Natürlich könnt ihr bleiben. Die Tante hat jede Menge Zimmer.«

Die zwei Hutschachteln an sich gepreßt, schlich Carina durch die Halle. Die Wohnzimmertür stand offen, und ein gelbes Lichtoval durchbrach die Dunkelheit. Carina spähte hinein.

Guy saß bequem mit einem gefüllten Glas Brandy auf dem Sofa. Zwei Freunde saßen ihm gegenüber am Feuer. Sie wirkten irgendwie ungeschliffen, gar nicht wie Gentlemen, aber seltsamerweise beunruhigte Carina das nicht. Ihre überraschende Ankunft mußte der Grund dafür sein, daß Guy sie sitzengelassen hatte.

Sie waren so fröhlich und locker miteinander. Sie gehörten alle zu dieser faszinierenden Welt der Männer – einer Welt, die Carina mit ebensoviel Neid wie Furcht erfüllte.

Manchmal ärgerte sie sich darüber, daß sie eine Frau war und dem seichten Geschwätz der anderen Frauen zuhören mußte. Sie sehnte sich danach, über Philosophie und Politik und das, was in der Welt geschah, zu reden. Guy hatte sie als ebenbürtig akzeptiert. Daraus konnte sie folgern, daß seine Freunde das auch tun würden.

Sie holte tief Atem und betrat das Zimmer, die zwei Hutschachteln immer noch in der Hand.

Guy saß mit dem Gesicht zur Tür. Er schaute sie direkt an, und als er seine Überraschung überwunden hatte, dämmerte es ihm. Seine blauen Augen funkelten vor Betrunkenheit und Bosheit.

Seine Freunde folgten seinen Blicken.

Der eine, ein dicklicher, kräftiger Mensch mit fettigen, pomadisierten Locken, die seine niedrige Stirn völlig bedeckten, fuhr herum. „Potztausend!« rief er aus. »Was soll das bedeuten?«

»Ein Drama aus Astleys Amphitheater«, sagte Guy gedehnt.

»Die Jungfer vom Pfarrhaus verläßt ihr trautes Heim. Erlaubt mir, daß ich euch Miss Carina Armitage vorstelle.«

Beide Männer erhoben sich und machten eine Verbeugung. Der dickliche wurde ihr als Mr. Benjamin Rowse und sein dünner Kamerad als Mr. Bill Wilson vorgestellt. Sie waren alle zwei nicht mehr die Nüchternsten. »Das sieht mir doch ganz nach einer Geschichte aus«, freute sich der eine, der Bill hieß. »Erzähl, Guy. Was hast du wieder angestellt?«

Guy erhob sich und ging zu Carina hinüber. Er streckte seine Hand aus, und einen seligen Augenblick lang war für Carina die Welt wieder in Ordnung, als sie dachte, er wolle sie in die Arme nehmen. Aber statt dessen packte er sie am Oberarm und zog sie zum Kamin.

»Schauen Sie in den Spiegel, Miss Carina«, lachte er. Er faßte sie jetzt an den Schultern und hob ihren Kopf nach vorne. Carina starrte ihr Spiegelbild an. Ihr Hut saß schief, auf ihrer Nase war ein Fleck, und unter ihren Augen waren dunkle Schatten.

»Mit dir kann man wohl keinen Staat machen, was meinst du?« spöttelte Guy.

»Guy!« schrie Carina auf und befreite sich aus seinem Griff. »Was ist über dich gekommen? Was ist geschehen? Ich verstehe nicht, warum du so grausam bist. Du hast gesagt, daß du mich liebst. Du hast versprochen, mit mir fortzulaufen.«

Ihre Augen wurden sanft und flehend: »Ich – ich bin hier, Guy, und ich habe meine Sachen mitgebracht.«

»Oooh, wir rührend!« sagte Guy und trippelte geziert mit einer Hand in die Seite gestemmt im Zimmer herum, während seine Freunde vor Lachen brüllten.

Carinas Gesicht wurde hart und verschlossen. »Guten Abend, meine Herren«, sagte sie und ging sehr aufrecht zur Tür.

»Wart ein bißchen!« rief Bill Wilson. »Guy ist vielleicht zu anspruchsvoll, aber Benjie und ich haben nichts gegen einen kleinen Spaß mit einem Rotkopf einzuwenden.«

Er umfaßte ihre Taille mit seinem muskulösen Arm und näherte sein großes rotes Gesicht dem ihren.

Guy Wentwater lächelte träge und schloß die Wohnzimmertür. »Ihr habt recht, Freunde, sie ist nicht nach meinem Geschmack«, sagte er betont lässig, »aber laßt euch durch mich ja nicht euren Spaß verderben.«

Entsetzt befreite sich Carina durch einen Ruck aus Bills Umarmung. Benjie eilte zur Tür, um den Fluchtweg zu verstellen. Guy setzte sich auf einen Stuhl, nahm sein Glas und lehnte sich mit dem Blick des Kenners, der gleich ein gutes Theaterstück sehen wird, genüßlich zurück.

Carina hatte jetzt einen Gesichtsausdruck wie der Fuchs, dem sie in der Phantasie ihres Vaters schon immer ähnelte. Mit funkelnden grünen Augen ging sie rückwärts zum Kamin.

Neben diesem war ein Ständer voller alter Zeitungen.

Sie nahm blitzschnell eine, setzte sie in Brand und warf die brennenden Blätter voll auf Guy, der auf seinem Stuhl so heftig zurückwich, daß er das Gleichgewicht verlor und zu Boden stürzte. Dabei versuchte er, sich das brennende Papier von der Brust zu zerren.

»Zurück!« zischte Carina, als die beiden anderen sie einkreisten. Warum kamen die Diener nicht? Sollte sie schreien? Nein! Etwas wußte Carina ganz genau: Niemand durfte wissen, daß sie hiergewesen war.

Bill und Benjie kamen näher. Carina bewegte sich möglichst unauffällig auf einen Messingständer zu, in dem Reitpeitschen, Polostöcke, Schirme und Schwerter steckten.

Sie ergriff ein Schwert, und es gelang ihr, es aus der Scheide zu ziehen, bevor Bill Mut gefaßt hatte und ihre Hand ergreifen konnte.

Sie ließ die Klinge schwungvoll durch die Luft sausen und hielt die Männer ab, bis sie die Tür erreicht hatte.

Sie riß sie auf und rannte einem Instinkt folgend zum Frühstückszimmer. Das war ihr Glück. Denn die große Tür am anderen Ende der Halle war nachts verriegelt und versperrt, und bis sie alle Schlösser geöffnet und alle Riegel zurückgeschoben hätte, wären sie längst über sie hergefallen.

Sie floh die Hopeminster Straße hinunter, die von Lady Wentwaters Besitzung in das Dorf Hopeworth führte. Sie hörte nicht auf zu rennen, bis sie das Tor des Herrenhauses erreicht hatte, entschlossen, den Torhüter zu wecken, falls jemand sie verfolgte. Denn Carina hatte jetzt das Gefühl, daß ihre Erniedrigung und Dummheit sowieso entdeckt werden würden.

Aber kein Geräusch drang an ihre Ohren. Die Nacht war kalt, ruhig und still. Carina sank auf einem Grasbüschel neben dem Tor nieder und vergrub ihr Gesicht in den Händen.

Nie wieder würde sie an Gott glauben. Er hatte sie betrogen, dachte sie ganz unlogisch, und machte sich damit eine weitverbreitete Argumentation zu eigen – »Er hat mir nicht geholfen, deshalb glaube ich nicht mehr an ihn.«

Und Liebesheirat! Quatsch! Und Männer! Schlimmer. Manche hatten bessere Manieren und waren besser angezogen als andere, aber im Grunde waren sie alle gleich; groß, haarig, selbstsüchtig; gierige Satyrn mit heißen Händen.

Von dem ganzen Pack haßte sie ihren Vater am meisten. Wenn er sich wie ein wahrer Vater benommen hätte, wäre das alles nicht geschehen. Nichts ist tröstlicher, als jemand anderem die Schuld zuzuschieben, und so steigerte sich Carina immer mehr in Wut.

»Sie scheinen die Gewohnheit zu haben, am Straßenrand herumzusitzen«, ertönte es mitfühlend über ihr.

Carina fuhr zusammen und schaute auf. Untadelig gekleidet und wohlerzogen wie immer, stand Lord Harry Desire lächelnd im Mondlicht.

Carina sah ihn mit düsterer Miene an. »Sind Sie gekommen, um sich über mich lustig zu machen und mich zu quälen?« fragte sie.

»Nein«, sagte er liebenswürdig, »nur um Sie zu finden. Daphne ist aufgewacht, hat Ihr leeres Bett gesehen und das ganz Haus in Aufruhr versetzt. Betty hat gesagt, daß sie Sie schon heute früh mit zwei Hutschachteln gesehen hat. Der gute Vikar war der festen Meinung, daß Sie von zu Hause weggelaufen seien.«

Wenn ich doch nur, dachte Carina in höchster Not, die Dummheit mit Guy geheimhalten könnte!

»Ich habe einen Brief hinterlassen«, sagte sie.

»Ich denke, bis jetzt hat ihn noch niemand gefunden«, antwortete er.

Ich muß zurück und ihn zerreißen, dachte Carina.

»Danke«, sagte sie dann, erhob sich und strich ihre Röcke glatt. »Ich bin bereit, jetzt heimzugehen. Ich konnte nicht schlafen. In dem Brief steht alles, wissen Sie.«

Die Hutschachteln! mahnte sie eine innere Stimme. Du hast die Hutschachteln dortgelassen!

»Keine Hutschachteln diesmal?« fragte Lord Harry, als könnte er ihre Gedanken lesen.

Carina ging die Straße mit ihm hinunter. Sie fühlte sich sehr, sehr müde. Sie wollte ihren Vater nie wiedersehen.

Und es gab nur eine Möglichkeit für eine Tochter aus gutem Hause, sich zu befreien: Heirat.

»Ich möchte Sie heiraten«, sagte sie unvermittelt.

Lord Harry ging schweigend weiter. O Gott, dachte Carina, nicht einmal dieser Dummkopf will mich.

Dunkle Gestalten huschten hierhin und dorthin durch das Dorf.

»Was ist los?« fragte Carina.

»Sie sind die Ursache«, lächelte Lord Harry. »Mr. Armitage hat die Feuerglocke geläutet.«

Er rief eine der Gestalten herbei. Ein Dorfjunge kam zu ihnen gerannt.

Lord Harry griff in seine Tasche und gab dem Jungen einen Schilling.

»Geh und erzähl überall herum, daß Miss Carina gefunden worden ist«, sagte er. Der Junge grabschte die Münze und rannte davon, von einem zum anderen die Nachricht weitergebend.

Der Vikar begegnete ihnen auf der halben Wegstrecke zum Pfarrhaus.

Selbst im Mondschein konnte man sehen, daß sein Gesicht dunkel vor Zorn war.

Lord Harry legte seinen Arm um Carinas Taille, als sie sich für die Schimpfpredigten, die jetzt kommen mußten, rüstete.

Bevor noch der Vikar seinen Mund öffnen konnte, sagte Lord

Harry schnell: »Gratulieren Sie mir, Mr. Armitage. Ihre Tochter hat mir die große Ehre erwiesen, meine Hand anzunehmen.«

Der Vikar öffnete und schloß seinen Mund abwechselnd wie ein Kabeljau an Land. Der Zorn wich Freude, die ebenso schnell Kummer Platz machte.

Wollte Carina diese Ehe überhaupt? Oder war sie einfach unter dem äußeren Druck zusammengebrochen?

»Wunderbar«, sagte er. »Aber wohin in aller Welt bist du mitten in der Nacht gegangen, Mädchen? Ich habe mich furchtbar um dich gesorgt.«

Schon wieder eine Lüge, dachte Carina müde.

»Ich wollte einen Spaziergang machen, um mit mir ins reine zu kommen«, sagte sie und vermied es dabei, ihren Vater anzusehen. »Lord Harry hat mich gefunden, und ich habe ihm meinen Entschluß mitgeteilt.«

Der Vikar schaute sie genau an. Er glaubte nicht ein Wort davon. Carina sah nicht aus wie ein Mädchen, dem gerade von einem begehrenswerten Mann ein Heiratsantrag gemacht worden war. Sie sah so aus, als hätte sie jegliches Gefühl in sich abgetötet.

Mrs. Armitage hatte einen ihrer berühmten Anfälle gehabt, kam aber bemerkenswert schnell auf die Beine, als sie die Neuigkeiten hörte. Die Mädchen waren alle hocherfreut und drängten sich in ihren Nachthemden und Lockenwicklern schüchtern um Lord Harry.

Carina ließ sich umarmen und küssen und trank Champagner und wünschte doch die ganze Zeit, sie könne zu Bett gehen.

Sie war überzeugt davon, daß der wahre Grund für ihre Nachtwanderung irgendwie bald aufkommen würde.

Sie hatte diese verflixten Hutschachteln dortgelassen. Wenn Guy sie nicht versteckt hatte, fanden Lady Wentwaters Diener sie und sie konnte nicht erklären, daß das Kleider für die Armen seien, wo es doch ihre allerbesten Sachen waren.

Nur jemand, der so dumm wie Lord Harry war, konnte ihr Glauben schenken.

»Ich möchte morgen früh mit dir sprechen, Carina«, sagte der

Vikar, und Carina nickte gleichgültig.

Als sie schließlich die Treppe hinauf ins Bett ging, fingen ihre Zähne bei der Erinnerung an den Brief auf dem Nadelkissen buchstäblich an zu klappern. Sie ging schneller und stürzte mit hocherhobener Kerze in ihr Zimmer.

Und da war der Brief. Genau da, wo sie ihn hingelegt hatte.

Sie riß ihn an sich und zerriß ihn in Fetzen, die sie in die schwache Glut warf.

»Ich habe ihn nicht gelesen«, kam eine sanfte Stimme von der Tür. Daphne stand da und beobachtete sie.

»Das hätte nichts gemacht«, sagte Carina, sich zu einem Lachen zwingend. »Es war nur ein Einkaufszettel, den ich Mama morgen geben wollte.«

»Ich bin froh«, antwortete Daphne und kam herein. »Als du weg warst und ich die Alarmglocke geläutet hatte, sah ich den Brief, und ich dachte, du wärst von zu Hause weggerannt. Aber Briefe sind so endgültig. Ich dachte, wenn sie dich finden und zurückbringen, dann wäre alles noch einmal gutgegangen.«

»Was für eine blühende Phantasie du hast, Daphne«, sagte Carina mit einem Lachen, das in einen Schluchzer überging. »Sieh nur, wie müde ich bin! Ich weine schon ohne den geringsten Grund!«

Guy Wentwater drehte sich unruhig beim Versuch einzuschlafen. Aber trotz der Brandymengen, die er getrunken hatte, mied ihn der Schlaf hartnäckig.

Seine Freude über die Demütigung von Carina Armitage hatte einen bitteren Beigeschmack, aber er wollte es sich nicht eingestehen, daß er sich gewaltig vor Hochwürden Charles Armitage fürchtete.

Schließlich war er schon einmal unrühmlich von den Hunden des Vikars aus der Grafschaft gehetzt worden. Und da war auch noch dieser Kerl, der versucht hatte, Annabelles Ehe auseinanderzubringen. Er hatte davon erzählen hören. Der Vikar hatte ihn aus der Kirche gepeitscht, und die Dorfjugend hatte ihn ausgezogen und in den Teich geworfen.

Vielleicht war es das Gescheiteste, darüber zu schweigen, außer eventuell Silas Dubois gegenüber, dem die Geschichte sicher gefiel. Er würde die Kleinigkeit weglassen, wie sich Carina den Weg vor drei ausgewachsenen Männern freigekämpft hatte. Das beste war, zu erzählen, daß sie unter Tränen gegangen sei.

Benjie Rowse und Bill Wilson würden sich am Morgen nicht mehr an den Namen des Mädchens erinnern. Er würde sowieso dafür sorgen, daß sie ihren Mund hielten.

Aber diese Hutschachteln! Man sollte sie verbrennen. Nein, lieber nicht. Er mußte abwarten, was geschah.

Wenn Carina nichts sagte, war er in Sicherheit.

Er hätte eine Rache planen sollen, von der der Vikar nie erfahren hätte. Es konnte jeden Moment geschehen, daß Mr. Armitage die Straße heraufgeritten kam mit seiner entsetzlichen Hundemeute, die ihm heulend vorauslief.

Da öffnete sich die Tür zu seinem Zimmer, und eine hochgewachsene Gestalt kam herein.

»Wer da?« rief Guy und richtete sich aus den Kissen auf.

»Desire«, sagte eine höfliche, umgängliche Stimme.

Guy fluchte leise und entzündete die Kerze neben dem Bett.

Lord Harry Desire kam näher und setzte sich geschickt ans Bettende.

»Wie sind Sie hereingekommen?« platzte Guy heraus. »Ich habe alle Türen und Fenster verschlossen.«

»Ich habe einen Dietrich benutzt«, sagte Lord Harry freundlich.

»Warum?«

»Um Sie zu besuchen, mein Freund.«

Guy streckte seine Hand nach der Klingelschnur aus, die neben dem Bett hing. Mit einer geschickten Handbewegung hob Lord Harry seinen Stock und schlug Guy über das Handgelenk – ein starker, schmerzhafter Schlag.

»Na, na«, sagte Lord Harry besänftigend, als Guy fluchte und sich das Handgelenk rieb. »Wir wollen doch nicht das ganze Haus aufwecken, oder?«

»Was wollen Sie?« fragte Guy.

»Ich möchte Bescheid über einen Besuch wissen, den Miss Carina Armitage heute nacht diesem Haus abgestattet hat.«

»Der kleine Rotkopf!« spöttelte Guy. »Ich bin ihr nicht begegnet.«

Lord Harrys Faust schlug blitzschnell zu und traf Guy voll auf den Mund.

Er schrie gellend vor Schmerz auf und versuchte aus dem Bett zu springen, woran ihn zwei kräftige Hände hinderten, die ihn an den Schultern festhielten.

Lord Harrys Gesicht sah so schön und sympathisch wie immer aus. Guy blickte wild um sich und suchte nach einem anderen Angreifer, denn dieser elegante Lord, der ihn so entwaffnend anlächelte, hatte ihm unmöglich solch einen kräftigen Schlag versetzt.

Carina hatte also nicht geredet. Und dieser Idiot war in sie verliebt.

»Also gut«, sagte Guy, lehnte sich in die Kissen zurück und versuchte, eine weltmännische Miene aufzusetzen. »Ich hätte es Ihnen gesagt, aber ich wollte den guten Namen des Mädchens nicht aufs Spiel setzen. Sie hat sich eingebildet, daß ich mit ihr durchbrennen soll, weil sie nicht dazu gezwungen werden wollte, Sie zu heiraten.«

Er beobachtete Lord Harry schnell und genau, ob dieser irgendwelche Anzeichen zu erkennen gab, daß er gekränkt war, aber Lord Harry lächelte freundlich auf ihn herunter und bat ihn, weiterzusprechen.

»Sie hat gesagt, daß sie mich liebt und um zwei Uhr an der Kreuzung auf mich warten will«, sagte Guy. »Nach dem Gartenfest hat sie mich hier besucht. Ich hörte meine Tante zurückkommen, und um Carinas Ruf bangend, habe ich nur ›Ja, ja‹ gesagt und sie aus der Gartentür hinausgeschoben. Ich habe gedacht, wenn sie nichts mehr von mir hört, ist die Sache zu Ende. Aber die dumme Pute ...«, Lord Harrys Hand bewegte sich, und Guy verbesserte sich schnell, »... ich meine, Miss Carina erschien mitten in der Nacht mit diesen verdammten Hutschachteln und begann zu bitten und zu betteln. Es war äußerst peinlich, weil ich gerade zwei Freunde hier hatte.«

»Sind sie noch da?«

»Ja, aber Sie werden sie doch in Ruhe lassen?«

»Wir werden sehen. Weiter!«

»Das ist alles. Als Miss Carina feststellte, daß ich sie nicht heiraten will, floh sie aus der Gartentür. Und das ist die ganze Geschichte.«

Ein Schweigen trat ein. Guy schielte zur Klingelschnur und fragte sich, ob er sie erreichen könne. Dieser Lord konnte ihn von einem Ende des Zimmers zum anderen befördern, und kein Diener würde kommen. Sie hatten einmal ein lautstarkes Gelage unterbrochen, und er hatte ihnen befohlen, nie mehr hereinzukommen, wenn er sie nicht ausdrücklich rief. Und seine Tante schlief wie eine Tote.

Lord Harry seufzte leise, streckte seine Beine aus und musterte angelegentlich das glänzende Leder seiner Reitstiefel.

Dann richtete er seine Augen auf Guy.

»Dieses Mal«, sagte Lord Harry im gleichen entspannten Umgangston, »sagen Sie mir die Wahrheit. Fangen Sie von vorn an.«

Guy wand sich hin und her und brachte sein Bett ganz durcheinander. »Lassen Sie mich aufstehen und mich anziehen, dann können wir reden«, bat er.

»Nein«, antwortete Lord Harry gleichmütig. »Beginnen Sie von vorne.«

Guy dachte blitzschnell nach. Offensichtlich war dieser vermaledeite Lord rasend in Carina verliebt. Vielleicht glaubte er deshalb eine andere Geschichte, nämlich, daß er, Guy, Carina liebte, aber aus reinem Edelmut nicht mit ihr durchgebrannt war.

So begann er fast mit der Wahrheit; den verstohlenen Augenblikken auf dem Friedhof und auf dem Weg. Dann ging er wieder dazu über, zu lügen. Er sagte, sosehr er Carina liebe, wisse er doch, daß ihr Vater das Mädchen verstoßen würde, wenn sie ihn heiratete, und Carina würde schließlich die Entfremdung von ihrer Familie bereuen, und deshalb habe er sie abgewiesen.

Wieder folgte ein langes Schweigen, als er geendet hatte.

Lord Harry seufzte noch einmal.

»Noch einmal«, sagte er dann. »Beginnen Sie von vorne und, sagen Sie dieses Mal die Wahrheit.«

»Also alles, was recht ist!« platzte Guy heraus. »Sie schleichen sich hier ein und –«

Er unterbrach sich entsetzt und starrte entsetzt auf das Schwert, das Lord Harry gezogen hatte und ihm an die Kehle hielt.

Guy hatte in seinem ganzen Leben noch nie solche Angst gehabt. Die Ruhe, die auf diesem schönen Gesicht über ihm lag, hatte etwas Schreckliches und Ungeheuerliches an sich.

»Sie können mir doch nicht die Schuld dafür geben«, stammelte er. »Sehen Sie, es war so ...«

Zwei Stunden später schlüpfte Lord Harry Desire mit zwei Hutschachteln in der Hand leise aus Lady Wentwaters Haus. Seine Fingerknöchel waren offen und bluteten, aber er war sich sicher, daß weder Benjie Rowse noch Bill Wilson wagen würden, auch nur ein Wort zu sagen. Alle drei Männer würden Hopeworth am nächsten Morgen verlassen haben.

Er pfiff zuversichtlich vor sich hin, als er auf das Dorf zuging.

Squire Radford hörte das Pfeifen und schwang seine Stöckchenbeine über die Bettkante. Er suchte mit den Füßen nach seinen Hausschuhen und ging zum Fenster, um hinauszusehen.

In der blaßgrauen Dämmerung ging Lord Harry Desire am Dorfteich entlang und trug zwei Hutschachteln. Seine elegante Erscheinung spiegelte sich im kalten glasklaren Wasser des Weihers, bis eine eifrige Ente über das Spiegelbild schwamm und es in lauter kleine Stückchen zerteilte, die auf der Oberfläche schimmerten.

Wie seltsam, dachte der Squire. Ein junges Mädchen geht mitten in der Nacht mit zwei Hutschachteln weg, und jetzt kommt Lord Harry Desire mit ihnen zurück. Vielleicht waren es gar nicht dieselben Hutschachteln. Vielleicht handelte es sich um eine Wette.

Er seufzte und kroch in sein warmes Bett zurück. Er hätte diesen Lord Harry liebend gerne näher kennengelernt. Aber zum allerersten Male überhaupt kam weder eine Einladung aus dem Pfarrhaus, noch kam der Vikar zu Besuch.

»Charles muß irgend etwas Schlimmes im Schild führen«, sorgte sich der Squire. »Ich gäbe etwas darum, wenn ich wüßte, was.«

Carina erwachte am Morgen mit hämmernden Kopfschmerzen. Es war ein schneidend kalter Tag, und die Sonne schien so hell, daß sich ihre Strahlen in den Glasflaschen auf dem Toilettentisch brachen.

Betty war bereits im Zimmer gewesen, hatte Feuer gemacht und die Vorhänge aufgezogen.

Daphne war schon aufgestanden und nach unten gegangen.

Carina drehte sich um und verbarg ihr Gesicht in den Kissen, als sie die Erinnerung an den furchtbaren gestrigen Tag überfiel.

Aber sie konnte sich nicht ewig in ihrem Zimmer verbergen. Ihr Vater wollte sie sprechen. Sie drehte sich zurück und schaute auf die Uhr. Elf Uhr! Wie konnte sie nur so tief und so lange schlafen, wo ihr so viel Unangenehmes bevorstand?

Jetzt waren die Neuigkeiten wohl schon herum. Guy und seine gemeinen Freunde hatten sicher dafür gesorgt, daß sie zum Gespött des ganzen Dorfes wurde. Lord Harry mußte sie verabscheuen, denn sogar so ein Trottel wie er hatte seinen Stolz.

Und ihr Vater erst...

Carina schauderte und kletterte aus dem Bett, um sich ganz schnell fertigzumachen. Sie war bereits in einem ihrer besten Komplets – einem rundgeschnittenen Gewand aus feinem Leinen unter einem Oberwurf aus smaragdgrünem Cord und einer breiten Seidenschärpe mit Quasten um ihre schlanke Taille – auf dem Weg nach unten, als ihr schlagartig bewußt wurde, daß sie genau dieses Kleid eingepackt und in einer der Hutschachteln zurückgelassen hatte.

Mit weichen Knien ging sie in ihr Zimmer zurück und öffnete die Türen des großen Schrankes mit der Einlegearbeit, als handle es sich um die Büchse der Pandora.

Da hing ihre Kleidung ordentlich nebeneinander, die Kleider, die Mäntel, die Umhänge und die Schultertücher. Ihre Schuhe waren fein säuberlich wie ein Regiment Soldaten darunter aufgereiht. Sie rannte zur Kommode und zog die Schubladen auf. Ihre Unterwäsche lag ordentlich in zusammengelegten Stößen da – Musselin,

Leinen, Seide und Spitze.

Sie sank auf das Bett, und das Herz schlug ihr bis zum Hals. Jemand war, während sie schlief, in ihrem Zimmer gewesen und hatte den Inhalt der Hutschachteln weggeräumt. Und da waren ja auch die vertrackten Schachteln selbst, ordentlich auf dem Schrank aufeinander gestapelt!

Betty! Natürlich war es Betty gewesen.

Ein Diener von Lady Wentwater hatte die Hutschachteln abgegeben, und Betty hatte sie ausgepackt.

Jetzt würden alle ihr Geheimnis kennen. Nun gut, es war besser, die Sache gleich durchzustehen.

Carina ging langsam nach unten und durch die Halle. Ihr Vater streckte den Kopf aus seinem Studierzimmer. »Ich möchte dich kurz sprechen, Carina«, rief er.

Da hatte sie's.

Carina straffte ihren Rücken und ging hinein.

»Setz dich«, sagte der Vikar mit freundlicher Stimme.

Carina setzte sich und wunderte sich über sein Verhalten.

Der Vikar saß hinter seinem Schreibtisch. Er machte sich nervös an seiner Schnupftabaksdose zu schaffen und zupfte dann an seinem Federkiel herum.

Schließlich blickte er auf. »Du willst Desire doch heiraten, oder?«

»Ja, Papa«, antwortete Carina schwach. »Ich habe es dir gestern abend gesagt.«

»Das klingt wie Musik in meinen Ohren, aber es ist doch zu schön, um wahr zu sein. Das tust du doch nur mir zuliebe.«

»Wann habe ich je dir zuliebe etwas getan, Papa?« fragte Carina, die so verdattert war, daß ihre Aufrichtigkeit wieder die Oberhand gewann.

»Nie«, antwortete der Vikar mit einem erleichterten Grinsen. »Gut, dann ist ja alles in Ordnung. Habt ihr schon einen Termin festgesetzt?«

»Nein, Papa.«

»Na gut, du wirst warten wollen, bis die Mädchen wieder aus dem Ausland zurück sind.«

»Möglicherweise, Papa. Ich muß Lord Harry fragen.«

»Oh.« Das Gesicht des Vikars wurde wieder ernst angesichts dieser ungewöhnlichen Unterwürfigkeit.

Er musterte besorgt ihr Gesicht. Sie war über irgend etwas beunruhigt, und, jawohl, sie hatte auch Angst! Warum hatte er eigentlich solche Schuldgefühle? Er hatte sie doch zu nichts gezwungen. Aber wenn sie doch bloß glücklich aussehen würde.

Sein Gesicht hellte sich auf. Sie hatte noch nicht gefrühstückt. Ein leerer Magen war nach Ansicht des Vikars die Hauptursache für schlechte Laune und Niedergeschlagenheit.

»Geh jetzt«, sagte er wieder etwas fröhlicher. »Frühstücke erst einmal, wir sprechen dann später miteinander.«

Noch zögerte Carina, sie konnte nicht glauben, daß ihr Vater nichts von der Sache mit Guy Wentwater erfahren hatte.

»Betty hätte mich eher wecken sollen«, sagte Carina. »Es ist meine Aufgabe, die Mädchen in die Schule zu schicken.«

»Sie wären heute sowieso nicht gegangen«, antwortete der Vikar. »Wir waren ja alle die halbe Nacht im Gange.«

Carina ging langsam in die Halle, wo sie beinahe mit Betty zusammenstieß.

»Ach, Miss Carina!« rief Betty aus. »Die Hutschachteln sind heute früh gekommen, aber Sie waren so müde, da habe ich sie ausgepackt, während Sie schliefen. Sie haben Ihre Gedanken wohl auch nicht ganz beisammengehabt, daß Sie Ihre besten Sachen für die Armen spenden wollten!«

»Was?« fragte Carina erbleichend. »Hutschachteln? Was für Hutschachteln?« fragte sie, während ihre Gedanken verzweifelt einen Halt suchten.

»Genau das habe ich Lord Harry gefragt. Er stand da, wo Sie jetzt stehen, in aller Herrgottsfrühe und schaute auf diese Hutschachteln. ›Was ist das?‹ habe ich gefragt, und er hat gesagt, daß irgend jemand sie geschickt hat, weil Sie aus Versehen gute Kleider eingepackt haben. Da habe ich gesagt, daß sie vom Herrenhaus kommen müssen, weil dahin haben Sie sie ja mitgenommen.«

»Und was hat Lord Harry daraufhin gesagt?« fragte Carina

gespannt. Dabei fiel ihr ein, daß sie ihm erzählt hatte, sie bringe sie den Armen von Hopeminster. So viele Lügen!

»Ja, Miss, er hat mich nur ganz geistesabwesend angeschaut, und dann hat er gesagt, ich soll sie aufhängen und Sie nicht wecken, weil Sie letzte Nacht so lange auf waren. Er ist ja so rücksichtsvoll, ja wirklich.«

»Ja«, sagte Carina und ging ins Eßzimmer. Was für ein Glück, daß Lord Harry rein ... rein gar nichts kapierte. Aber wenn er nicht jeweils im richtigen Moment dagewesen wäre, hätte ihr Vater bestimmt die Geschichte mit Guy Wentwater herausgekriegt.

Guy Wentwater.

Im Eßzimmer war niemand. Carina nahm sich Tee und merkte kaum, daß er eiskalt war. Sie setzte sich hin und dachte an Guy Wentwater, und je mehr sie an ihn dachte, desto enttäuschter über das Leben und die Liebe wurde sie.

Er hatte sie betrogen, und sie hatte sich selbst betrogen mit ihren Hirngespinsten von der Vereinigung zweier Seelen, ihr Gott hatte sie betrogen, deshalb gab es ihn nicht, erinnerte sie sich wütend.

Aber ihre Liebe zu Guy war eine so starke Droge gewesen, daß ihr plötzliches Absetzen heftige Entzugserscheinungen auslöste. Ihr ganzes Wesen sehnte sich nach Bestätigung.

Wenn er in diesem Augenblick zur Tür hereingekommen wäre und gesagt hätte, er sei betrunken gewesen, und sich zerknirscht für sein Verhalten entschuldigt hätte, dann hätte sie ihm verziehen, und es wäre ihr möglich, wieder auf diesen rosaroten Wolken zu schweben.

Aber die Erinnerung war schrecklich und demütigend. Die Bosheit in seinen Augen ließ sie nicht los.

Sie aß in Gedanken versunken zwei Scheiben kalten Toast.

Aber er war betrunken, kehrte sie hartnäckig zum Ausgangspunkt ihrer Überlegungen zurück. Sehr sogar. Und Männer waren nun einmal seltsam, wenn sie angeheitert waren. Selbst ihr eigener Vater hatte sich letztes Jahr nach einer erfolgreichen Jagdpartie abstoßend betrunken und war glatt in die Halle und die Treppe hinauf geritten.

Ihre Stirn umwölkte sich, als sie an ihn dachte. Er war an allem schuld, mit seinem geschminkten Gesicht, seinen ungehobelten Manieren, seinem Mangel an Kinderstube und seinem unglaublich schrecklichen, knarrenden Korsett.

Die Tür ging auf, und Lord Harry Desire kam hereingeschlendert.

»Bereit?« fragte er.

»Zu was?« wollte Carina müde wissen.

»Mit mir auszufahren. Wenn Sie sich recht erinnern, verabredeten wir uns heute nacht dazu.«

Carina konnte sich an keine derartige Abmachung erinnern, aber sie war zu überdreht, um es zu sagen. Sie bemerkte nur ergeben, daß sie ihren Hut holen wolle, und eilte hinauf.

Sie setzte den erstbesten Hut auf, der glücklicherweise zu ihrem Kleid paßte. Er war aus grüner Seide gefertigt und stand ihr besonders gut. Sie dachte daran, daß er in einer der Hutschachteln gewesen war und daß sie ihn für Guy hatte tragen wollen.

Zwei große Tränen blieben an ihren Wimpern hängen. Sie wischte sie ärgerlich weg, und ging zu Seiner Lordschaft hinunter. Erst als sie merkte, daß sie in die Auffahrt zu Lady Wentwaters efeuberanktem Haus einbogen, brach sie ihr Schweigen.

»Wir können sie nicht einfach besuchen!« sagte sie verzweifelt. »Man erwartet uns nicht.«

»Doch, wir sind eingeladen«, sagte er und lenkte sein Gespann vor das Haus.

Ein Stalldiener kam herbeigerannt, um die Pferde zu übernehmen.

Lord Harry hüpfte leichtfüßig hinunter und half dann Carina aus der Kutsche.

»Ich bin Lady Wentwater auf dem Gartenfest begegnet«, sagte er, »und ich habe versprochen, ihr einen Besuch abzustatten. Fehlt Ihnen etwas? Sie sind ganz weiß geworden.«

»Nein«, sagte Carina, aber ihre Knie zitterten. »Es ist alles in Ordnung; gehen wir hinein.«

Denn sie war zu dem Entschluß gekommen, daß ihr unheimliches Glück bestimmt nicht noch länger andauern könne. Deshalb war es besser, die Sache hinter sich zu bringen.

Lady Wentwater empfing sie im Salon. Nichts ließ auf die lautstarken Auseinandersetzungen der vergangenen Nacht schließen. Alles war dunkel und düster und still. Das Sonnenlicht wurde durch die raschelnden Efeublätter gefiltert, die die Fenster fast völlig bedeckten, so daß man den Eindruck hatte, in einer Höhle zu sein.

»Ich freue mich, daß Sie gekommen sind«, keuchte Lady Wentwater. Die kleinen Rosinenaugen waren das einzige Lebenszeichen in der teigigen Masse ihres Gesichts. »Es ist so still geworden, seitdem Guy weg ist. Auf der anderen Seite bin ich froh darüber. Er und seine Freunde haben ja so einen Lärm gemacht bis in die Nacht hinein. Nicht daß ich sie gehört hätte – ich schlafe so fest –, aber meine Zofe hat gesagt, daß die Diener dachten, eine ganze Armee sei eingefallen; es wurde immer schlimmer, und irgendwann meinte sie sogar, eine weibliche Stimme zu hören. Aber das kann nicht sein, da es hier ja keine leichten Mädchen gibt, mal abgesehen von Maggie Trumper, die, wie jedermann weiß, nicht so ist, wie sie sein sollte. Aber Guy hat allen Dienern streng verboten, hereinzukommen, wenn er Besuch hat; doch meine Zofe hat erzählt, daß sie irgendwann einen der Gäste wie wahnsinnig um Hilfe schreien hörten, und sie mußten sich sehr zusammennehmen, um nicht hineinzulaufen und nachzusehen, was los war.«

»Mr. Wentwater ist abgereist?« fragte Carina mit einem trockenen und tauben Gefühl im Mund.

»Ja, heute früh ist er abgereist. Er wird mir fehlen, aber ich wollte, er würde sich in besserer Gesellschaft bewegen. Diese Freunde von ihm! Wie sie aussehen! Ihre Gesichter waren ganz aufgeschwollen. Sie prügeln sich wohl gegenseitig, wenn sie betrunken sind.«

»Hat er was über ... über mich gesagt?« fragte Carina so leise, daß Lady Wentwater sich anstrengen mußte, sie zu verstehen.

»Nicht ein Wort«, sagte Lady Wentwater boshaft. »Aber er ließ Miss Emily oben im Herrenhaus grüßen.«

Sie wandte sich Lord Harry zu und verwickelte ihn in ein Gespräch, während Carina wie betäubt dasaß.

Sie war frei! Frei von öffentlicher Demütigung. Durch eine Reihe von merkwürdigen Zufällen war sie der Schande entgangen. Ein

Diener von Lady Wentwater mußte die Hutschachteln gefunden und sie kommentarlos zum Pfarrhaus gebracht haben.

Was für ein Wunder!

Sie saß vor Erleichterung ganz benommen da, bis es Zeit war, zu gehen. Sie merkte nicht einmal richtig, daß Lady Wentwater ihr zu ihrer Verlobung gratulierte.

Als sie ganz gemächlich die Straße entlangfuhren, trafen sie Lord Harrys erste Worte wie ein Blitz aus heiterem Himmel.

»Ich möchte sehr bald heiraten«, sagte er.

»Oh«, stammelte Carina. »Ich fürchte, ich habe Sie zu sehr bedrängt. Vielleicht wollen Sie mich überhaupt nicht heiraten.«

»O doch, das will ich«, lachte er. »So sehr, daß ich Sie wegen Vertragsbruchs anzeigen werde, wenn Sie nicht zu Ihrem Wort stehen.«

»Unsinn«, sagte Carina und zwang sich zu lachen. »Nur Damen tun das. Nur eine Dame darf eine Klage einreichen.«

»Dann werde ich Geschichte machen«, meinte er gutgelaunt.

»Wir sollten wenigstens warten, bis meine Schwestern aus Paris zurückkommen«, sagte Carina.

»Ach, und warum?«

»Ich möchte sie bei der Hochzeit dabeihaben.«

»Einverstanden«, stimmte er zu. »Wenn Sie mir versprechen, daß wir heiraten, sobald sie wieder in London sind.«

»Ja, natürlich«, erwiderte Carina. Irgend etwas würde bis dahin schon zu ihrer Rettung geschehen.

»Wenn das so ist, meine Liebe«, sagte er leichthin, »dann werde ich mich noch heute nach London zurückbegeben. Ich habe die Gastfreundschaft Ihrer Familie schon viel zu lange in Anspruch genommen.«

Er brachte seine Pferde an einer Wegbiegung zum Stehen und küßte sie sanft und ohne Leidenschaft. »Sie brechen Ihr Versprechen auch nicht?« fragte er mit ungewohntem Ernst.

Sie schaute auf in seine klaren blauen, unschuldigen Augen, und es wurde ihr klar, daß es kein Entrinnen gab.

»Nein, ich breche mein Versprechen nicht«, sagte sie.

»Vergessen Sie das nicht«, sagte er obenhin, als er sein Gespann wieder in Bewegung setzte, »daß ich nichts erbe, wenn ich beim Tod meines Onkels nicht verheiratet bin.«

»Was geschieht dann mit dem Geld? Ich meine, wer erbt es?« fragte Carina, obwohl sie kaum auf die Antwort hörte, da sie ja hoffte, ein Wunder würde geschehen, so daß sie ihr Versprechen nicht halten mußte.

»Ach, irgendein entfernter Verwandter. Ein unangenehmer Mensch. Silas Dubois.«

Sie fuhren schweigend weiter.

»Nanu, was ist denn da los?« fragte Lord Harry fröhlich. »Hier geht es ja lustig zu.«

Zwei riesige Reisekutschen blockierten die kurze Auffahrt zum Pfarrhaus. Livrierte Diener eilten geschäftig hin und her.

Die Haustür flog auf.

Minerva und Annabelle standen auf der Schwelle und hielten die Arme zur Begrüßung auf. Carinas ältere Schwestern waren heimgekommen.

So mußte sie Lord Harry Desire wohl heiraten.

Sie verabscheute den Mann. Zwar war er alles andere als unsympathisch, aber sie, Carina Armitage, die sich immer etwas darauf zugute gehalten hatte, die intelligenteste unter den Schwestern zu sein, sollte lebenslang an einen – wenn auch gutaussehenden – Dummkopf gebunden sein!

Minerva mußte sich etwas einfallen lassen. Minerva war immer in der Lage gewesen, alle Probleme zu lösen.

Aber zwei Minuten in der Gesellschaft ihrer Schwestern genügten, um ihre Hoffnungen zu zerschlagen. Sie waren entzückt von ihrer Wahl. Sie hielten Lord Harry für den feinsten Mann, dem man in der Londoner Gesellschaft begegnen konnte. Ihre eleganten Schwager, der Marquess of Brabington und Lord Sylvester Comfrey, waren ebenfalls aus dem Pfarrhaus gekommen. Sie klopften Lord Harry auf den Rücken und hießen ihn in der Familie willkommen.

Der Vikar beobachtete hinter dem Vorhang seines Arbeitszimmers Carinas Gesicht.

Sie sah todunglücklich aus. Wie ein Tier in der Falle!

Er verfluchte sich selbst. Entgegen seinen Befürchtungen hatte ihm Lord Sylvester eine beachtliche Geldsumme überreicht, ohne auch nur ein einziges Wort des Vorwurfs laut werden zu lassen.

Es wäre also gar nicht nötig gewesen, seine Tochter zu opfern. Aber sie hatte versprochen, den Mann zu heiraten.

Was sollte er da machen?

Sechstes Kapitel

Die guten Ehen und kurzen Verlobungszeiten der Armitage-Mädchen wurden zum allgemeinen Gesprächsstoff.

In den Monaten, die ihrer Hochzeit vorausgingen, sah Carina ihre beiden älteren Schwestern häufig und hätte reichlich Gelegenheit gehabt, sich auszusprechen.

Aber Annabella und Minerva gehörten so der großen Welt an, sie waren so mondän geworden, daß es unmöglich schien, ihnen zu beichten, daß sie in Guy verliebt war. In gewisser Weise rivalisierten die sechs Schwestern ständig miteinander. Zwar wuchs Annabelles Zuneigung zu Minerva ständig, und sie hatte sie lieber als je zuvor, aber die alte Rivalität war doch noch da. Minerva hatte einen Sohn bekommen, ein lebhaftes, entzückendes Baby, während an Annabelle bis jetzt noch keinerlei Anzeichen zu bemerken waren, daß sie ihren Gatten mit einem Erben beglücken wollte. Und deshalb beneidete sie Minerva und neigte dazu, sie übermäßig zu bedauern, weil sie als Mutter eines kleinen Kindes so selten an gesellschaftlichen Ereignissen teilnehmen konnte – wobei sie jedoch geflissentlich übersah, daß Minerva ein Kindermädchen, eine Kinderschwester und eine große Dienerschaft hatte, die sich nur zu gern um das Baby kümmerten.

Carina ihrerseits war immer eifersüchtig auf Annabelles strahlende Schönheit gewesen. Sie war auch auf Minervas selbstsicheres Auftreten neidisch. Aber sie hatte sich immer mit dem Umstand getröstet, daß sie, Carina, der helle Kopf der Familie war. Wie konnte jemand von ihrer Intelligenz sich zu so viel Dummheit bekennen? Hätte sie vielleicht sagen sollen, »ich habe mich in einen gemeinen Schuft verliebt und war nur einverstanden, Lord Harry zu heiraten, um aus dem demütigenden Schlamassel wieder herauszukommen«?

Außerdem bedeutete eine Absage an Lord Harry, daß sie zu Hause bei Papa bleiben mußte, und Carina verabscheute den Vikar noch immer und hielt ihn für den schlimmsten aller Männer: vulgär, eingebildet und tyrannisch.

Carina war viel in London, da sich ihre älteren Schwestern begeistert auf die Hochzeitsvorbereitungen warfen.

Auch ein Besuch bei Lord Harrys Verwandten war fällig, und Carina war sich darüber im klaren, daß sie ihn nicht länger aufschieben konnte. Lord Harrys Vater, der Earl of Carchester, hatte seine Besitztümer nördlich von London.

Vielleicht spürte Lord Harry ihr Widerstreben und hatte deshalb entschieden, daß ein Nachmittag für den Besuch ausreichte, vielleicht hätte ein längerer Besuch es mit sich gebracht, daß auch die übrige Familie Armitage eingeladen werden mußte – jedenfalls stellte sich heraus, daß er und Carina den Earl of Carchester und dessen Familie zum Tee besuchen und noch am selben Abend wieder nach London zurückkehren wollten.

Carina fürchtete sich vor dem Besuch. Sie stellte sich eine ganze Familie von Lord Harrys vor – liebenswürdig, makellos in ihrem Äußeren, aber dumm.

Seit Hopeworth war sie nie mit ihm allein gewesen. Erstaunlicherweise schien er ganz zufrieden damit zu sein, sie in Gesellschaft anderer zu sehen; obwohl es viele Gelegenheiten gab, mit ihr allein zu sein, nutzte er diese nicht.

Carina hatte sich eine ganze Reihe von Gesprächsstoffen eingeprägt, mit denen sie die Zeit auf der Reise vertreiben wollte. Stille war eine viel zu intime Angelegenheit.

Sie befürchtete, daß er sich ihr noch einmal so leidenschaftlich nähern könnte. Manchmal sah sie sich schon in irgendeiner Nebenstraße um ihre Tugend kämpfen – eine Vorstellung, die allein schon zeigte, in welch aufgewühltem Zustand sie sich befand. Der Gedanke war absurd, ein solch feiner und ausgeglichener Mensch wie Lord Harry Desire könne den Wunsch haben, Carina vor den Augen zweier Lakaien an einem feuchten Wegrand ihrer Jungfernschaft zu berauben, wo er sie doch in nur ein paar Monaten im warmen Bett haben konnte.

Zu ihrer großen Erleichterung und Überraschung erfuhr Carina im letzten Moment, daß Lady Godolphin sie begleiten würde.

Carina trug ein Kleid aus Musselin mit einem enganliegenden Oberteil und einem bestickten Einsatz. Dazu gehörte eine Pelerine mit langen Ärmeln, die ihr über die Hände fielen. Ein Kapotthut aus weißer Seide mit erhabenen Punkten, der mit blauen Satinbändern unter dem Kinn gebunden wurde, schmückte ihren Kopf.

Lady Godolphin war ebenfalls feingemacht, oder was sie dafür hielt. Wegen ihres jugendlichen Liebhabers, Mr. Anstey, zog sich Lady Godolphin jetzt wie ein junges Mädchen an.

Ihr Musselinkleid war ein Gedicht in Rosa und Weiß mit Rüschen hier und Fältchen dort. Ihre Flachsperücke leuchtete wie die Sonne am Himmel, und ihre verblühten Wangen waren so rot wie Holzäpfel im Herbst.

Für Carina war es peinlich zu beobachten, daß Lady Godolphins Suche nach der ewigen Jugend sich keineswegs mit ihrem Äußeren begnügte. Sie kicherte und schäkerte und tätschelte Lord Harrys Handgelenk mit ihrem Fächer. Zu allem Überfluß sprach sie von sich und Carina als »wir Mädchen«.

Lord Harry lächelte in Erwiderung auf Lady Godolphins Annäherungsversuche unbestimmt und schlief dann in einer Wagenecke ein.

Sie fuhren mit seiner Reisekutsche. Der Tag war kalt und frisch, aber Carina hatte das Verlangen, ein Fenster zu öffnen, da Lady Godolphins Parfum noch abscheulicher als das von Hochwürden Armitage war. Es war eine kräftige Mischung aus Moschus, Lavendel, Rosenwasser, Joppa-Seife, Schweiß, Knoblauch und

Unaussprechlichem.

»Es ist alles sehr romantisch«, seufzte Lady Godolphin und schaute den schlafenden Lord Harry lächelnd an. »So ein schöner junger Mann. Er hat nicht viel in seinem Oberstübchen, aber das ist gerade gut. Schöne Beine hat er.«

Carina errötete und drehte ihren Kopf zur Seite.

»Ich habe gesagt, daß seine Beine gut sind«, fuhr Lady Godolphin fröhlich fort. »Männer mit dürren Beinen kann ich nicht ausstehen. Mr. Anstey ist zwar in dieser Richtung auch nicht bestens ausstaffiert. Arthur hat wunderbare Beine, aber er ist so alt.«

»Meinen Sie Colonel Brian?« fragte Carina zaghaft.

»Ja, genau. Ich habe ihm gesagt, daß ich nicht gefühllos sein will, aber daß wir offensichtlich nicht füreinander geschaffen sind. Natürlich ...!«

Lady Godolphins Augen traten beinahe aus ihren Höhlen, als sie aus dem Wagenfenster blickte. Die Pferde verlangsamten gerade ihren Schritt, weil sie sich den steilen Abhang von Highgate Hill hinauf arbeiteten. Carina lehnte sich nach vorne, um zu sehen, was Lady Godolphins Aufmerksamkeit erregt hatte.

Vor einem Gasthaus saßen Mr. Anstey und Lady Chester auf einer gemütlichen Holzbank in der Sonne, die kaum etwas gegen die kalte Luft ausrichten konnte – die achtzigjährige Lady Chester.

Lady Godolphin lehnte sich schnell zurück und biß sich auf die Lippen. »Nein, ich denke nicht daran, ihn zu fragen, was das soll«, sagte sie laut, obwohl sie offensichtlich mit sich selbst sprach. »Es ist eine Zufallsbegegnung. Er hat Mitleid mit der alten Schachtel, das ist alles.«

Sie fächelte sich heftig Luft zu und war ein Bild des Jammers.

Carina fühlte sich furchtbar hilflos und wünschte, Lord Harry würde aufwachen. Eine große Träne rollte Lady Godolphines Wange hinab und färbte sich durch das Rouge rot.

Carina stach mit der Spitze ihres Sonnenschirms in eines der wunderbaren Beine von Lord Harry.

»Au!« rief Seine Lordschaft und rieb sein Bein. Sein himmelblauer Blick traf auf Lady Godolphins kummervolles Gesicht.

»Sie sollten sich nicht so echauffieren, Madam«, sagte er sanft. »Es schadet Ihrer Schönheit. Was ist los?«

»Ich bin ein bißchen reisekrank vom Schaukeln der Kutsche«, antwortete Lady Godolphin mit leidender Miene.

Er zog ein silbernes Riechfläschchen aus der Tasche und reichte es ihr.

Ich bin also nicht die einzige, die zu feige ist, über ihre Torheiten und Demütigungen zu sprechen, dachte Carina.

Sie drückte Lady Godolphins Hand, und ihre Augen füllten sich mit Tränen der Anteilnahme. Haßte Guy sie wirklich so sehr? Ach, wenn doch ein Wunder geschähe, das ihn wieder zu ihr zurückbrächte. Dann würde er ihr sagen, daß er vor lauter Trinken den Verstand verloren hatte und daß seine Liebe zu ihr ihn fast umbrachte! Dann wieder erdrückte die Schande sie beinahe. Es war mehr, als sie ertragen konnte.

Oft fuhr sie aus ihren Träumen hoch und hatte noch die höhnenden Stimmen im Ohr.

Lord Harry schaute hoffnungsvoll auf Lady Godolphin, als ob er auf etwas warte, aber sie schniefte still vor sich hin und nickte dann ein.

Carina blickte aus dem Fenster und hoffte, daß er nichts von ihrem Kummer gemerkt hatte.

Zu ihrer Erleichterung schlief er wieder ein.

Sie fragte sich, wie seine Familie wohl war. Er hatte ihr erzählt, daß er drei jüngere Brüder und zwei kleine Schwestern hatte. Seine Brüder hießen William, Paul und Jonathan; die Mädchen Amy und Elizabeth. Die Brüder waren unverheiratet. Das machte alles sehr aufregend. Vielleicht dachten sie, Lord Harry wäre in die Falle gelockt worden, und würden ihn überreden, sie nicht zu heiraten – was ihr zwar durchaus recht sein konnte, aber nichtsdestoweniger doch sehr unangenehm wäre.

Vor ihrem geistigen Auge konnte sie sie jetzt sehen, zu ihrer Begrüßung aufgereiht; alle wunderbar gekleidet, mit ausgezeichnetem Benehmen und unfaßbar dumm.

Schließlich bog die Kutsche in eine Auffahrt ein und rollte sanft auf einer glatten Straße durch eine schöne Parklandschaft.

Der Wohnsitz des Earl of Carchester hieß Archer Hill. Carina fragte sich, ob Archer ein alter Familienname sei.

Es stellte sich heraus, daß Archer Hill ein ziemlich modernes Gebäude war, das erst vor etwa sechzig Jahren erbaut worden war, als die adligen Familien ihre Wohnräume vom ersten Stock in das Erdgeschoß verlegten und große Flügeltüren einbauen ließen, um die Landschaft unmittelbarer genießen zu können.

Die Sonne war hinter den Wolken, als sie unter der Vorhalle zum Stehen kamen, und ein eisiger Wind schüttelte die kahlen Äste der Bäume. Ein trauriger, zerzauster Pfau ließ einen heiseren Schrei vernehmen, bevor er sich umdrehte und wegging.

Lord Harry erwachte so unbekümmert und schnell, wie er eingeschlafen war. Lady Godolphin nahm sich tapfer zusammen, als man ihr aus der Kutsche half, auch wenn sie so aussah, als wäre ihr danach zumute, sich richtig auszuweinen.

Ein paar Minuten später suchte Carina vergeblich in den Gesichtern der Familie Carchester auch nur eine Spur von Ähnlichkeit mit Lord Harry.

Sie waren alle bemerkenswert dunkel, gedrungen und häßlich. Die Countess of Carchester, Lord Harrys Mutter, war eine überaus kräftige, düster blickende Frau mit einem starken Bartwuchs auf der Oberlippe und einer ungesunden, gelblichen Gesichtsfarbe. Mit ihren wäßrigen braunen Augen musterte sie ihren Sohn und seine Verlobte mißtrauisch. Carina sollte noch erfahren, daß die Countess immer so schaute.

Sein Vater, der Earl, war ebenfalls untersetzt und bläßlich, aber während seine Frau an allen möglichen falschen Stellen mit üppigem Haarwuchs gesegnet war, hatte er an den richtigen Stellen kein einziges Haar – er war kahlköpfig wie ein Bleßhuhn.

Lord Harrys drei Brüder und zwei »kleine« Schwestern – sie waren etwa so alt wie Carina – waren sämtlich untersetzte, dunkle Gestalten, die einer Ansammlung von Trollen glichen.

Ihren Mangel an Schönheit machten sie durch ihr überschäumendes Wesen wett. Sie lachten unentwegt laut über Familienscherze, die für einen Außenseiter unverständlich bleiben mußten.

Sie bemühten sich gar nicht erst, Carina in ihr Gespräch einzubeziehen. Die Unterhaltung drehte sich den ganzen Nachmittag um die Frage, wann Onkel Jeremy sterben und Lord Harry ihn beerben würde. Ein einziges Mal schienen Lord Harrys Schwestern Carina wahrzunehmen, als sie sich nämlich einstimmig dahingehend äußerten, daß es eine Schande sei, daß der arme Harry heiraten müsse, um das Geld zu bekommen.

Carina, deren Glaube an die wahre Liebe durch Guy Wentwater ohnehin schon erschüttert war, fühlte sich durch die Carchesters zunehmend in die Rolle einer Person gedrängt, mit der man wohl ober übel vorlieb nehmen mußte. Ohne es direkt auszusprechen, schien Lord Harrys Familie ihre Heirat als Vernunftheirat zu betrachten. Sie liebten diesen einen Adonis in ihrer Familie abgöttisch, und vielleicht wäre ihnen für ihren Bruder überhaupt kein Mädchen gut genug gewesen.

Trotzdem fühlte sich Carina von Minute zu Minute kleiner und häßlicher und versuchte sich mit der Vorstellung zu trösten, daß ein paar einfach umwerfende junge Männer zu Besuch kämen und jeder, aber auch jeder sich auf der Stelle Hals über Kopf in sie verliebte.

Die Zeit ist etwas Seltsames. Manchmal scheint sie zu fliegen, manchmal scheint sie stillzustehen. Carina war überzeugt, daß eine ganze Stunde vergangen sei, und brach beinahe in Tränen aus, als sie merkte, daß sie erst zehn Minuten die Gesellschaft ihrer zukünftigen Verwandten hatte ertragen müssen.

Lady Godolphin war gar nicht die alte. Den Tee lehnte sie ab und verlangte statt dessen Brandy. Sie bestand darauf, Lady Carchester ein Enthaarungsrezept zu geben, bei dem man eine Unmenge ungelöschten Kalk verwenden mußte.

Lady Godolphin fand den Schnurrbart der Countess faszinierend und kam immer wieder auf dieses Thema zurück. Sie erzählte eine Geschichte, wie es der Earl of Albemarle, der 1752 Sonderbotschafter in Paris gewesen war, fertiggebracht hatte, einen »berühmten Meister« dazu zu überreden, nach England zu fahren und die

Duchess of Newcastle, die Frau des Innenministers, aufzusuchen. Er befreite die Oberlippe der Duchess von Haaren. »Die Prozedur dauerte nur eine Minute und drei Sekunden.« Der Duke war so entzückt, daß er dem Franzosen eine lebenslängliche Pension von 400 Pfund jährlich aussetzte.

Dann fuhr sie fort, ein anderes Enthaarungsmittel von Marcus Hyams zu empfehlen – »ein Rasiermittel ohne Klinge, Seife oder Wasser«.

Das meiste von dem, was sie sagte, traf auf Unverständnis, da Lady Godolphin nicht von ›depilieren‹, sondern ›debilieren‹ sprach. Der Earl versuchte sich die Sache schließlich damit zu erklären, daß sie über Mittel zur Stärkung der Potenz sprach, und brachte sie zum Schweigen, indem er sagte, daß das kein geeignetes Salongespräch sei. Daraufhin waren nicht nur alle anderen, sondern auch Lady Godolphin äußerst verwirrt.

Endlich war es Zeit, aufzubrechen.

Lord Harry verabschiedete sich ohne viel Aufhebens, aber liebevoll von seiner ihn anhimmelnden Familie. Carina knickste tief und hoffte dabei, daß sie sie alle so sehr ablehnten, daß sie eine Hochzeit verbieten würden.

Auf der anderen Seite würde das bedeuten, daß sie nach Hause zurückkehren müßte. Es war unmöglich, Annabelle oder Minverva vorzuschlagen, bei einer von ihnen zu leben, weil sie ihren Vater nicht ausstehen konnte. Minerva würde bis in die tiefsten Tiefen ihrer christlichen Seele erschrecken, und Annabelle würde sie einfach auslachen.

Auf dem Heimweg klagte Lady Godolphin einem nichtsahnenden und dennoch mitfühlenden Lord Harry vor, wie seltsam und unberechenbar doch die Männer seien, und Carina tat so, als döse sie. Bald wurde aus dem Spiel Wirklichkeit, und sie war fest eingeschlafen.

Mittlerweile hatte Guy Wentwater Silas Dubois schon fast vergessen. Er hatte Hopeworth mit seinen Freunden so schnell wie möglich verlassen. Seine Freunde hatten ihn kräftig verflucht, daß er sie in so eine Lage gebracht hatte. Mitten in der Nacht waren sie von Lord Harry Desire aus den Betten geholt und auf sehr bestimmte Art aufgefordert worden, Schweigen über das zu bewahren, was sie erlebt hatten.

Guy Wentwater schlenderte ins Kaffeehaus Humbold in St. James'. Die Anzeige von Carinas bevorstehender Verlobung hatte ihn nicht überrascht. Wahrscheinlich hatte Lord Harry sie mit Gewalt gezwungen, in die Verlobung einzuwilligen, und zerrte sie an den Haaren zum Altar.

Ein Schatten fiel über ihn, und beim Aufschauen blickte er in die ganz und gar nicht reizvollen Gesichtszüge von Silas Dubois.

Mr. Dubois wurde von seinen Kritikern als wandelnde Karikatur bezeichnet, weil er so einen kleinen, schmächtigen Körper und so eine riesige Nase hatte.

Er glitt in einen Sessel gegenüber von Guy mit seinen üblichen krabbenartig verstohlenen Gesten und fixierte ihn mit seinen Knopfaugen.

»Ich habe Sie gesucht«, sagte Dubois. »Da haben Sie ja einen schönen Mist gebaut. Desire heiratet diesen Armitagesproß.«

»Wir hatten ausgemacht, die Familie Armitage zu demütigen, und genau das habe ich erreicht«, antwortete Guy und versuchte, lässig auszusehen.

»Wie?« wollte Silas Dubois unbedingt wissen.

Und so erzählte ihm Guy seine sorgfältig aufbereitete Version der Geschichte, wie er versprochen hatte, mit Carina durchzubrennen und wie er sie danach in Gegenwart seiner Freunde gedemütigt hatte.

»Und was sagte der liebe Vikar, als er es erfuhr?« fragte Silas unbeeindruckt.

»Tja«, sagte Guy errötend. »Er hat es ... offensichtlich nicht erfahren. Und ich habe mir gesagt, daß es einem Gentleman nicht ansteht, davon zu sprechen. Wir haben ausgemacht, daß ich sie kleinkriege. Das habe ich geschafft. Ich habe meinen Part gespielt.«

»Sie feiger Idiot«, zischte Silas. »Die ganze Familie soll gedemütigt werden. Wenn Sie Ihre Sache richtig gemacht hätten, würde

Desire niemals ein Mitglied dieser Familie heiraten.«

»Noch ist er nicht mit ihr verheiratet«, betonte Guy großsprecherisch.

»Und das darf auch nicht geschehen«, sagte Silas.

»Wie meinen Sie das?«

»Ich habe einen entfernten Verwandten, Jeremy Blewett, einen steinreichen Kerl. Wie es sich trifft, ist er Desires Onkel. Er hinterläßt sein Vermögen Desire, wenn dieser heiratet. Wenn nicht, bekomme ich das Geld. Das habe ich von dem ausgefuchsten Idioten erst vor einer Woche erfahren. Desire weiß es offenbar schon eine ganze Weile.«

»Jedermann weiß es schon eine ganze Weile«, spöttelte Guy. »Es war Clubgespräch, daß Armitage eine Heirat zwischen Desire und seiner Tochter plante. Haben Sie denn gar nicht gewußt, warum Desire heiraten will?«

Dubois kaute an seinen Fingerknöcheln herum und fixierte Guy über seine weit hervorspringende Nase hinweg.

»Nein, ich habe es nicht gewußt. Aber Sie haben mir versprochen, die kleine Armitage zu *verführen*, nicht, mit ihr abzuhauen, ihr dann zu sagen, daß sie es deshalb nicht taten, weil sie eine alte Schlampe ist, und dann diese Demütigung bei sich zu behalten. Was Sie erzählt haben, läßt den Schluß zu, daß sie geradewegs zu Desire ging und ihn bat, sie zu heiraten.«

»Ohne Zweifel umgekehrt. Desire liebt sie.«

»Liebe!« schnaubte Silas Duois verächtlich. »Würden Sie sagen, daß Carina Armitage Sie liebt?«

»O ja, ganz bestimmt«, antwortete Guy selbstzufrieden. »Sie war verrückt nach mir. Jetzt natürlich nicht mehr.«

»Dann müssen Sie sie wieder dazu bringen«, sagte Silas.

Guy erhob sich. »Wer sind Sie eigentlich, daß Sie mir Befehle geben können, Sie feiner Herr, Sie?« sagte er kalt. »Ich habe mich mit Ihnen abgegeben, weil ich mir einen Spaß daraus gemacht habe, mich an der Familie Armitage zu rächen. Früher oder später wird der Vikar erfahren, daß sich seine geliebte Tochter nur aus gekränktem Stolz mit Desire verlobt hat. Das reicht.«

»Setzen Sie sich wieder«, sagte Silas eiskalt.

Guy wandte sich zum Gehen. »Setzen Sie sich, Mr. Evans«, sagte Silas leise.

Guy wirbelte herum, sein Gesicht war kreidebleich geworden. »Jawohl«, kicherte Silas. »Ich kenne die Geschichte. Ich habe sie mal in Bristol erfahren. Diese sogenannte Tante von Ihnen ist in Wirklichkeit Ihre Mutter. Hat jede Menge Geld gemacht durch ihre Freudenhäuser in Bristol. Reichste Bordellbesitzerin in der ganzen Stadt. Sie waren ein lediges Kind, sie hat Sie aufgezogen und Ihnen genug Startgeld gegeben, als sie Sie aus dem Nest warf. Sie selbst hat sich aufs Land zurückgezogen, einen falschen Titel angenommen und vornehme Armut vorgetäuscht; dabei hat sie Geld wie Dreck.

Sie haben sich dem Sklavenhandel gewidmet und ebenfalls Ihr Schäfchen ins trockene gebracht. Sie sind ausgestiegen, weil Sie den Rang und das Leben eines Gentleman angestrebt haben. Wenn Sie mein Spiel mitspielen, dann können Sie bleiben, was Sie jetzt sind, und von mir noch obendrein Geld bekommen. Wenn Sie aber jetzt weglaufen, dann wird ganz London und Hopeworth und die Grafschaft Berham noch vor Einbruch der Nacht erfahren, daß Sie der Bastard einer Puffmutter sind.«

»Vorher bringe ich Sie um«, flüsterte Guy und setzte sich wieder.

»Das ist nicht notwendig«, grinste Silas. »Sie brauchen nur eine Kleinigkeit für mich zu tun. Sagen Sie dieser Carina Armitage, daß Sie sie abgewiesen haben, weil Sie genau wußten, daß ihr Vater nie wieder etwas von ihr wissen will, wenn sie Sie heiratet. Bringen Sie sie dazu, daß sie sich wieder in Sie verliebt, so daß Desire nichts weiter mit ihr zu tun haben will. Verhindern Sie die Hochzeit. Blewett pfeift aus dem letzten Loch. Er wird vor der Hochzeit kein neues Testament machen. Es reicht auch schon, wenn Sie die Hochzeit nur hinauszögern.«

Guy schloß die Augen. Er fürchtete Lord Harrys Faustschläge, er fürchtete den Vikar und seine Hundemeute, aber er fürchtete Silas Dubois noch viel mehr.

»Sie kannten das Testament«, warf er Silas vor, »als Sie von meiner Absicht, Carina Armitage zu verführen, gehört haben. Zugegeben, ich hatte die Absicht, sie zu verführen, aber dann schien es mir sinnvoller zu sein, ihre Cousine Emily zu heiraten. Sir Edwin ist sehr reich und sein gesellschaftlicher Rang sehr hoch. Aber Sie wollten, daß ich es schaffe, daß Desire sie nicht mehr anrührt. Sie haben das Testament gekannt.«

»Ehrlich nicht«, sagte Silas mit einem Schulterzucken. »Aber das spielt jetzt auch keine Rolle mehr. Ich gebe Ihnen einen Monat, um die Zuneigung von Miss Armitage zurückzugewinnen.«

»Und was, wenn es mir nicht gelingt?« keuchte Guy, dem kleine Schweißperlen auf der Stirn standen.

»Dann müssen Sie zu anderen Mitteln greifen«, sagte Silas Dubois, »oder Sie sind für die Gesellschaft gestorben. Es ist schlimm genug, daß Sie Sklavenhändler waren, aber das waren schließlich eine ganze Menge respektabler Leute, und keiner schert sich groß darum, sobald sie nicht mehr im Geschäft sind. Jetzt sind Sie angesehen. Tun Sie alles, was in Ihrer Macht steht, damit es so bleibt.«

Er glitt hinter dem Tisch hervor und verließ das Kaffeehaus, nicht ohne sich öfters umzudrehen und über seine Schulter den steif und bewegunslos dasitzenden Guy Wentwater anzulächeln.

Hochwürden Charles Armitage ging ruhelos in der Halle des Stadthauses seiner Tochter Minerva auf und ab und wartete auf die Rückkehr von Carina.

Er hatte ein schlechtes Gewissen. Carina wurde immer stiller und unglücklicher, seit sie in der Stadt waren. Sowohl Minerva als auch Annabelle fanden offenbar alles an ihrer jüngerer Schwester in Ordnung, und eine Zeitlang hatte das auch ihn beruhigt. Aber plötzlich hatte er das Gefühl, daß er genau wissen mußte, ob Carina diese Ehe auch wirklich wollte.

Weil er sich unsicher fühlte, hatte er den größten Wert darauf gelegt, gut angezogen zu sein. Sein Korsett war so eng geschnürt, daß er kurz vorm Ersticken war, seine weiße Weste war silbern gestreift, und sein Make-up war von künstlerischer Raffinesse wie der Sonnenuntergang auf einem Aquarell.

Er hörte das Rattern von Wagenrädern. Lord Harry trat nicht ein, sondern verabschiedete sich mit einem Handkuß von Carina und brachte dann Lady Godolphin nach Hause.

Der Butler hielt die Tür auf, und Carina kam herein. Sie sah müde und niedergeschlagen aus.

»Komm in die Bibliothek«, forderte sie der Vikar auf.

»Muß ich, Papa?« fragte Carina teilnahmslos. Aber sie zog ihren Hut vom Kopf und ging bedrückt hinter ihm her.

Der Vikar hielt ihr die Tür auf und ließ sie vor sich hinein. Dann breitete er seine Arme aus und setzte ein liebevolles, väterliches Lächeln auf.

»Mein Liebling, meine kleine Tochter«, sagte er und versuchte, sie in die Arme zu nehmen.

Carina wich mit einem Blick zurück, der so unverhohlen Abscheu ausdrückte, daß der Vikar auf der Stelle erstarrte. Sie ging an ihm vorbei und kehrte ihm den Rücken zu.

»Was gibt's, Papa?« fragte sie tonlos.

»Siehst du denn nicht«, brach es aus dem Vikar heraus, »daß ich mir um dich Sorgen mache. Mir scheint, diese Heirat macht dich nicht glücklich.« Er warf sich in Positur. »Ich sag' dir eins, du brauchst dir keine Sorgen zu machen. Ich blase die ganze Hochzeit ab. Na, ist das ein Angebot?« strahlte er.

Carina drehte sich um; er spürte, wie sie ihn mit ihren grünen Augen von Kopf bis Fuß musterte. Sie hatte das überwältigende Bedürfnis, ihn gerade jetzt wissen zu lassen, wie sehr sie ihn verabscheute.

»Es spielt keine Rolle, wen ich heirate, Papa«, sagte sie. »Meiner Meinung nach ist ein Mann wie der andere. Glücklicherweise stößt mich keiner so ab wie du.«

»Was!« schrie der Vikar, der seinen Ohren nicht traute.

»Schlag mich ruhig, wenn es dir dann besser geht«, sagte Carina, immer noch in diesem schrecklichen, unbeteiligten Tonfall. »Du bist ein Windbeutel, Papa; ein egoistischer, angestrichener, aufgeblasener Tölpel. Du würdest deine Töchter auf dem Sklavenmarkt verkaufen, wenn sie dir nur genügend einbringen würden. Ich heirate Lord Harry, um von dir und deiner abstoßenden Gegenwart fortzukommen. Wie es Mama all die Jahre mit dir ausgehalten hat, ist mir ein Rätsel. Eigentlich müßtest du froh sein. Schon wieder steht ein reicher Ehemann im Armitage-Stall. Wenn du mich jetzt bitte entschuldigst, ich muß mich hinlegen.«

Der Vikar stand nach Luft schnappend da, die Augen traten ihm aus dem Kopf, und er mußte seine Hand aufs Herz pressen.

Carina ging an ihm vorbei und schloß leise die Bibliothekstür hinter sich.

In letzter Zeit war Squire Radford ein äußerst unglücklicher und einsamer Mann. Die langen Tage waren ohne Klatsch, Unruhe oder Zwischenfälle vorbeigegangen. Er hatte ein schlechtes Gewissen. Er hatte seinen Freund, den Vikar beschuldigt, daß dieser nicht gläubig sei, und er hatte ihn obendrein wegen seines Aussehens beleidigt.

Tatsache war, daß das Leben ohne den, wenn auch aufgeplusterten und anmaßenden Vikar langweilig war. Eine solch beunruhigende Langeweile hatte er noch nie im Leben empfunden; dazu kamen die vielen kleinen Schmerzen und Kümmernisse des Alters, so daß sich der Squire düster zu fragen begann, wie lange er das wohl noch aushalten müsse. Fest stand nur eines: Er mußte mit seinem alten Freund Frieden schließen.

Aber der Vikar war in London. Der Squire war zwar zur Hochzeit eingeladen, aber ganz plötzlich fand er, daß er nicht bis dahin warten konnte, um sich bei Charles Armitage gebührend zu entschuldigen. Er wollte noch am selben Nachmittag in die Hauptstadt aufbrechen und ihn aufsuchen.

Das Tor am Ende seiner Auffahrt knirschte laut in den Angeln. Er stand auf und ging zum Fenster.

Eingehüllt in einen Mantel mit mehreren Schultercapes übereinander kam Hochwürden Charles Armitage gemächlich die Auffahrt heraufgeritten.

Freudig erregt klingelte der Squire seinem Diener und befahl ihm, den Vikar sofort in die Bibliothek zu bitten und eine Flasche vom besten Portwein aus dem Keller zu holen.

Dann eilte er selbst an die Tür, um sie zu öffnen. Der Stallknecht führte gerade das Pferd des Vikars zur Rückseite des Hauses.

Charles Armitage stand auf der Schwelle, seinen Schaufelhut in der Hand. Er blickte mit tränenfeuchten Augen auf den Squire und platzte heraus: »Ich brauch' deine Hilfe, Jimmy. Ich bin in großen Schwierigkeiten.«

»Komm herein, Charles!« rief der Squire äußerst beunruhigt.

Er zog seinem Freund den schweren Mantel von den Schultern und schob den Vikar unter beschwörendem, tröstenden Gemurmel und kleinen freundschaftlichen Stößen in den Rücken zu seinem angestammten Sitzplatz vor dem Feuer.

Der Squire ließ sich gegenüber nieder und lehnte sich nach vorne.

»Ich habe dich vermißt, Charles«, sagte er. »Ich bin selber schuld. Ich kann mir meine harten Worte nicht verzeihen.«

»O nein!« stöhnte der Vikar ganz außer sich. Er hielt seine ungeschlachten Hände vor die Augen und weinte und weinte. Schließlich zog er ein riesiges rotes Taschentuch heraus und schnaubte seine Nase mit einem Ton, als wolle er Tote aufwecken. Dann rieb er seine Augen trocken.

»Tsk! Tsk!« machte der arme Squire nun wirklich in allergrößter Sorge trotz des tröstlichen Funkens, der ihn durchglühte: Charles war in Schwierigkeiten, und er war zu ihm gekommen, wie schon so oft zuvor, um seinen Rat zu erbitten.

»Wir haben auch schon früher Sorgen gehabt, Charles«, sagte der Squire ernst, »aber zusammen haben wir alle Probleme gelöst. – Ah, Ram. Stell die Flasche und die Gläser auf den kleinen Tisch und bring ihn zu uns rüber. Laß uns allein! – Charles, jetzt trinkst du erst einmal ein Glas, und dann erzählst du mir, was los ist.«

Der Vikar schniefte zum Herzerbarmen, brachte es aber nichtsdestoweniger fertig, ein ganzes Glas Portwein, ohne auch nur ein einziges Mal Luft zu holen, herunterzustürzen. Seine Miene hellte sich auf, und er bediente sich sofort ein zweites Mal.

»Ich schäme mich so«, sagte er und legte sein Gesicht in so viele

Falten wie ein Baby, unmittelbar bevor es zu schreien anfängt. »›Weh denen, die die Schuld mit Ochsenstricken herziehen und Sündenstrafen mit Wagenseilen.‹ *Jesaja* 5, Vers 18.«

»Um Himmels willen!« rief der Squire aus und regte sich noch mehr auf.

»Ja«, sagte der Vikar und stieß einen gewaltigen Seufzer aus. »Schuld und Sündenstrafen ... Die Eitelkeit führte zu meinem Ruin.«

Der Squire bemerkte erst jetzt, daß das Gesicht des Pfarrers ungeschminkt und seine dickliche Figur nicht mehr in ein Korsett gezwängt war.

»Ja, meine eigene Tochter spuckt mir ins Gesicht. Ich habe eine Schlange an meinem Busen genährt!« stöhnte der Vikar und griff zitternd nach der Flasche, um sich von neuem einzuschenken.

»Carina?« fragte der Squire.

»Ja, sie«, sagte der Vikar. »Es ist nicht meine Schuld. Sie hat mir gesagt, daß sie Desire heiraten will. Ich habe sie nicht dazu gezwungen. Aber sie sagt, daß sie ihn heiratet, weil alle Männer sowieso gleich sind und ich der schlimmste von allen bin. Sie ... sie hat mich ›einen egoistischen, angestrichenen, aufgeblasenen Tölpel‹ genannt. Und es ist wahr. Nachdem sie das gesagt hatte, bin ich in mein Zimmer gegangen und habe mich im großen Spiegel angeschaut. Es fiel mir wie Schuppen von den Augen, als ich diesen schrecklichen kleinen geschminkten Schmierenkomödianten sah, der mir da aus dem Spiegel entgegenstarrte.«

»Na, na, na«, meinte der Squire begütigend. »Weißt du, das Problem ist doch, Chales, wenn du du selber bist und deine übliche ländliche Kleidung trägst, bist du ein ausgesprochen gutaussehender Mann. Aber mit deiner Schminke und mit ... äh ... deinen anderen Schönheitsmitteln war es, wie wenn man einem Fremden begegnet, und es war auch sehr lästig. Denk nur daran, wie grausam ich zu dir war. Es war sehr grob und ungezogen von Carina, so etwas zu sagen, aber ich bin überzeugt, daß sie nur dein Bestes wollte – genau wie ich.«

»Ja, du hast recht«, sagte der Pfarrer. »Aber Carina ist über irgend etwas furchtbar unglücklich. Sie ist nicht mehr die alte, überhaupt nicht mehr.«

»Ich habe dich zu Unrecht beschuldigt, daß es dir am rechten Glauben fehlt«, machte der Squire einen zaghaften Vorstoß. »Hast du schon einmal daran gedacht, das Schicksal deiner Tochter in Gottes Hände zu legen?«

»Seinen Willen geschehen lassen? Ich finde das verdammt schwer. Ich sag' dir eins, Jimmy, meine Gebete sind wie bunte Seifenblasen. Ich schicke sie zum Himmel und sage: ›Dein Wille geschehe‹, aber noch bevor sie oben sind, rufe ich: ›Heh, wart ein bißchen. Ich mach' es so, wie ich will‹, und lasse die Seifenblasen platzen.«

Es folgte ein langes Schweigen.

Ein paar winzige Schneeflocken flogen gegen die Fensterscheibe und blieben auf dem Rasen liegen. Der Wind heulte plötzlich im Kamin auf, und große gelbe und rote Flammen zischten nach oben und verloschen wieder. Ein kleiner rotbestirnter Himmel blieb an der berußten Rückwand des Kamins zurück.

»Etwas ist mir ein Rätsel, und ich glaube, daß es etwas mit Carina zu tun hat«, unterbrach der Squire das Schweigen. »Es war in der Nacht, als du das Dorf alarmiert hast, daß sie verschwunden ist. Ich wollte dir gerade erzählen, was ich wußte, aber als ich meinen Mantel und meine Stiefel angezogen hatte, kam bereits ein Junge aus dem Dorf angerannt, um mir zu sagen, daß man sie gefunden hatte.« Er fuhr fort zu erzählen, wie er eine junge Frau wie Carina gesehen hatte, die zwei Hutschachteln trug und auf der drüberen Seite des Teiches vorbeieilte, und wie er später Lord Harry mit zwei Schachteln hatte zurückkommen sehen.

Der Pfarrer saß ganz aufrecht da und bewegte seine Lippen lautlos, da er versuchte, einen Zusammenhang herzustellen.

»Wentwater«, sagte er schließlich, worauf ihn der Squire mit wachen Augen anblickte. »Bei allem, was unheilig ist. Sie hat Wentwater aufsuchen wollen, um nicht heiraten zu müssen, und Desire hat es herausgekriegt. Warum will Desire sie trotzdem heiraten, hm? Was weiß ich über diesen Lord Harry? Was? Schien mir ein recht liebenswerter Kerl zu sein. Wo ist Wentwater?«

»Weg. Er hat das Dorf am Morgen, nachdem wir Carina vermißt haben, verlassen.«

»Aha! Ich frage mich, ob ich etwas von Lady Wentwater erfahren kann. Nein. Zeitverschwendung.«

Er setzte sich gemütlich in seinem Sessel zurecht und sah sich selbst so ähnlich, daß der Squire fühlte, wie ihm sentimentale Tränen in die Augen schossen.

Der Wein in der Flasche wurde weniger und der Tag draußen dunkler, als der Vikar so dasaß und nachdachte.

»Carina war schon immer ein Dickkopf«, sagte er. »Sie mochte Lord Harry von Anfang an nicht, nicht ein bißchen. Dann ändert sie plötzlich ihre Meinung. Sie ist zu ihm zwar immer noch unhöflich und kurz angebunden, hat aber doch eine gewisse Ausstrahlung. Als sie dann an jenem Abend zurückkam, wurde sie hart und kalt und bitter. Jetzt ist sie noch verbitterter, und, verdammt noch mal, ich glaube, sie hat regelrecht Angst vor Lord Harry. Weißt du was, Lord Harry hat in jener Nacht etwas über sie herausgefunden und zwingt sie jetzt, ihn zu heiraten.«

»Du meine Güte«, sagte der Squire. »Ich frage mich, was. Glaubst du nicht, daß da irgend etwas faul mit Wentwater war?«

»Nein«, antwortete der Vikar gedehnt. »Er war hinter Emily her. Aber keiner hat ihn mit Carina gesehen. Lord Harry ist das Problem, da kannst du sicher sein. Es muß etwas so Schlimmes sein, daß sie es nicht einmal Minerva und Annabelle gesagt hat. Ich habe die beiden gefragt, bevor ich abreiste, aber sie fanden offenbar alles in Ordnung. Natürlich ist Annabelle noch ganz erfüllt von all den Abenteuern im Krieg, und Minerva ist so mit Julian beschäftigt, meinem Enkel«, fügte er unnötigerweise hinzu, und Stolz schwellte seine Brust, »daß sie sowieso nichts merken.

Ich gehe in die Hauptstadt zurück, um alles herauszukriegen. Ich will sie mir beide genau ansehen und mir überlegen, wie ich die Hochzeit abblasen kann. Denn merk dir eins, Jimmy, diese Hochzeit findet nicht statt, oder ich heiße nicht Charles Armitage.«

»Minerva!«

»Ja, mein Liebling?«

Lady Sylvester ließ ihr Nähzeug sinken und lächelte ihren Mann an. Lord Sylvester streckte seine elegant bekleideten Beine aus und musterte die goldenen Quasten seiner Stiefel.

»Ich mache mir Gedanken um deine Schwester.«

»Carina? Aber warum? Sie soll doch einen sehr passenden jungen Mann heiraten.«

»Aber ich habe nicht den Eindruck, daß sie heiraten will«, sagte Lord Sylvester. Seine grünen Augen begegneten denen seiner Frau, und er verriet mit keinem Wimpernzucken seine innere Bewegung, darin einer Katze ähnelnd. »Ich glaube, dein sauberer Papa war mal wieder auf der Suche nach Geld, als wir fort waren. Lady Godolphin hat mir gestanden, daß er Lord Harry Desire einen Antrag gemacht hat.«

Minerva warf den Kopf zurück. »Meine Schwester darf nicht zu einer Heirat gezwungen werden. Ich werde mit Papa reden.«

»Nein, meine Liebe, du brauchst dich nicht dafür einzusetzen. Sieh zu, daß Carina und Desire sich möglichst selten begegnen. Wenn Carina froh darüber ist, dann weißt du die Wahrheit. Es ist alles sehr einfach. Hochzeiten können schließlich immer noch abgesagt werden.«

Annabelle zupfte liebevoll vor dem Spiegel an ihren goldenen Löckchen herum und warf dem Spiegelbild ihres Mannes einen Kuß zu. »Warum so feierlich?« lachte sie.

»Carina«, sagte der Marquess of Brabington, »fürchtet sich zu Tode vor der Heirat mit Harry Desire.«

»Ach, Carina«, Annabelle zuckte die Achseln. »Brimborium! Sie spielt immer Theater.«

»Aber, mein Schätzchen, ich kann dir versichern ...«

»Du kannst mir versichern, daß du mich auf der Stelle küßt, Peter, oder ich schreie ganz laut.«

Eine halbe Stunde später murmelte Annabelle träge: »Was hast du über Carina gesagt?«

»Was?« fragte der Marquess of Brabington und ließ seine Hand langsam über die Hüfte seiner Frau gleiten. »Ach, nichts. Es war überhaupt nichts.«

Siebtes Kapitel

Carina stahl sich leise aus dem Stadthaus ihre Schwester Minerva am St. James-Square und atmete auf.

Der Boden war dünn mit Schnee überzuckert. Es war ein kalter, feuchter Tag; die schweren, tiefhängenden Wolken versprachen noch mehr Schnee.

Die Ereignisse der vergangenen Woche waren Carina ein Rätsel. Sie mußte sich nicht mehr darum bemühen, Lord Harry aus dem Weg zu gehen. Sie hatte im Gegenteil kaum Gelegenheit, ihn zu sehen. Minerva nahm sie überallhin mit, oft unter den fadenscheinigsten Vorwänden. Und gestern abend hatten Lord Sylvester und Minerva sie in die Oper ausgeführt; Lord Harry war nicht dabei, dafür zwei äußerst ansprechende junge Männer. Als Carina nach dem Verbleib ihres Verlobten fragte, antwortete Minerva ganz untypisch ausweichend, daß sie vergessen habe, ihn einzuladen.

Und wenn es nicht Minerva war, die dafür sorgte, daß sie nicht mit ihrem Verlobten zusammentraf, dann waren es ihr Vater und Squire Radford. Der Vikar, der wieder ganz wie früher aussah, ließ eine plötzliche Begeisterung für die Londoner Kaufhäuser und Geschäfte erkennen, die ganz ungewöhnlich war, und bestand darauf, daß sie bestimmt noch Bänder und Spitzen für ihre Aussteuer brauchte. Carina fand das neue ruhige Wesen ihres Vaters sehr viel angenehmer, wenn sie ihn auch immer noch nicht mochte. Aber der Squire war wie eh und je der vollendete Gentleman, und Carina liebte es, mit ihm zusammen zu sein.

Einmal sah sie, als sie die Bond Street entlangschlenderten, Lord Harry auf sich zukommen, und sie machte ihren Vater darauf aufmerksam. Er und der Squire verhielten sich äußerst seltsam. Sie ergriffen sie am Arm und zerrten sie schnell in das nächste Geschäft.

Auch die Unterhaltungen waren merkwürdig. Minerva sprach von tragischen Ehen, in denen die Partner gar nicht zueinander paßten. Der Vikar erzählte ihr von Fällen, wo die Hochzeit im letzten Moment abgesagt und die betroffenen Paare ihr Leben lang dankbar dafür waren.

Offenbar hatten alle erraten, daß sie Lord Harry in Wirklichkeit nicht heiraten wollte, und ermutigten sie mit allzu offensichtlichem Takt, die Verlobung aufzulösen.

Aber wenn sie Lord Harry sagte, daß sie ihn nicht heiraten wolle, dann wäre er wahrscheinlich sehr zornig und würde womöglich seine Drohung wahrmachen und sie wegen Vertragsbruchs verklagen.

Aber nein, so schnell schlossen sich die Gefängnistore doch nicht hinter ihr. Sicherlich würde sich Lord Harry nicht vor Gericht lächerlich machen, indem er sie strafrechtlich verfolgte!

Es war eher so, daß Carina sich jetzt, wo sie von ihrem Verlobten ferngehalten wurde, paradoxerweise ein kleines bißchen nach ihm sehnte, wenn auch nur ganz kurze Zeit.

Manchmal war seine Gesellschaft doch wirklich angenehm gewesen. Er war nicht intelligent, aber er hatte ausgezeichnete Manieren. Die Damen schienen von seiner Schönheit fasziniert zu sein, und Carina war Weibchen genug, um ihre Eifersucht zu genießen. Und vor kurzem war sie einem sehr intelligenten Abgeordneten des Oberhauses vorgestellt worden, der berühmt für seinen Verstand war. Er hatte Carina ganz schrecklich bevormundet, etwas, was Lord Harry nicht im Traum täte.

Wenn sie mit ihrem großen, gutaussehenden Verlobten auftrat, dann war es ihr – ja, sie konnte es nicht leugnen – eine Genugtuung, daß man sie neiderfüllt anschaute. Jetzt, wo die Familie Armitage sie wieder unter die Fittiche nahm, fühlte sie sich in ihre Kindertage zurückversetzt.

Minerva hatte ihr sogar angeboten, ihr vorzulesen, und gab ihr immerzu gräßliche Gläschen mit Stärkungsmitteln, weil sie »aufgepäppelt« werden müsse.

Carina wäre gerne wenigstens einen Abend in der Woche zu Hause geblieben, um mit Baby Julian zu spielen, aber man sagte ihr, daß junge Damen wie sie sich amüsieren und nicht wie alte verheiratete Damen zu Hause herumsitzen sollten.

Und je interessanter Lord Harry durch seine Abwesenheit wurde, desto öfter dachte Carina über die seltsame und aufregende Reaktion ihres Körpers auf seine Küsse nach. Gehörte zur Liebe auch Lust?

An diesem Morgen war sie mit dem Verlangen erwacht, mit ihren Gedanken allein zu sein, und deshalb hatte sie sich aus dem Haus geschlichen und wollte einen weiten Spaziergang bis zum Green Park machen. Sie hatte weder ihre Zofe noch einen Diener dabei, aber es war früh am Morgen, und alle die stürmischen jungen Männer, die eine Frau belästigen könnten, lagen garantiert noch mindestens fünf Stunden im Bett.

Ein kleiner, schmächtiger Mann mit einer riesigen Nase starrte sie so intensiv an, daß er fast sein Gesicht unter ihren Hut steckte. Carina schrak mit einem kleinen Aufschrei zurück, und der Mann eilte, eine Entschuldigung murmelnd, davon.

Es war neun Uhr. Vor zehn Uhr gab es im West End so gut wie kein Leben. Wie still und weiß und verlassen die Straßen dalagen!

Da war dieser seltsame kleine Mann wieder!

Carina war sich sicher, daß sie ihn über die Straße hatte eilen sehen. Sie blieb bewegungslos stehen. Die Sache hatte etwas Gespenstisches an sich.

Da war er! Aber es war nur die schwankende Gestalt des Wächters. Er tippte an seinen Hut, als sie vorbeiging. Carina war drauf und dran, wieder nach Hause zu gehen. Aber da tat sich der Piccadilly schon vor ihr auf. Und nach Hause gehen bedeutete, daß Minerva sie fand und sofort Pläne für den Tag machte.

Sie hielt den Kopf gesenkt und eilte auf den Piccadilly zu. Da gab es Menschen. Ladenbesitzer, die ihre Rolläden geschlossen ließen; Ladenbesitzer, die die Reichen bedienten und sich deshalb nach deren Zeiten richteten.

Straßenkehrer kehrten eifrig den Platz. Ein Kind trieb einen großen Metallreifen vor sich her und bewunderte das Muster, das er im Schnee hinterließ. Ein anderes kratzte mit einem Stöckchen am Geländer herum. Carina betrat den Green Park und ging nur ein kleines Stück hinein, um sich nicht zu weit von der Straße zu entfernen. Sie wischte die dünne Schneeschicht von einer Bank und setzte sich, um etwas Ordnung in ihre Gedanken zu bringen.

Endlich kam sie zu dem Ergebnis, daß sie Lord Harry unfair behandelt hatte. Sie hatte ihn schließlich gebeten, sie zu heiraten. Es war nur fair, ihm von ihren Ängsten und Zweifeln zu berichten. Auf dem Land war es ihr glaubhaft erschienen, daß er sie wegen Vertragsbruch anzeigen würde, da er ja das Geld seines Onkels nicht erbte, wenn er nicht heiratete.

Aber hier in der Stadt war es ihr klargeworden, daß jede Menge Damen allzu gerne Lord Harry heiraten würden, wenn er sie nur fragte. Und warum fürchtete sie sich überhaupt vor ihm? Er war die Freundlichkeit und Anständigkeit selbst. Seine Familie war schrecklich, aber da brauchte sie schließlich nur ihren eigenen Vater anzusehen!

Carina stand auf und fühlte sich zum erstenmal seit langer Zeit besser. Sie war fest entschlossen, mit Lord Harry zu reden. Es war oft schwer, ihm einfache Dinge verständlich zu machen, aber sie konnte es wenigstens versuchen.

Sie ging auf das Parktor zu.

Eine große Gestalt stand ihr im Weg.

Carina scheute wie ein erschrecktes Pferd und schlug die Augen nieder, bereit, an dem Mann vorbeizulaufen, falls dieser darauf bestand, ihr den Weg zu verstellen.

»Carina? Bist du's?«

Carina schaute verblüfft zu Guy Wentwater auf.

»Sie!« rief sie voller Abscheu.

Sie gab ihm einen heftigen Stoß und eilte so schnell an ihm vorbei, daß die Eisenringe an ihren Schuhsohlen Funken aus den Kieseln schlugen.

Er lief ihr nach, packte sie mit festem Griff und drehte sie um, so daß sie ihn anschauen mußte. Sein Blick war flehend und voller Angst.

»Du mußt mich anhören«, sagte er eindringlich.

Guy war gerade erst von Silas Dubois aus dem Bett geholt worden mit dem Befehl, »es anzupacken«.

Er war wahnsinnig vor Angst. Er war des Herumvagabundierens und des unsteten, von den Schatten der Vergangenheit eingeholten Lebens so überdrüssig, und er hätte sich so gerne als Landedelmann niedergelassen. Die Heirat mit Emily Armitage würde den Vikar in Wut versetzen und seinen eigenen Zwecken dienen. Guy, mit einer respektablen Frau und einer respektablen Mitgift! Jetzt mußte er sich ein anderes Mädchen suchen. Denn wenn es herauskam, daß er Carina Armitage verführt hatte, mußte er sich in einem anderen Teil des Landes verborgen halten und hoffen, daß der Vikar am Schlagfluß starb. Auf der anderen Seite gab es noch Hoffnung, wenn er sie nicht wirklich verführte, sondern nur so weit brachte, daß sie irgend etwas Dummes anstellte, damit sie ihre Hochzeit absagte.

Aber er mußte ihre Zuneigung ganz schnell zurückgewinnen, sonst verbreitete Silas überall das furchtbare Geheimnis seiner Geburt.

»Lassen Sie mich in Frieden«, wütete Carina, »oder ich schreie nach der Wache.«

»Du mußt mich anhören«, bat Guy, der sie immer noch festhielt. »Du wirst mich anhören. Ich liebe dich noch genauso wie immer. Ja, ich habe dich schändlich behandelt. Aber es geschah nur zu deinem Besten.«

»Wirklich?« fragte Carina und blieb jetzt bereitwillig stehen.

»Ja«, fuhr er eifrig fort. »Du mußt wissen, daß ich Angst hatte, daß unsere Ehe schiefgehen würde, deine Familie würde niemals mehr mit dir reden. Ich fürchtete, du würdest der Entfremdung von ihnen nicht gewachsen sein. Ich war wahnsinnig vor Schmerz, als du bei meiner Tante auftauchtest. Ich mußte grausam sein, und ich hatte das Gefühl, daß ich dir regelrechten Widerwillen gegen mich einflößen mußte, um dich loszuwerden. Zugegeben, ich war betrunken. Das leugne ich gar nicht. Aber ich habe seit damals nicht eine Nacht geschlafen. Bitte, sieh mich an und sag, daß du mir vergibst.«

Carina hielt den Kopf gesenkt.

»Soviel ich sehen konnte, hast du Emily den Hof gemacht«, sagte sie schließlich.

»Ach, das war nur, um jedermann Sand in die Augen zu streuen. Ich habe mich so geschämt, als ich hörte, daß du dich mit Desire verlobt hast. Ich fühlte mich dafür verantwortlich, daß du dich weggeworfen hast.«

Carina blickte schließlich doch zu ihm auf, aber ihre Augen waren so grün und kalt wie die Nordsee. »Ich werfe mich wohl kaum weg, wenn ich mich mit einem freundlichen und gutaussehenden Edelmann verlobe.«

»Natürlich bist du wütend auf mich«, sagte er einschmeichelnd. »Ich verdiene nichts Besseres. Was kann ich tun, damit du mir verzeihst?«

Carina fühlte sich plötzlich unendlich müde. Es war ihr auf einmal alles zuviel. In ihrem Kopf drehte sich alles: Ihre Furcht vor Lord Harry, ihr Haß auf ihren Vater, ihre geringe Selbstachtung, all das begrub sie unter einer großen, nicht zu beherrschenden Woge von Abscheu gegen sich selbst. Sie wollte die ganze weite Welt bestrafen – und bei sich selbst anfangen.

»Mit mir davonlaufen«, sagte sie ganz ruhig, nachdem sie tief Atem geholt hatte.

Guys Gedanken arbeiteten blitzschnell. Dahin waren seine Hoffnungen auf eine Hochzeit mit Emily. Er brauchte Carina natürlich nicht zu heiraten. Vielleicht konnte er sie irgendwo verbergen und sie ihrer Familie unberührt übergeben. Vielleicht erzählte sie ihnen aus Scham gar nicht, wo sie gewesen war. Offensichtlich hatte sie auch von ihrem letzten Versuch, mit ihm durchzubrennen, niemandem etwas erzählt.

Aber da war noch Harry Desire. Er würde allerdings mit einem Mädchen nichts zu tun haben wollen, das ihn unmittelbar vor der Hochzeit sitzenließ.

»Einverstanden«, nickte Guy und fühlte ihren durchdringenden

Blick auf seinem Gesicht. »Wann?«

»Morgen«, antwortete Carina. »Ich meine, heute nacht um zwei Uhr. Warte hier auf mich.«

»Bist du sicher, daß du unbemerkt entwischen kannst?« fragte Guy besorgt.

»O ja«, sagte Carina einfach. »Laß mich jetzt gehen. Ich muß zurück. Es ist kalt.«

Guy versuchte sie zu umarmen, aber sie stieß ihn entschieden weg. »Nicht hier in der Öffentlichkeit.«

Sie machte sich von ihm los und eilte über die schneebedeckten Wege. Dabei ging sie so schnell, daß sich ihr Mantel über ihrer zierlichen Figur bauschte.

Guy beobachtete sie mit heftigem Herzklopfen. Er mußte überlegen, wohin er sie bringen sollte. Er mußte beten, daß sie niemandem von ihrem Plan erzählte.

Carina war von einer wilden Genugtuung erfüllt. Sie machte sich keine romantischen Illusionen mehr über Guy Wentwater. Sie hielt ihn jetzt für oberflächlich und gemein. Und gerade deshalb wollte sie ihn heiraten.

Wir alle haben den Todeswunsch in uns, und immer dann erhebt er seine häßliche Fratze, wenn wir uns selbst nicht mehr lieben. Die Depressiven begehen Selbstmord. Aber das ist nicht die feine Art. Der richtige Gentleman begeht Selbstmord, indem er sich regelmäßig harte Schnäpse einverleibt oder sich unbewaffnet in verrufene Stadtteile begibt. Junge Damen aber suchen einen Mann, der sie ruiniert.

Wenn sie Guy Wentwater heiratete, konnte Carina sich selbst bestrafen und obendrein noch ihren Vater im höchsten Grad unglücklich machen. Das Schicksal schien ihr bei ihrem Vorhaben zur Seite zu stehen, denn der Vikar war kurz nach Hopeworth gereist wegen dringender Gemeindeangelegenheiten – sprich gutes Jagdwetter – und ließ Squire Radford zurück, um sein schlechtes Gewissen zu besänftigen. Der Squire hatte jedoch einen akuten Rheumaanfall und war ans Bett gefesselt.

Minerva war sich plötzlich bewußt geworden, daß sie sehr viel

Zeit ohne ihr geliebtes Kind verbracht hatte, während sie versuchte, Carina von Lord Harry fernzuhalten. Aber Lord Harry hielt sich auch ohne Bemühungen fern, und so war Minerva entschlossen, den ganzen Tag zu Hause zu bleiben und sich nach Herzenslust mit ihrem Baby zu beschäftigen.

Lord Harry Desire stattete seinem Onkel, Mr. Jeremy Blewett, einen Besuch ab.

Mr. Jeremy Blewett sah in der Tat sehr alt aus. Er war in Wirklichkeit erst zweiundfünfzig, aber ein Leben unter der heißen Sonne Indiens in Verbindung mit unmäßigem Alkoholgenuß hatte ihn vorzeitig altern lassen, so daß er schließlich einer ausgetrockneten Schrumpfmumie glich.

Er hatte schon so lange über seinen Tod gesprochen, daß jeder es als überraschend empfand, daß er immer noch lebte. Abgesehen von seinen Augen, die lebhaft und leuchtend waren, sah er auch wie ein Toter aus und roch auch oft so, was allerdings eher auf seine Abneigung gegen Bäder zurückzuführen war.

»Was führt dich her? Als ob ich fragen müßte!« gackerte Mr. Blewett, als Lord Harry in sein Schlafzimmer geschlendert kam. »Du bist gekommen, um zu sehen, ob ich mein Testament schon geschrieben habe, hmmm? Und ich sage dir, ich schreibe es erst, wenn die Hochzeit vorbei ist.«

»Du brauchst dir dein niedliches kleines Köpfchen weder so noch so über mein Junggesellendasein zu zerbrechen«, sagte Lord Harry liebenswürdig. »Ich brauch' deine Geldsäcke nicht.«

»Aber freilich brauchst du sie«, spöttelte Mr. Blewett. »Die Carchesters haben ihr Geld doch noch nie zusammenhalten können.«

»Sie haben auch nie Geld machen können«, erwiderte Lord Harry fröhlich, »bis ich daherkam.«

»Erzähl mir ja nicht, daß du arbeitest, um dir deinen Lebensunterhalt zu verdienen!« rief Mr. Blewett aus.

»Nein, so was Furchtbares doch nicht. Spielen ist meine Rettung.«

»Ah, das hätte ich mir denken können. White's und Brook's sind schon für manch ein Vermögen zur Grabstätte geworden.«

»Ich spiele nicht dort. Ich spiele an der Börse. Ich habe einen sechsten Sinn fürs Spekulieren. Ich bin der Besitzer eines beachtlichen Vermögens, Onkel. Plötzlich ist der Reichtum über mich hereingebrochen. Du siehst, du wirst dich darauf konzentrieren müssen, Silas Dubois zu piesacken.«

Mr. Blewett sah sehr enttäuscht aus. »Ich wollte ihm nie auch nur einen Penny hinterlassen. Er mag mich nicht und hat nicht einmal genug Anstand, das vor mir zu verheimlichen.«

»Das geschieht dir recht, du elender alter Sünder. Wie dem auch sei, mir brauchst du kein Geld zu hinterlassen, und ich brauche nicht zu heiraten.«

»Du liebst das Mädchen wohl nicht, was?«

»Das habe ich nicht gesagt. Ich habe lediglich betont, daß ich dank meines außerordentlichen Talents zum Herumjonglieren von Aktien und Dividenden die Freiheit genieße, zu heiraten, wen ich will und wann ich will. Nichtsdestoweniger kannst du deinen Rollstuhl für die Hochzeit schon einmal in Gang setzen und deine Verwünschungen wie die böse Fee im Märchen beizeiten ausstoßen. Aber hol bitte den schrecklichen Silas aus seinem elendigen Zustand. Er ist glatt imstande und bringt dich um, nur um an dein Geld zu kommen, wenn du ihn weiter tratzt.«

»Der Zwerg Nase! Niemals! Fall nicht beim Hinausgehen über die anderen Verwandten. Sie warten wie die Aasgeier auf meinen Tod.«

»Behaupte bloß nicht, du genießt das nicht. Das ist es doch, was dich aufrechthält, lieber Onkel, die Intrigen und Fäden, die du überall spinnst.«

Mr. Blewett ließ wieder sein mißtönendes, gackerndes Gelächter hören. »Vielleicht hast du recht, Harry. Wahrscheinlich hinterlasse ich dir mein Geld sowieso. Du hast dich nie einen Deut darum geschert, daß ich dich damit tyrannisieren wollte, und du bist nie um mich herumgekrochen wie dieser speichelleckerische Dubois.«

»Oh, ich mag dich auf meine Art«, sagte Lord Harry liebenswürdig.

»Wo gehst du jetzt hin?«

»Ich treffe mich mit der Frau, die ich liebe. Etwas, was ich zur Zeit selten tue. Wenn ich ihr vorm Altar begegne, werde ich ganz vergessen haben, wie sie aussieht.«

Lord Harry ging beschwingt hinaus und wäre beinahe mit Silas Dubois zusammengestoßen, der draußen stand.

»Ich würde hier nicht lauschen, mein lieber Junge«, sagte Lord Harry ernst. »Die Tür ist so dick, daß Sie kein Wort verstehen; Sie bekommen höchstens fürchterlich Ohrenweh, wenn Sie Ihr Ohr an das Schlüsselloch pressen.«

Und damit ging er schnell die Treppe hinunter, bevor sich Mr. Dubois eine Antwort überlegt hatte.

Mr. Dubois ging in das Schlafzimmer.

»Ach, du bist es«, schnauzte Mr. Blewett mürrisch. »Wartest du immer noch darauf, daß ich sterbe, Silas?«

»Natürlich nicht«, sagte Mr. Dubois und verzog seinen schmalen, von seiner Nase beschatteten Mund zu etwas, von dem er hoffte, es sei ein liebevolles Lächeln. »Ich bin Desire auf der Treppe begegnet. Es geht das Gerücht, daß er vielleicht doch nicht heiratet.«

»Unsinn«, sagte Mr. Blewett und schaute Mr. Dubois verschlagen aus den Augenwinkeln an. »Er muß heiraten.«

»Ich habe aber gehört, daß er mit einigem Erfolg an der Börse spekuliert«, sagte Mr. Dubois.

»Ach was, das ist doch alles Humbug«, sagte Jeremy plötzlich gutgelaunt. »Die Bedingung in meinem Testament gilt immer noch. Wenn Desire heiratet, kriegt er das Geld. Wenn nicht, kriegst du es.«

Silas grinste. Morgen früh würde jeder, einschließlich dieses alten Wracks von einem Mann, wissen, daß Lord Harrys Braut mit Guy Wentwater weggelaufen war.

»Was macht dich denn plötzlich so glücklich?« herrschte Mr. Blewett ihn an.

»Ich bin nur glücklich, dich in so guter Verfassung anzutreffen«, antwortete Silas Dubois und kam näher, um Mr. Blewett die Kissen liebevoll aufzuschütteln.

Den Bruchteil eines Augenblicks standen seine Hände still. Wie einfach wäre es, dachte er, dieses Spitzenkissen zu ergreifen und es dem alten Mann aufs Gesicht zu pressen!

Silas merkte, daß Mr. Blewett mit geradezu teuflischer Freude zu ihm aufschaute, als ob er seine Gedanken lesen könnte. Er ließ das Kissenaufschütteln sein und stahl sich ans Fußende des Bettes.

Warum einen Mord begehen? Der morgige Tag würde die Gedanken des alten Mannes in andere Bahnen bringen. Und sehr lange konnte er ohnehin nicht mehr leben.

Als Carina das Frühstückszimmer betrat, traf sie dort auf Minerva, die gerade einen Brief an Mrs. Armitage schrieb, die mit den jüngeren Mädchen in Hopeworth geblieben war.

»Wo ist Seine Lordschaft, das Baby?« fragte Carina.

»Er schläft«, lächelte Minerva. »Ach, es ist so wunderbar, einmal nichts vorzuhaben! Ich werde es mir heute ganz gemütlich machen. Du meine Güte! Da ist jemand gekommen. Ich sage einfach, daß wir nicht zu Hause sind.«

»Lord Harry Desire«, meldete der Butler der Comfreys. »Sagen Sie Seiner Lordschaft, wir sind nicht zu Hause«, sagte Minerva schnell.

»Sagen Sie Seiner Lordschaft, wir sind zu Hause«, verbesserte Carina ärgerlich. Jetzt, wo sie sich auf den gesellschaftlichen Ruin und die persönliche Erniedrigung eingestellt hatte, hatte sie plötzlich keine Angst mehr vor Lord Harry. Außerdem spürte sie die alte Auflehnung gegen Minervas bestimmende Art.

»Nun, wenn du ihn wirklich sehen willst ...?« begann Minerva. Aber Carina hatte das Zimmer bereits verlassen. Minerva zögerte – sie wäre ihr gerne nachgegangen. Aber dann entspannte sie sich wieder. Sylvester hatte versprochen, in der nächsten Zeit mit Lord Harry zu reden, und Carina wäre nicht so eifrig weggeeilt, wenn sie sich so sehr fürchten würde.

»Sind Sie gekommen, um mit mir auszufahren?« fragte Carina, als sie in der Halle auf Lord Harry traf.

»Nein«, lächelte er. »Ich bin gekommen, meine Liebe, um mit Ihnen ein paar wichtige und ernste Dinge zu besprechen.«

»Oh«, machte Carina ängstlich. Dann faßte sie sich wieder. Es spielte keine Rolle, was er sagte; sie sah ihn heute sowieso zum letztenmal. Es kam ihr kein einziges Mal in den Sinn, daß Lord Harry in irgendeiner Weise gekränkt sein könnte, wenn sie ihn sitzenließ. So ein Dummkopf hatte ungefähr soviel Gefühl wie ein Rindvieh, das auch nichts begreift. Eigentlich ist er so eine Art aristokratischer Bauer, dachte sie, und amüsierte sich kurz über diesen geistreichen Einfall.

»Gut, wohin gehen wir?« fragte er und machte Carina damit bewußt, daß sie beide immer noch in der Halle standen.

Sie ging voraus zur Bibliothek.

Lord Harry stellte sich vor den Kamin und sah ihr Gesicht mit seinen ruhigen, blauen Augen forschend an. Sie ist so angespannt wie eine Geigensaite, dachte er, sie sieht aus wie jemand, der im nächsten Augenblick von der Westminster Bridge springt ... oder mit Guy Wentwater durchbrennt.

»Haben Sie eigentlich Ihren Bekannten, der in Waterloo gekämpft hat, wieder einmal gesehen?« fragte er. »Wie hieß er noch ... Wentwater?«

»Nein«, sagte Carina nach Luft ringend. »Warum fragen Sie?«

»Ich weiß es nicht. Ich mache Konversation, merken Sie das nicht?«

»Was für wichtige und ernste Dinge wollten Sie mit mir besprechen?« fragte Carina.

»Sie sollten Braun nicht tragen«, sagte er streng. »Es steht Ihnen überhaupt nicht. Es ist so eine schlammige Farbe. Nicht das Wahre.«

Er klemmte sein Monokel ein und starrte Carinas einfaches weites Gewand mit einem schrecklich vergrößerten Auge an.

»Ist das eine von den ernsten Angelegenheiten?« fragte Carina scharf.

»Nein, das heißt, ja, in gewisser Weise schon. Kleider sind sehr wichtig. Ich zum Beispiel sehe gut in Blau aus. Damit wirke ich zugänglicher.«

Carina schaute auf seinen makellosen Ausgehrock, seine wunderschönen Rüschchen am Hemd, seine harmlosen großen Augen, und ihre Lippen kräuselten sich vor Verachtung.

»Um aber auf die ernsten Dinge zu kommen«, sagte er. »Können wir uns nicht setzen?«

»Natürlich.« Carina setzte sich steif auf ein kleines Sofa vor dem Feuer, und er ließ sich elegant neben ihr nieder.

Er schaute sie besorgt an; seine schwarzen Locken fielen ihm in die Stirn. Carina bemerkte zum erstenmal, daß seine Wimpern außergewöhnlich lang und dicht waren.

»Wissen Sie was« fing er an, »ich brauche nicht zu heiraten. Ich habe unheimlich viel Geld an der Börse gemacht.«

»Sie wollen mich also nicht heiraten?« fragte Carina schwach.

»Nun, um es geradeheraus zu sagen – nein.«

»Oh.«

»Sehen Sie, wir passen nicht zusammen. Ich fürchte, ich habe Ihren Vater in die Irre geführt. Ich habe mich insgeheim lustig über ihn gemacht. Ich habe ihm gesagt, daß ich intelligente Frauen nicht ausstehen kann, aber ich habe gelogen. Ich verehre intelligente Frauen geradezu.«

»Wollen Sie damit etwa sagen«, fragte Carina langsam und vorsichtig, »daß Sie mich nicht für intelligent halten?«

»Sie sind schön und charmant«, sagte er und sah sie um Verzeihung bittend an, »aber eine intelligente Frau weiß, was sie will, und Sie ... nun ... ›*Tu nihil invita dices faciesve Minerva.*‹«

»Ich fürchte, ich ...«

»Nein, natürlich nicht, ich habe ganz vergessen, daß Sie vermutlich nicht Latein können.«

»Im Gegenteil«, log Carina, »ich kann Latein ...«

»Ich habe Horaz zitiert ...«

»Es ist nicht nötig, das Zitat zu übersetzen ...«

»Und ich habe gesagt: ›Sie werden weder etwas tun noch etwas sagen, was Minerva nicht gutheißt.‹«

»Ich weiß sehr wohl, was Sie gesagt haben«, gab Carina, die ganz rot geworden war, zurück. »Wie können Sie es wagen, mich als unintelligent zu bezeichnen. Woher wollen Sie das denn wissen? Sie sprechen die ganze Zeit über belangloses Zeug. Ich dagegen sehne mich nach jemandem, der mit mir über Politik spricht, zum

Beispiel.«

»Aber gewiß doch«, sagte er. »Ich würde so gerne Ihre Meinung zur Parlamentsreform hören. Ich bin der Ansicht, daß Lord Liverpool und Lord Sidmouth die radikale Fraktion ermutigen, so daß eine aufgeschreckte Mittelklasse alle möglichen repressiven Maßnahmen unterstützen wird. Die Folge wird sein, daß die Vormachtstellung der Konservativen bestehenbleibt. Was meinen Sie?«

»Ich glaube nicht, daß Sie meine Ansichten dazu verstehen würden«, sagte Carina und versuchte, Zeit zu gewinnen. Denn sie hatte nicht die geringste Ahnung, wovon er sprach.

»Aber jemand, der intelligent und gut informiert ist, wird doch wohl fähig sein, seine Ideen mitzuteilen. Bitte, reden Sie.«

»Was soll das Ganze!« rief Carina aus und sprang auf. »Sie wollen mich sowieso nicht heiraten.« Und überwältigt von der plötzlichen Erkenntnis ihrer selbstmörderischen Torheit, mit einem Mann, der sie wahrscheinlich mißbrauchen würde, zu entfliehen, brach Carina in Tränen aus und ließ sich wieder neben Lord Harry nieder.

Guy hatte sich in dieser schrecklichen Nacht genüßlich im Sessel zurückgelehnt und es zugelassen, daß seine Freunde sie belästigten. Gott allein wußte, was er ihr antun würde, wenn sie erst einmal verheiratet waren. Niemals zuvor hatte sich Carina so klein und so dumm gefühlt.

Ein tröstender Arm stahl sich um ihre Schultern, und ein großes Taschentuch tauchte vor ihrer Nase auf.

Carina nahm es dankbar, putzte sich die Nase und trocknete ihre Augen.

»Ich dachte, ich mache Ihnen eine Freude«, hörte sie Lord Harrys Stimme an ihrem Ohr, »wenn ich Ihnen sage, daß ich nicht zu heiraten brauche. Wissen Sie, es blieb mir nichts anderes übrig als festzustellen, daß Sie nicht gerne mit mir zusammen sind. Ich habe auch einen Besuch Ihres Vaters über mich ergehen lassen, bevor er zurück aufs Land ging. Der arme Mann! Er war hin- und hergerissen zwischen der Reue, daß er Sie zu dieser Verlobung gezwungen hat, und den Freuden der Jagd. John Summer hatte ihm geschrieben, daß das Wetter herrlich sei und daß sich ein neugieriger Fuchs nur ein paar Meilen vom Pfarrhaus entfernt herumtreibe. Ich habe ihn aus seiner Verlegenheit befreit und ihm gesagt, daß ich Sie nicht heiraten werde. Dann folgte ihm Lord Sylvester direkt auf den Fersen. Er sagte, Sie haben solche Angst vor mir und er und seine Frau hätten ihr Bestes getan, um Sie von mir fernzuhalten, da sie wußten, daß Sie sich dagegen wehren würden, wenn Sie sich auch nur das geringste aus mir machen würden. Aber Sie haben sich nicht dagegen gewehrt. Also mögen Sie mich nicht. Also habe ich auch ihm gesagt, daß ich Sie nicht heiraten werde.«

»Oh«, hauchte Carina jämmerlich und fragte sich, warum sie jetzt nicht glücklich war.

»Ich habe mir um Mr. Armitage Sorgen gemacht. Er erzählte mir, Sie würden ihn hassen und verabscheuen, und er sei selbst schuld daran. Er war ganz außer sich, ein Shylock, der von der Jagdleidenschaft besessen war; er rannte immer wieder zum Fenster, um zu sehen, ob die Kutsche schon da war, rang dazwischen seine Hände und rief: ›Oh, meine Tochter – oh, die Jagd – oh, meine Tochter – oh, bitte, Gott der Füchse, gib uns Jagdglück.‹

In was für eine mißliche Lage ich euch alle gebracht habe! Jetzt brauchen Sie nur noch mit dem Kopf zu nicken, und ich lasse eine Anzeige an die Zeitungen schicken, die die Auflösung unserer Verlobung bekanntgibt.«

Er nahm ihre beiden Hände in die seinen.

»Ich weiß, daß Sie mit Guy Wentwater durchbrennen wollten«, sagte er sanft.

Bis zu diesem Augenblick hatte Carina gedacht, sie hätte die Demütigungen bis zum letzten Tropfen ausgekostet, aber diese Feststellung bewies, daß sie im Unrecht war.

»Woher wissen Sie es?« flüsterte sie.

»Ach, Kleinigkeiten, aus denen ich mir schließlich ein Bild gemacht habe«, sagte er leichthin. »So ging ich hin und habe Ihre Hutschachteln geholt. Dabei hatte ich ein äußerst interessantes Gespräch mit Mr. Wentwater. Nachdem ich gehört hatte, wie empörend er sich benommen hat, war ich überzeugt, daß Sie ihn nie wiedersehen wollten. Wissen Sie, ich habe gedacht, daß Sie mich mit der Zeit ein bißchen liebgewinnen würden.«

»Und Mr. Wentwater hat Ihnen alles erzählt... einfach so?« murmelte Carina.

»Na ja, nachdem ich etwas... äh... Druck ausgeübt hatte. Machen Sie sich keine Sorgen. Er wird Sie nie mehr wieder belästigen.«

Carina schlug die zitternden Hände vor ihr erhitztes Gesicht. Schon allein die bloße Vorstellung, mit Guy wegzulaufen, erschien ihr jetzt vollkommen verrückt. Eine Verrückte hatte dieses Abkommen getroffen.

»Also«, fuhr er fort, als sie nichts sagte, »habe ich Ihrem Vater versprochen, Sie morgen nach Hopeworth zu bringen, und dann sind alle Ihre Sorgen vorbei. Ich weiß, daß Sie nicht gerne in der Stadt sind. Doch vielleicht sehe ich Sie während der Saison wieder.«

»Es tut mir leid... Ich möchte mich entschuldigen... für alles«, flüsterte Carina.

»Sie sind nicht in irgendwelchen Schwierigkeiten?« fragte er. »Ist da nichts, was Sie mir sagen wollen?«

Carina dachte an ihre Verabredung mit Guy Wentwater. Es schauderte sie. Die ganze Zeit, seitdem sie in der Bibliothek waren, hatte dieser Mann, Lord Harry Desire, den als sie Dummkopf angesehen hatte, sie fühlen lassen, daß sie dümmer als der schlimmste Idiot war. Sie konnte ihm ihren Kummer unmöglich beichten.

Sie schüttelte trübselig den Kopf.

»Dann, meine ich, sollten Sie Mr. Radford die erfreuliche Nachricht von der Auflösung unserer Verlobung bringen«, sagte Lord Harry. »Er ist nur in die Stadt gekommen, weil Ihr Vater ihn um Hilfe bat. Es wäre sehr gütig von Ihnen, wenn Sie sich dazu entschließen könnten, Ihrem Vater zu vergeben.«

»Ich muß mir zuerst selbst vergeben«, flüsterte Carina gebrochen. »Ich bin die Ursache für all diesen Kummer. Jetzt müssen Geschenke zurückgegeben werden und...«

»Ich bin überzeugt davon, daß Ihre Schwester, Lady Sylvester, alles aufs beste regeln wird. Ich wollte Sie eigentlich heute abend zu einem Ball bei Lord und Lady Brothers ausführen. Lady Godolphin wird mit uns kommen. Wenn Ihnen jedoch nicht danach...«

»Ich komme mit«, sagte Carina zerknirscht. Es war ihr auf einmal bewußt, daß es sie sehr beunruhigen würde zu wissen, daß Mr. Wentwater sie im Green Park erwartete, und sie hatte Angst davor, daß er womöglich ins Haus käme.

»Dann hole ich Sie heute abend ab. Vielleicht können wir Freunde werden, jetzt, wo Sie keine Angst mehr vor einer Heirat mit mir zu haben brauchen.«

»Ja«, sagte Carina leise.

»Gut«, lächelte er. »Sie könnten mir eine Braut aussuchen.«

Carina schaute auf den mit Saphiren und Granaten besetzten Ring an ihrem Finger, zog ihn ab und hielt ihn Lord Harry stumm hin. Er nahm ihn und tat ihn in seine Westentasche.

»Sie sind immer noch überdreht«, sagte Lord Harry. »Erlauben Sie mir, Ihrer Schwester, Ihrem Schwager und Squire Radford die Auflösung unserer Verlobung mitzuteilen.« Er stand auf und zog sie hoch.

Sie blickte zu ihm auf. Er blickte ernst und forschend auf sie herab. Er zog ihre Hände an seine Lippen und küßte sie sanft.

»Leben Sie wohl, Carina. Wir werden uns wiedersehen, aber als Freunde.«

Er drehte sich um und ging aus dem Zimmer, während auf die zutiefst erschütterte Carina die verschiedensten Empfindungen einstürmten: Demütigung, Scham und Verlust.

Eine Stunde später betrat Lord Harry seine Wohnung und schaute seinen Schweizer Diener nachdenklich an.

»Was gibt es heute Neues, Bruno?« fragte er, während er seine Reithandschuhe abstreifte.

»Mylord«, seufzte der Diener, »ich fürchte, ich habe schlechte Nachrichten. Ich ließ Miss Armitage verfolgen, wie Sie es gewünscht haben. Der Mann, der das Haus St. James' Square beobachtet hat, um zu melden, wenn die Lady allein ausgeht, ist zu mir gekommen und hat gesagt, daß er ihr in den Green Park gefolgt ist, und da hat sie einen Mann getroffen, der sie umarmt hat, so«, fügte er hinzu und umarmte sich selbst, um seinen Worten mehr Nachdruck zu verleihen. »Unser Mann hat sich hinter dem Baum versteckt, und er hat nicht alles hören können, aber er hat gehört, daß die Mademoiselle ›zwei Uhr morgens im Park‹ gesagt hat.«

»Danke, Bruno. Du kannst dem Wachhund absagen«, sagte Lord Harry und betrachtete intensiv den Faltenwurf seines Jabots im Spiegel.

»Mylord«, sagte sein Diener voller Bedauern, »unser Mann sagt, daß die Miss, meint er, durchbrennen will.«

»So ist es. Bezahl ihn gut.«

»Sehr wohl.«

Bruno verließ den Raum unter Verbeugungen und schüttelte den Kopf über die eigenartigen Engländer.

Achtes Kapitel

Minerva war sehr schlecht auf ihre Schwester zu sprechen. Sie hielt ihr einen langen und ernsten Vortrag darüber, daß sie es in ihrem Egoismus zugelassen hatte, daß die Hochzeitsvorbereitungen bereits derart weit gediehen waren. Carina hatte, sagte Minerva, den armen Papa zu einer Art Ungeheuer gemacht als Ausrede dafür, daß sie selbst immer tiefer in den Schlamassel geriet.

Carina verteidigte sich schwach damit, daß Papa nicht ganz unschuldig sei und daß ein Mann, der seine Tochter mit der Peitsche über die Felder jage, nicht gerade als liebevoller und einfühlsamer Vater bezeichnet werden könne, aber Minerva hörte gar nicht zu.

Lord Sylvester, sagte sie, war es ungeheuer schwer gefallen, mit Lord Harry zu reden. Lord Harry sei ein perfekter Gentleman und in Wahrheit viel zu reif und gebildet für so einen herzlosen Treibauf wie Carina.

Der Vortrag wäre bestimmt noch lange so weitergegangen, wenn nicht Lord Sylvester eingegriffen und seine Frau damit aufgezogen hätte, daß ihre Moralpredigt ihm Kopfschmerzen bereite.

Es stellte sich heraus, daß Carinas einzige Verbündete das Mädchen Betty war. Betty hatte erfahren, daß Sir Edwin John Summer eine Arbeitsstelle im Herrenhaus angeboten hatte. Hätte er sie angenommen, dann hätte es für sie zum Heiraten gereicht. Aber John hatte stolz abgelehnt und gesagt, er würde Hochwürden niemals im Stich lassen.

Männer!

»So schlecht sind Sie gar nicht, Miss«, sagte Betty besänftigend, als sie Carina bei den Vorbereitungen für den Ball half. »Ich habe gehört, was Mylady gesagt hat. Aber Sie sind sehr jung für Ihr Alter, und mit dem Vikar ist nicht gut Kirschen essen. Aber Ende gut, alles gut, denn jetzt müssen Sie keinen Mann heiraten, den Sie nicht wollen, und wir können wieder alle gemütlich beisammen sein.«

Carina hörte sich unglücklich und stumm Bettys Lebensweisheiten an. Sie hatte immer gedacht, wenn es ihr erst gelungen wäre, sich von Lord Harry zu befreien, würden ihre Erleichterung und ihr Glück keine Grenzen kennen. Sie hätte nie gedacht, daß sie sich so niedergeschlagen fühlen würde und ... ja ... so dumm, denn wie ein verwöhntes Kind, das damit angibt, daß es sich nichts aus einem wertvollen Spielzeug macht, und dann doch bitterlich weint, wenn es ihm weggenommen wird, benahm sie sich.

Darüber hinaus hatte Lord Harry sie getäuscht. Carina wußte jetzt, daß er sich verstellt hatte, um dumm zu erscheinen. Aber nicht nur das. Er hatte ihr ganz bewußt zu verstehen gegeben, daß sie überhaupt keine Ahnung von Politik hatte. Carinas etwas vage Vorstellungen von politischen Diskussionen bestanden darin, daß sie die Ansichten von jemandem hörte und diese dann prompt dem nächsten, der ihr über den Weg lief, mitteilte. Ihr wurde bewußt, daß sie kaum je Zeitung las.

Alles, was sie im Grunde über die Schlacht von Waterloo wußte, waren Geschichten, die einer dem anderen erzählte. Von Guys Erzählungen über die Schlacht hielt sie gar nichts mehr. Wahrscheinlich war er überhaupt nicht dort gewesen.

Minerva war schuld an allem, denn Minerva hatte immer nachsichtig über Carinas Ansichten gelacht und gesagt, »unsere kleine Carina ist der Kopf der Familie«, und was Minerva sagte, hatte Gewicht, und bevor man noch wußte, wie einem geschah, hatte man lauter gute Eigenschaften, die man in Wirklichkeit gar nicht besaß.

Minerva hatte die Gabe, allen Leuten Rollen zu verpassen. Annabelle: schön und dickköpfig; Carina: intelligent; Daphne: die Schönste der Familie, schüchtern und modebewußt; Diana: die so wunderbar mit Tieren umgehen kann; Frederica: anspruchsvoll und lustig, ein launisches kleines Ding.

Und doch hatte Carina so sehr gewünscht, Minerva möge eingreifen und sie vor der Ehe mit Lord Harry bewahren. Und Minerva hatte es getan, oder vielmehr, ihr Mann hatte es getan.

Carina mußte an ihren Vater denken. Er hatte offensichtlich sein äußerstes getan, damit sie nur ja glücklich war, auch wenn das bedeutete, daß er einen reichen Schwiegersohn verlor. Nun ja, sie verzieh ihm, aber viel hielt sie immer noch nicht von ihm.

Und Guy Wentwater? Was war mit Guy, der geduldig im schneebedeckten Green Park um zwei Uhr morgens warten würde?

Laß ihn warten, dachte Carina grimmig.

Ja, sie war wirklich verrückt gewesen, als sie diese Verabredung traf. Warum sollte sie auch nur einen Gedanken an einen Mann verschwenden, der sie hatte warten lassen und sie dann vor seinen Freunden verspottet und gedemütigt hatte.

Und doch, er hatte gesagt, daß er sie liebe.

Wie seltsam, daß Lord Harry es fertiggebracht hatte, aus Guy die wahre Geschichte herauszulocken, allerdings hatte Guy sich nicht zu seinem Rachemotiv an den Armitages bekannt: Lord Harry hatte von ›Druck‹ gesprochen, aber sie konnte sich nicht vorstellen, daß damit irgendeine Art physischer Gewalt verbunden war. Er war ein viel zu eleganter und träger Mensch, um auf so etwas zurückzugreifen.

Während Carina so intensiv nachdachte, hatte sie gestanden, sich gesetzt und wieder aufgestellt, so daß Betty sie anziehen und frisieren konnte.

»So!« sagte Betty schließlich und schlug den Deckel von Minervas Schmuckschatulle zu. »Ich habe Sie noch nie so hübsch gesehen. Wenn Sie geweint haben, Miss Carina, dann sind Ihre Augen noch größer. Meine sehen dann ganz geschwollen und rot aus.«

Carina stand auf, strich ihre Röcke glatt und würdigte ihr Spiegelbild kaum eines Blickes.

Sie trug ein enganliegendes, grasgrünes Seidenkleid, das mit einem Gazeüberwurf in hellerem Grün bedeckt war. Eine Kette aus Smaragden und Mattgold lag um ihren Hals. In ihrem aufgesteckten Haar war eine große goldene Seidenrose raffiniert befestigt, deren sich kringelnde grüne Seidenblätter mit winzigen Smaragden besetzt waren.

Das Mieder ihres Kleides war mit Steifleinen gefüttert, so daß ihre Brüste darüber zwei schwellende Hügelchen bildeten. An den Füßen trug sie niedliche grasgrüne Slipper, und an ihren Ohren funkelten schwere Smaragdohrringe.

Betty, die Carinas Haarfarbe zu kräftig fand, hatte ihre Haare pomadisiert, so daß sie jetzt leuchtend dunkelrot waren.

»Sie sehen aus wie eine Märchenfee«, lachte Betty und bewunderte Carinas schräge grüne Augen und den zarten Körperbau. »Ich hole Ihnen den pelzgefütterten Mantel, es ist nämlich höllisch kalt. Bloß gut, daß Sie die neue Unterhose angezogen haben.«

Carinas Unterwäsche war der letzte Schrei: lange, hauteng gestrickte Wollunterhosen, um ein Gegengewicht gegen die hauchdünne Oberbekleidung zu schaffen.

Die Nacktheit des letzten Jahrzehnts kam allerdings allmählich aus der Mode, da die Männer ihre Phantasie wieder etwas spielen lassen wollten. Aber am Abend waren die Kleider immer noch fast durchsichtig, und manche Damen dämpften ihre Musselinkleider auch noch, und der Effekt erregte alle möglichen lustvollen Hoffnungen in den Herzen der Männer.

Oft hielten die Männer die harten, sich abzeichnenden Brustwarzen für Zeichen heißer Leidenschaft, in Wirklichkeit froren die Damen nur und hatten eine Gänsehaut.

Carina wurde von Lord Sylvester zu Lady Godolphins Haus am

Hannover Square gebracht, wo Lord Harry sie abholen sollte.

Voller Ehrfurcht vor ihrem großen und schönen Schwager saß Carina sehr steif in der Kutsche auf dem Weg zu Lady Godolphin.

»Du siehst heute abend bezaubernd aus«, sagte Lord Sylvester und musterte die kleine feenhafte Gestalt. »Ich bin froh, daß du nicht mehr so bleich bist. Lord Harry hat mir gesagt, daß er eine Bekanntmachung an die Zeitungen geschickt hat, die die Auflösung eurer Verlobung anzeigt.«

»Ja«, sagte Carina tonlos. »Vielen Dank, Lord Sylvester, daß Sie sich für mich eingesetzt haben.«

»Nicht der Rede wert. Es hat mich überrascht, daß du dich vor Lord Harry zu fürchten schienst.«

»O nein«, sagte Carina schnell. Dann hatte sie auf einmal das Lügen satt. »Ja, doch, ich hatte immer solche Angst. Ich weiß selber nicht, warum«, fügte sie hinzu.

»Du hast bestimmt nichts von Lord Harry zu fürchten«, sagte Sylvester sanft. »Er ist einer der freundlichsten Männer, die ich kenne.«

»Ja«, sagte Carina mit erstickender Stimme.

Carina erinnerte sich, warum sie solche Angst vor Lord Harry hatte. Sie fürchtete sich vor ihm, weil in ihrem Inneren so eigenartige Dinge vorgingen, wenn er sie berührte. Aber ihre törichte Traumliebe zu Guy war schuld daran, daß ihr alles Körperliche so schlimm erschien.

Lord Sylvester und Minerva liebten sich auch sehr. Wenn sie zusammen waren, umgab sie eine Aura der Verliebtheit. Und doch schien ihre Liebe ganz rein zu sein. Sie hielten sich, soweit Carina sehen konnte, nicht einmal an der Hand.

Vielleicht gibt es eine Liebe ohne körperliche Berührung, dachte sie naiv. Der Umstand, daß ihre Schwester und ihr Schwager einen Sohn hatten, bedeutete Carina nichts, da sie nicht wußte, wie Babys zustande kommen.

Sie wußte, wie es bei den Tieren auf dem Feld ist, aber wenn ihr jemand gesagt hätte, daß es bei den Menschen genauso ist, dann hätte sie das schlicht und einfach nicht geglaubt.

Und deshalb war Carina sicher, daß ihre Gefühle, wenn Lord Harry sie in den Armen hielt, überhaupt nichts mit Liebe zu tun hatten. Lust, ja. Aber sogar Papa betonte bei seinem seltenen Erscheinen auf der Kanzel, daß Lust eine gefährliche und schandbare Sache sei und mit die schlimmste von den sieben Todsünden.

Die Kutsche hielt an, und Lord Sylvester half ihr herunter. Er geleitete sie sicher zur Tür und entschuldigte sich, daß er nicht mit hineinkomme, um Lady Godolphin zu begrüßen, aber er wolle schnell wieder bei seiner Frau sein.

Carina entrang sich ein sentimentaler Seufzer. Sie schöpfte leise Hoffnung. Vielleicht würde sie eines Tages ein Mann so lieben wie Lord Sylvester Minerva liebte; eine reine und kostbare Liebe, ohne heiße, erregende, flammende Lustgefühle.

Lord Harry war noch nicht da, so nahm es Carina auf sich, Lady Godolphin beizubringen, daß ihre Verlobung aufgelöst sei.

»Großer Gott«, sagte Lady Godolphin. »Deine Population findet nicht statt!«

Carina schwieg verdutzt, bis ihr klar wurde, daß Lady Godolphin ›Kopulation‹ meinte.

»Wollte er dich nicht?« fragte Lady Godolphin traurig.

»Wir haben festgestellt, daß wir nicht zusammenpassen.«

»Oh, die Liebe.« Lady Godolphin seufzte lautstark. »Ich bemühe mich, sie zu vergessen, aber alle Gedichte erinnern mich an sie. Lies nie Gedichte, Carina. Es ist zu traurig. Hör dir das an:

Wenn die Liebe schlägt ihre Flügel
Und kennt nicht Tor noch Riegel
Und Althea göttlich schaltet
Und sie ist so wohlgestaltet
Wenn ich in ihr Haar verstrickt bin
Und in ihren Blick verquickt bin
Dann kann die Freiheit dieser Erden
Nicht mit der himmlischen verglichen werden.

Es herrschte einen Augenblick Stille.

»Ich glaube nicht, daß ich das schon einmal gehört habe«, wagte Carina einen Vorstoß.

»Es ist von Lovelace«, sagte Lady Godolphin überrascht. »Du weißt schon, das ist der, der geschrieben hat: ›Ich könnte, Liebe, dich nicht so lieben, liebt' ich den Horror mehr.‹«

»Oh, das«, sagte Carina, und es war ihr klar, daß es einen ganzen Tag dauern würde, bis man Lady Godolphins Verwechslungen geklärt hatte, aber dann wüßte man wenigstens, von was sie sprach.

»Wird Mr. Anstey heute abend auch da sein?« fragte sie und hoffte, daß er nicht kam, denn sie mochte ihn nicht und fand es auch abstoßend, daß eine Dame in Lady Godolphins Alter so einen jungen, wenn auch wenig attraktiven Liebhaber hatte.

»Nein«, seufzte Lady Godolphin. »Er hat mich zum Narren gehalten. Er hat mich lächerlich gemacht. Er lebt jetzt mit Lady Chester zusammen, die hundert sein muß, wenn nicht älter. Deshalb denkt die Gesellschaft jetzt, daß er mir nur am Rockzipfel hing, weil er hinter meinem Geld her war.«

»Gibt es keinen anderen?« fragte Carina, die es nicht mit ansehen konnte, daß die normalerweise so vitale und lebensfrohe Lady Godolphin so schmerzerfüllt aussah.

»Nein«, sagte Lady Godolphin. »Ich bin zu alt.«

»Aber Sie doch nicht!« Carina hätte schreien können. Es war absolut erschreckend, Lady Godolphin zugeben zu hören, daß sie alt war. Obwohl Carina oft sehnlichst gewünscht hatte, daß die alte Sünderin zur Ruhe kommen und sich ihrem Alter entsprechend verhalten würde, hatte der Umstand, daß sie jetzt offensichtlich genau das versuchte, etwas ungeheuer Erschreckendes an sich. Sogar ihr Gewand zeugte davon, daß sie klein beigegeben hatte: ein müdes Braun mit Gold durchwirkt. Ein Turban von bescheidenen Ausmaßen bedeckte ihren Kopf, und Wunder über Wunder, sie war überhaupt nicht geschminkt.

In diesem Moment wurde Lord Harry gemeldet.

Abgesehen davon, daß sie einen Blick auf seine Beine warf, der zugleich düster und lüstern war, benahm sich Lady Godolphin wie eine traurige, respektable Matrone.

Lord Harry küßte Carinas Hand.

Carina schaute ihn geradezu voll Ehrerbietung an; zum erstenmal sah sie ihn so, wie ihn viele Frauen sahen.

Er trug einen dunkelblauen Frack zu perlfarbenen Kaschmirhosen mit Bändern an den Knien, weiße Seidenstrümpfe und leichte Pumps.

Sein einziger Schmuck war eine riesige Diamantnadel, die bei einem anderen Mann vielleicht vulgär ausgesehen hätte, aber Lord Harrys Erscheinung eindrucksvoll unterstrich.

Seine dicken glänzenden schwarzen Locken, das griechische Profil, die klaren blauen Augen und die große schlanke Figur waren dazu angetan, ihn in den Augen jeder Frau, die normal dachte und fühlte, unwiderstehlich zu machen.

Carina hielt an ihrer Vorstellung von der reinen und himmlischen Liebe fest, und diese Vorstellung diente ihr als Barriere gegen all diese aufwühlenden Regungen in ihrem Inneren und das nervöse Prickeln in den Handflächen.

»Ihr werdet also nicht heiraten?« fragte Lady Godolphin, als sie alle bei einem Glas Wein saßen.

»Nein«, antwortete Lord Harry gleichmütig.

»Dann ist es wohl besser, ihr gebt mir mein Geschenk zurück«, sagte Lady Godolphin. »Hat mich einen Haufen Geld gekostet.«

»Ja, natürlich«, antworteten Lord Harry und Carina wie aus einem Munde, und dann schauten sie einander an und mußten lachen.

Lady Godolphins Geschenk war ein riesiges Ölgemälde, das eine üppige römische Matrone darstellte, die sich nicht ganz überzeugend erstach, während sie die Augen zu einem stürmischen Himmel emporrollte. Sie trug nur einen Schleier über ihren beachtlichen Oberschenkeln, der durch Zauberhand festgehalten zu sein schien, denn mit der einen Hand erstach sie sich und mit der anderen wies sie gen Himmel. Einige dunkelhäutige behaarte Römer stürmten im Hintergrund dahin, um sie zu rächen oder irgend etwas dergleichen zu tun. Lord Sylvester hatte gesagt, es handle sich vermutlich um Lukretia, da Lady Godolphin es stolz als französisches Bild mit dem Namen ›Le Crease‹ präsentiert hatte.

Lady Godolphin schüttelte düster den Kopf über die beiden,

murmelte etwas über die Torheit der Jugend und verkündete, es sei Zeit, aufzubrechen.

Es überraschte sie nicht wenig, daß Lord Harry seinen Zweisitzer von seinem Schweizer Diener Bruno, der hinten kauerte, hatte vorfahren lassen.

»Mein lieber Desire«, rief Lady Godolphin aus. »Ein offener Wagen! Bei diesem Wetter!«

Es hatte tagsüber nicht sehr heftig geschneit, so daß nur eine dünne Schneeschicht die Straßen bedeckte. Aber jetzt fielen Schneeflocken durch die neblige Luft; große, leichte Spitzenflocken, die langsam im flackernden Licht der Lampen nach unten trieben.

»Wir fahren doch nur ein paar Minuten«, sagte Lord Harry fröhlich. »Ich habe viele Decken und heiße Ziegel.«

»Aber es ist auch kaum Platz für drei«, jammerte Lady Godolphin.

»Was! Eine Sylphe wie Sie? Kommen Sie, Lady Godolphin.«

Unter ganz fürchterlichem Gemurre ließ sich Lady Godolphin von hinten schieben und von vorne ziehen, bis sie schließlich auf dem hohen Sitz niedersank. Lord Harry und Carina nahmen sie in die Mitte.

Carina schaute traumverloren auf ihre Umgebung und fand es wundervoll, so hoch über den Straßen Londons zu sitzen und dem hypnotisierenden Tanz der leichten Schneeflocken zuzusehen.

Sie fühlte sich freudig erregt und gleichzeitig dem Ersticken nahe – so wie früher an Weihnachten.

Das vergangene Weihnachtsfest war ziemlich enttäuschend gewesen. Die Jungen waren aus Eton heimgekommen und dachten, sie seien etwas ganz Besonderes; sie stolzierten herum wie Beaus auf der Bond Street. Dabei versuchten sie äußerst gelangweilt auszusehen, was auf ihren fröhlichen Schuljungengesichtern komisch wirkte.

Das Stadthaus von Lord und Lady Brothers erstrahlte in hellem Glanz. Musikfetzen drangen durch die neblige Luft. Nach all dem Kummer und dem Selbsthaß und der Anspannung der letzten Monate hatte Carina plötzlich das Gefühl, als würden sich Körper und

Geist lockern. Sie wollte diesen einen Abend genießen. Sie wollte sich vorstellen, sie sei eine geachtete junge Dame mit ihrem schönen Verlobten, und nicht das häßliche kleine Entchen, das sich schämen mußte und gerade noch drauf und dran gewesen war, sein Leben zu zerstören.

Als sie die Treppe zum Ballsaal hinaufstiegen, ließ Lord Harry ihren Verlobungsring in ihre Hand gleiten. »Tragen Sie ihn«, flüsterte er. »Morgen früh weiß alle Welt, daß wir nicht heiraten, aber heute abend wollen wir noch nicht durch die Fragerei belästigt werden.«

Carina nickte und streifte sich den Ring über.

Mehr als je zuvor war sie sich der bewundernden Blicke, der neidischen Blicke, der eifersüchtigen Blicke bewußt, als die Damen im Ballsaal sie an Lord Harrys Arm eintreten sahen.

Lord Harry tanzte wunderbar. Carina fand es äußerst schwierig, auf die Tanzschritte zu achten oder ihrem Partner zuzuhören, wenn Lord Harry dabei in ihrer Blickrichtung war und schamlos mit einer Frau nach der anderen flirtete.

Bis jetzt hatte sie nur einen Volkstanz mit ihm getanzt, und sie fragte sich bereits, ob er vorhatte, sie den ganzen Abend links liegenzulassen, als er auf sie zukam und sie zum Walzer aufforderte. Seine Hand auf ihrem Rücken zu spüren war wie lauter kleine Explosionen von Feuerwerkskörpern, die ihr Inneres erschütterten. Der Druck seiner anderen behandschuhten Hand in der ihren ließ die ganze Seite gefühllos werden. Er hielt sie die vorschriftsmäßigen zwölf Zoll von sich weg, aber sie war sich jeder Regung seines Körpers bewußt. Als der Tanz zu Ende war, promenierte sie mit ihm herum, wie es der Brauch war, und fürchtete schon den Augenblick, wo er sie verlassen würde, um mit einer anderen zu tanzen.

Aber er sagte: »Setzen wir uns ein bißchen.«

Er führte sie zu einem Sofa in der Ecke hinter einer Blumenbank. Carina fächelte sich matt Luft zu, weil sie schon wieder in diesen träumerischen Zustand geriet und der Ballsaal heiß war. Er ging weg, um ihr ein Glas Limonade zu holen, und sofort wurde sie wieder ganz nervös, weil sie Angst hatte, daß jemand sie zum

Tanzen auffordern könnte, bevor er zurückkam.

Aber er war gleich wieder da, überreichte ihr ein Glas und setzte sich bequem neben sie auf das Sofa!

»Auf die Freiheit«, sagte er, sein Glas erhebend.

»Freiheit«, echote Carina, nippte an ihrer Limonade und wünschte, er hätte ihr etwas Stärkeres gebracht, damit dieses entspannte, träumerische Gefühl, das sie in seiner Gegenwart hatte, sie nicht verließ.

»Mit Lady Godolphin steht es nicht gut«, sagte er. »Der fürchterliche Mr. Anstey ist zu reicheren, wenn auch noch verwitterteren Gestaden aufgebrochen.«

»Ja, sie ist sehr traurig«, stimmte Carina zu. »Sie hat mir ein Gedicht aufgesagt und alle Wörter durcheinander gebracht. Irgend etwas über Liebe mit Flügeln.

»Ach, das«, meinte er. Dann begann er es leise aufzusagen:

Wenn die Liebe mit unendlichen Schwingen
Herabschwebt in meines Gartens Zauberreich,
Und meine Althea, einer Göttin gleich,
Mich hält in ihrer Flechten Schlingen,
Wenn sie zauberleicht mich angebunden,
Kennen selbst die Götter in ihrer Herrlichkeit
Nicht solche seligen Wonnestunden
Und solche grenzenlose Freiheit.

»So ist es«, sagte Carina mit trockener Kehle und starrte in ihr Glas. Dann versuchte sie zu lachen. »Ich wollte, ich könnte mich erinnern, wie Lady Godolphin es aufgesagt hat, aber ich kann Ihnen versichern, daß es völlig anders war.«

»Sie hätte Colonel Brian heiraten sollen«, sagte Lord Harry. »Das Traurige ist, daß er ständig in ihrer Nähe ist und ganz offensichtlich vor Liebe vergeht. Wenn er jetzt sein Augenmerk auf ein anderes weibliches Wesen richten würde, käme sie sicher zur Vernunft. Da fällt mir ein, daß ich Lady Coombes einen Tanz versprochen habe, und ich kann mir denken, daß Sie auch einen Partner haben, der schon eifrig nach Ihnen Ausschau hält.«

»Ja«, sagte Carina widerstrebend und wünschte, sie könnten beide hier sitzen bleiben und brauchten den ganzen Abend mit niemandem mehr zu tanzen.

Ein unangenehmer Gedanke kam ihr in den Sinn, eine böse kleine Stimme flüsterte, daß sie in den vergangenen Monaten reichlich Gelegenheit gehabt hatte, Lord Harrys Gesellschaft zu genießen, aber sie hatte nichts Besseres zu tun gehabt, als vor ihm wegzulaufen.

Von da an tanzte Carina ohne Unterlaß. Bald war es zwei Uhr morgens und Zeit für Guy, auf sie im Green Park zu warten.

Um halb zwei Uhr tauchte jedoch Lord Harry an ihrer Seite auf, gähnte und sagte, sie müßten jetzt aber wirklich gehen. Lady Godolphin fahre nicht mit ihnen zurück, weil sie »sich nicht zu Tode frieren wolle«, und habe nach ihrer eigenen Kutsche geschickt.

Draußen war es kalt und klar. Der Schnee glitzerte und glänzte im Schein der Straßenlaternen, und hoch über den geduckten schwarzen Häusern von London stieg ein kleiner Wintermond am Sternenhimmel empor.

»Es ist eine schöne Nacht für einen Spaziergang, Bruno«, sagte Lord Harry zu seinem Diener, der vor Kälte zitterte. »Ich schlage vor, du machst das Beste daraus.«

»Sehr wohl, Mylord«, sagte Bruno, seinen Mißmut kaum verbergend. Er kletterte von der Kutsche und machte sich davon.

Lord Harry zog seine Reithandschuhe über und setzte sein Gespann in Bewegung.

»Kommen Sie und setzen Sie sich neben mich, Carina«, sagte er. »Sie werden frieren, wenn Sie den ganzen Weg da drüben sitzen.«

Carina rückte näher. Er legte einen Arm um ihre Schultern und hielt die Zügel in einer Hand. Die Pferde trabten gemächlich über die glitzernden Pflastersteine der schneebedeckten Straßen.

Obwohl Carina in Mäntel und Decken eingehüllt war, spürte sie seine Hüfte ganz deutlich an ihrer.

Er zog sie näher an sich; mit einem Seufzer ließ sie es zu und lehnte ihren Kopf an seine Schulter.

Nachdem sie eine Weile in diesem traumhaften Zustand dahingefahren waren, brachte er die Pferde zum Stehen und schaute auf sie herab.

»Behalten Sie den Ring, Carina«, sagte er sanft. »Sie brauchen ihn ja nicht am Ringfinger zu tragen.«

Sie schaute zu ihm auf, verwirrt von ihren Gefühlen für ihn, die sie sich noch nicht erklären konnte.

»Und da wir jetzt Freunde werden wollen«, fuhr er fort, »können Sie dem Geliebten wenigstens einen Abschiedskuß geben.«

Ihre Lippen zitterten, und sie berührte seine Wange schüchtern mit ihrer Hand.

Er nahm sie in die seine und beugte sich dann zu ihr herab, um sie zu küssen.

Diesmal fürchtete sie sich nicht vor ihm, weil sowieso alles zu Ende war. Er würde sie nie wieder küssen, und so schadete es nichts, wenn sie seinen Kuß erwiderte ... es schadete überhaupt nichts.

Und so gab sie sich glücklich, obwohl ganz unschuldig, einem hitzigen, schwindelerregenden, betäubenden Gefühl der Leidenschaft hin; sie verlor sich an das Gefühl, seinen Mund in allen Einzelheiten zu spüren, an den schwachen Geruch nach Zigarren, Wein und Eau de Cologne, der von ihm ausging, und an das Streicheln seiner edlen Hände auf ihrem Gesicht.

Sie saßen auf dem hohen Zweisitzer direkt vor dem Eingang zum Green Park. Es war zwei Uhr morgens, und sie waren so miteinander beschäftigt, daß sie alles andere vergaßen.

Carina wußte nicht einmal, wo sie war.

Guy Wentwater war beinahe festgefroren und starrte in immer heftiger werdendem Zorn auf die beiden eng umschlungenen Liebenden, die da vom Laternenlicht so hell beleuchtet wurden.

Die Kutsche, die er für die Entführung gemietet hatte, wartete draußen auf der Straße. Der Kutscher stellte sich immer wieder auf den Kutschbock und versuchte, die Dunkelheit des Parks mit den Augen zu durchdringen; er fragte sich, was um alles in der Welt dieser seltsame Mr. Wentwater wohl tat.

Schließlich setzte sich die offene Kutsche in Bewegung.

Guy Wentwater kam aus dem Park und nahm in der muffigen geschlossenen Kutsche Platz; er kaute an seinen Nägeln, und der kalte Schweiß rann ihm aus allen Poren.

Er haßte die ganze Familie Armitage mehr als je zuvor, aber diesmal haßte er Carina Armitage viel, viel mehr, als er den Vikar je gehaßt hatte. Er dachte, sie hätte die ganze Sache absichtlich in die Wege geleitet, um ihn zu demütigen.

Und jetzt würde Silas Dubois erfahren, daß er sie nicht entführt hatte, und er würde ihn zugrunde richten.

Carina, Squire Radford, Betty und Lord Harry Desire machten sich am nächsten Tag auf den Weg nach Hopeworth.

Sie wollten am Abend ihre Reise bei einer Poststation unterbrechen.

Carina war froh, London hinter sich zu lassen, bevor neugierige, klatschsüchtige Besucher sie aufsuchen konnten. Squire Radford wußte nicht, was er davon halten sollte, daß Carina und Desire sich seltsamerweise besser als je zuvor zu verstehen schienen.

Der Schnee war geschmolzen, und ein heftiger Wind jagte graue Wolken über den Himmel.

Des Nachdenkens und der Gefühlsverwirrungen müde, war Carina froh, heimzukehren. Sie fragte sich, was Guy Wentwater wohl gedacht hatte, als sie nicht erschien. Carina war so sehr in Lord Harrys Umarmung aufgegangen, daß sie nicht einmal wußte, daß die Kutsche vorm Green Park unter den Augen von Mr. Wentwater gehalten hatte.

Sie dachte sich, daß Guy annehmen würde, sie wolle sich rächen – was gewissermaßen stimmte.

»Gutes Jagdwetter«, bemerkte Lord Harry. »Ich frage mich, ob der Vikar seinen Fuchs gekriegt hat.«

»Ich hoffe es«, antwortete Squire Radford auf seine trockene präzise Art. »Es wird ihn von seinen Sorgen ablenken. Er hatte in letzter Zeit genug. Außerdem wollte er eine Schau abziehen. Er hat einen neuen Pink-Jagdrock mit nach Hause genommen.«

»Warum ›pink‹?« fragte Carina nicht allzu interessiert. »Ich nehme an, Sie meinen einen scharlachroten Rock.«

»Er ist nach einem Mr. Pink benannt«, sagte Lord Harry. »Das war ein Schneider, dem eine Unmenge roter Uniformstoff übriggeblieben war, als der amerikanische Unabhängigkeitskrieg eher als erwartet zu Ende war. So hat er sich aufs Nähen von Jagdröcken verlegt. Daher ›Pink‹.«

»Vielleicht existiert dieser Fuchs gar nicht«, sagte der Squire und zog seine Bärenfelldecke enger um seine Knie. »Seit einiger Zeit wird Mr. Armitage von einem legendären Tier geplagt. Es wird mal da, mal dort gesehen, und die Hunde nehmen zwar die Fährte auf, aber die ganze Geschichte endet jedesmal damit, daß sie sich sinnlos im Kreise drehen. Mr. Armitage ist überzeugt davon, daß dieser Fuchs auf Bäume klettern kann.«

Carina kicherte: »Papa sieht oft Füchse, die nicht existieren, vor allem, wenn er einen in der Krone hat.«

Es folgte mißbilligendes Schweigen, und Carina spürte, daß sie sich eben wie ein ungezogenes Kind benommen hatte.

Wenn ich heimkomme, schwor sie sich im stillen, werde ich jeden Tag Zeitung lesen und ... und ... Latein lernen und alles mögliche. Sie fragte sich, wie lange Lord Harry diesmal bei ihnen bleiben würde. Sie hatte ihn nicht einmal richtig kennengelernt. Unwillkürlich legte sie eine Hand auf ihre Lippen, als sie sich seiner Küsse erinnerte. Wie seltsam, daß er es fertigbrachte, jetzt so höflich und förmlich zu ihr zu sein!

Sie plapperte über dies und jenes, aber er antwortete auf ihre Fragen und Bemerkungen nur mit einem nachgiebigen Lächeln, ganz wie ein Vater, der auf die Wünsche seiner Lieblingstochter eingeht.

Vielleicht versucht er, alleine mit mir zu sein, wenn wir unsere Reise unterbrechen, dachte Carina.

Aber Lord Harry war scheinbar ganz zufrieden damit, den Großteil des Abends im Gespräch mit Squire Radford zu verbringen.

Der Squire war ein weitgereister Mann, und es stellte sich heraus, daß Lord Harry ebenfalls in vielen Ländern gewesen war, die der Squire kannte.

Zu ihrer Enttäuschung nahmen die beiden Männer beim Frühstück das Gespräch da wieder auf, wo sie es am Abend beendet hatten, und setzten es bis Hopeworth fort.

Kurz vor Hopeworth hörten sie das Bellen von Jagdhunden und den Klang des Horns, und dann kam Hochwürden Charles Armitage hinter seiner Meute, dicht gefolgt von John Summer, angaloppiert. Er durchbrach die Hecke am Straßenrand und setzte, als ob der Teufel hinter ihm her wäre, über ein frisch gepflügtes Feld davon.

Sein gerötetes und erregtes Gesicht war nur einen Augenblick lang zu sehen, und weg war er.

Er hatte sie anscheinend gar nicht bemerkt.

Squire Radford wurde zu Hause abgeliefert, und Lord Harrys Kutsche drehte am Weiher und fuhr zum Pfarrhaus.

»Wie lange werden Sie bei uns bleiben?« fragte Carina.

»Ich werde gar nicht bleiben«, sagte Lord Harry überrascht. »Ich werde in die Stadt zurückkehren, sobald ich Mrs. Armitage meine Aufwartung gemacht habe.«

Carina spürte einen Stich ins Herz.

Aber was sollte er denn sonst tun? Sie hatte doch nur allzu deutlich gezeigt, daß sie ihn nicht wollte.

Trotzdem war sie eifrig darauf bedacht, immer in seiner Nähe zu bleiben, als er nach ihrer Ankunft mit ihrer Mutter sprach und ihr taktvoll auseinandersetzte, daß er vollkommen untröstlich sei, da er und Carina zu der Überzeugung gekommen waren, daß sie nicht zueinander paßten. Dann machte er sich über Daphne lustig, indem er ihr sagte, sie werde von Minute zu Minute schöner, worauf Daphne ganz einfach antwortete: »Ich weiß.«

Als er erfuhr, daß die beiden kleinen Mädchen noch in der Schule waren, beschloß er, sich zu verabschieden.

Mrs. Armitage und Daphne waren jede auf ihre Art völlig mit sich selbst beschäftigt, Mrs. Armitage mit ihren eingebildeten Krankheiten, Daphne mit ihrer Schönheit, aber so einfühlsam waren sie doch, daß sie dachten, für die arme Carina müsse es entsetzlich peinlich sein, einem Mann ganz alleine Lebewohl zu sagen, der nicht zu ihr paßte.

Lord Harry verbeugte sich sehr förmlich, und sein Blick war ernster als je zuvor.

»Ich werde eine Saison in London verbringen«, sagte Carina. »Ich sehe Sie doch dann vielleicht?«

»Ich weiß es nicht«, erwiderte er. »Squire Radford hat mich reiselustig gestimmt. Vielleicht ist es schade, daß wir nicht heiraten. Wir hätten all diese wundervollen Orte zusammen sehen können – Paris, Rom, Neapel, Venedig ...«

Er verbeugte sich noch einmal und bestieg die Kutsche. Der Kutscher ließ die Peitsche knallen, Lord Harry hob eine weißbehandschuhte Hand zum Gruß, die Kutsche rumpelte die kurze Auffahrt hinab, hinaus auf die Straße.

Er war weg.

Carina hörte die ängstlichen Fragen und Klagen ihrer Mutter über das Ende einer höchst wünschenswerten Verlobung wie durch einen Schleier.

Lord Harry ließ seine Blicke ruhig über die Gegend schweifen. Er sah an einer Straßenbiegung außerhalb von Hopeworth die einsame Gestalt eines Bauern, der aufmerksam über die Felder spähte. Da Lord Harry sich fragte, ob der Vikar dem Fuchs den Fang gegeben hatte, machte er seinem Kutscher ein Zeichen. Er ließ das Fenster herab und lehnte sich hinaus.

»Du beobachtest wohl die Jagd?« rief er.

Der Bauersmann drehte sich ganz langsam um, und es dauerte seine Zeit, bis er erkannte, wer da mit ihm gesprochen hatte.

»Nein, Sir«, sagte er schließlich und drehte an seiner Stirnlocke. »Ich beobachte nur, wie das Korn wächst, nur, wie das Korn wächst.«

Lord Harry gab einen Wink, und die Kutsche setzte sich wieder in Bewegung.

Ich frage mich, sagte er zu sich, ob das Korn, das ich gesät habe, jemals reif wird. Es kann ganz schön mühselig sein zu warten, bis etwas oder jemand reif ist.

Neuntes Kapitel

Der Vikar von St. Charles and St. Jude war so erschöpft, daß er auf seinem Heimweg halb über dem Sattelknopf hing. Die stille Abendluft hinter ihm war mit zahlreichen Flüchen erfüllt.

»Ich glaube«, rief er John Summer zu, »daß dieser Fuchs eine Erfindung des Teufels ist. Ich habe ihn mit eigenen Augen gesehen. Du hast ihn doch auch gesehen, John?« fragte er geradezu flehentlich.

»Ja, Herr«, sagte John tröstend, »mit meinen eigenen Augen. Zuerst war da die Spur beim Hanswald, und von da an haben die Hunde ihre Nasen unten gehabt und haben den halben Nachmittag gesungen. Sie dürften bald ihre zwanzig Meilen gelaufen sein.«

»Und was ist dann passiert?« trauerte der Vikar. »Reineke löst sich in Luft auf, und die Hunde rennen im Kreis um die große Ulme. Du bist sogar raufgeklettert. Nicht einmal ein Schnurrhaar zu sehen und die Fährte so kalt wie das Mittagessen vom letzten Sonntag.«

»Ich hab' Ihnen doch gesagt, Herr«, sagte John, »daß Füchse nicht auf Bäume klettern.«

»Der schon«, grollte der Vikar. »Mein Gott! Ich bin ganz steif. Und hungrig wie ein Wolf.«

Müde stieg er vorm Pfarrhaus ab und führte sein Pferd zum Stall.

Er rieb ihm den Rücken trocken, warf ihm eine vorgewärmte Decke über und versorgte es mit Futter; dabei hatte er ein Gefühl, als ob eine Riesenhand ihm jeden Knochen einzeln herausgenommen und an der falschen Stelle wieder eingesetzt hätte.

Heftig stöhnend betrat er die kleine dunkle Halle des Pfarrhauses und rief nach Betty, die ihm die Stiefel ausziehen sollte.

Betty beugte sich gerade über den zweiten Stiefel, als der Vikar spürte, daß er beobachtet wurde.

Er blickte auf und sah auf dem ersten Treppenabsatz eine zusammengekauerte Gestalt.

Er schickte Betty mit dem Auftrag weg, ihm Branntwein in sein Studierzimmer zu bringen, und wartete, bis das Mädchen in die Küche gegangen war und die Tür hinter sich geschlossen hatte.

»Komm runter«, sagte der Vikar zu der Gestalt auf dem Absatz.

Carina erhob sich und kam langsam die Stufen herab. Der Vikar war gerührt, als er die verräterischen Tränenspuren auf ihren blassen Wangen sah.

Schweigend folgte sie ihm in sein Arbeitszimmer. »Sag kein Wort«, sagte der Vikar und stocherte kräftig im Feuer herum, »bis ich einen Tropfen Brandy getrunken habe.«

Carina ließ sich in einen Sessel fallen, und der Vikar setzte sich hinter seinen über und über mit Papieren bedeckten Schreibtisch. Betty kam mit einem Tablett herein, auf dem sich die Flasche, ein Glas, Zitronen und ein Krug heißes Wasser befanden.

Sie blickte neugierig auf Carina.

Sobald Betty draußen war, goß der Vikar sich ein großes Glas Brandy ein und stürzte es in einem Zug hinunter. Er schaute forschend auf Carinas leidende Miene und stürzte ein zweites reichlich gefülltes Glas ebenfalls in einem Zug hinterher.

»Jetzt ist mir wohler«, sagte er und wischte sich mit dem Handrücken über den Mund. »Nun, wo fehlt's?«

Carina schüttelte tief betrübt den Kopf.

Sie wollte sich aussprechen, aber dazu war sicherlich jeder andere besser geeignet als dieser gefühllose Vater.

»Da werde ich wohl raten müssen«, sagte der Vikar. »Beginnen wir mit Guy Wentwater.«

Carina wurde so rot, wie sie vorher blaß gewesen war.

»Ja er«, sagte der Vikar und lehnte sich, die Daumen in den Westentaschen, in seinem Stuhl zurück. »Ich habe das Gefühl, du bist hingegangen und hast diesen Taugenichts gefragt, ob er mit dir durchbrennt, weil du Desire nicht heiraten wolltest. Ich glaube, in der Nacht, als du mit deinen Hutschachteln zu Lady Wentwaters Haus gingst, hat er dir den Laufpaß gegeben. Es war dein Glück, daß Ihre Ladyschaft zu Hause war, sonst hätte es dir schlimm ergehen können, und ob er dich geheiratet hätte, ist eine andere Frage. Weißt du denn nicht, daß sich Wentwater rächen will?«

Carina schaute ihren Vater mit offenem Mund an.

Der Vikar wartete ab, ob sie etwas sagen wollte, und als nichts kam, fuhr er fort: »Und irgendwie bekam Desire Wind von der Sache und ging zu Lady Wentwater und holte die Hutschachteln. Daraufhin sagst du, du willst ihn heiraten, machst aber einen so verschreckten Eindruck, daß der Squire und ich uns gedacht haben, er erpreßt dich. So haben wir uns schnellstens nach London aufgemacht, um dich soviel wie möglich von ihm fernzuhalten, damit du endlich merkst, daß wir auf deiner Seite sind, und du uns die Wahrheit sagst. Es war eine Erleichterung, als ich ihm schließlich gegenüberstand und er einverstanden war, dich nicht zu heiraten. Möchtest du jetzt ergänzen, was noch fehlt?«

Carina ließ den Kopf hängen. Sie war erstaunt, daß ihr Vater so viel erraten hatte und trotzdem nicht brüllte und tobte.

Ihr Bedürfnis, ihren Kummer abzuladen, war groß, und mit einem kleinen Seufzer begann sie. Sie erzählte ihm die ganze Geschichte von Anfang bis Ende und ließ nichts aus, bis auf die letzte Begegnung.

»Ich bring' ihn um«, stieß der Vikar wutentbrannt aus. »Ich will dir sagen, warum er das getan hat.« Er erzählte die Geschichte, wie er Guy aus der Grafschaft vertrieben hatte.

»Er ist ein schwacher und zugleich böser Mensch«, sagte er. »Du siehst so aus, als seist du genug gestraft, aber beim heiligen Georg, ich kann mich nur wundern, daß du derart auf ihn hereingefallen bist.«

Sie wußte selbst nicht, wie ihr geschah, aber sie erzählte ihrem Vater von ihrer Liebe zu Guy, von ihren Träumen, daß sie eine Liebe wie Minerva erleben würde ... »Weißt du, Papa«, schloß sie ernst, »eine reine und geistige Liebe, ohne jede Lust.«

»Hmm, ihre Ehe ist wohl kaum ohne Leidenschaft«, meinte der Vikar trocken. »Minerva und Sylvester sind nur viel zu gut erzogen, um in aller Öffentlichkeit aneinander rumzugrapschen und sich schöne Augen zu machen, aber sie müssen sich ständig am Riemen reißen, um sich nicht zu betatschen, und es ist bloß gut, daß er sie so schnell geheiratet hat, sonst wäre ich gezwungen gewesen, ihn mit der Flinte im Rücken zum Altar zu treiben.«

»Papa!«

»Es ist schon so, Tochter! Was glaubst du wohl, wie sie zu ihrem Kind gekommen sind? Bestimmt nicht dadurch, daß sie einander Gedichte vorgelesen und über Politik diskutiert haben.«

Carina starrte ihn mit großen Augen an, mit ihren ungewöhnlich grünen, hellwachen Augen – »wie dieser verdammte Fuchs«, dachte der Vikar plötzlich schlecht gelaunt.

Er stemmte seine Ellbogen auf den Tisch und lehnte sich nach vorne: »Du weißt nicht, wovon ich spreche, was?«

»Nein, Papa.«

Schweißtropfen bildeten sich auf der Stirn des Vikars. »Deine Mutter sollte dich über diese Dinge aufklären«, sagte er verärgert, »aber um die Wahrheit zu sagen, ich glaube nicht, daß sie Bescheid weiß. Acht Kinder, und sie glaubt immer noch, daß es der Storch war. Man könnte meinen, sie sei eine von den Griechen, so wie Leda, wenn man sie reden hört, abgesehen davon, daß es bei der ein Schwan war. Hat Wentwater dich geküßt?«

»Ja, Papa.«

»Und was hast du dabei gefühlt?«

»Was ein Mädchen fühlen darf«, sagte Carina. »Ich habe mich rein und geistig und wie auf Wolken schwebend gefühlt.«

»Sieh da. Und Desire, hat *er* dich geküßt?«

»Ja, Papa.«

»Und wie hast du dich da gefühlt?«

»Unzüchtig und lüstern«, flüsterte Carina.

»Aber, aber, aber«, machte der Pfarrer sarkastisch.

Carina wurde wütend: »Denk daran, wie du immer von der Kanzel gegen die Lust wetterst!«

»Jaaa, aber ich habe kein Wort gegen die Leidenschaft gesagt. Laß uns auf Wentwater zurückkommen. Du hast ihn seit jener Nacht nicht mehr gesehen?«

»Doch, leider. Er ... ist mir einmal zum Green Park gefolgt. Ich bin einmal am frühen Morgen dorthingegangen, um mir in Ruhe über einiges klarzuwerden. Er muß das Haus beobachtet haben. Er hat gesagt, daß er mich liebt und daß er mich nur abgewiesen hat, weil er mein Bestes wollte. Ich habe ihn gebeten, mit mir wegzulaufen.«

Der Pfarrer schlug sich an den Kopf und sprang auf. »Kommen noch mehr solche Sachen?« heulte er beinahe.

»Ja. Ich sollte ihn um zwei Uhr in der Frühe im Green Park treffen, aber ich bin nicht gegangen.«

»Gott sei Dank für seine Güte! Weißt du, Carina, du hast ein gefährliches Spiel gespielt. Wentwater macht sich keinen Pfifferling aus dir, er hat sich nie etwas aus dir gemacht, und er wird sich auch nie etwas aus dir machen. Er ist entschlossen, sich zu rächen, das ist alles. Wenn überhaupt, dann will er Emily heiraten. Auf diese Weise könnte er zugleich mich ärgern und zu einer Frau mit einer guten Mitgift kommen. Aber irgendwas stimmt bei der Sache trotzdem noch nicht. Es sieht so aus, als hätte Desire ihn das Fürchten gelehrt, und auch vor mir fürchtet sich Wentwater ganz schrecklich. Warum also gibt er immer noch nicht auf?«

Er saß eine Zeitlang in Gedanken versunken da. Dann sagte er langsam: »Wir wissen eigentlich nicht viel über diese Wentwaters. Lady Wentwater steht nicht im Adelsverzeichnis. Gut, wir haben vermutet, daß sie den Titel angenommen hat, und sie scheint ja auch ganz harmlos zu sein. Aber ich frage mich, woher die Wentwaters kommen. Ich muß nach London zurück.« Da fiel ihm der verdammte Fuchs ein, und ein sehnsüchtiger Zug trat in sein Gesicht. »Ich muß Guy Wentwater ausräuchern und dafür sorgen, daß er nie wieder in die Nähe von Hopeworth kommt. Und keines von euch Mädchen geht zu Lady Wentwater! Ich werde sie selbst aufsuchen und ihr erklären, warum.«

Er hielt inne und schaute auf das Häufchen Unglück, das Carina Armitage war.

»Du hast einen ganz schönen Schlamassel angerichtet«, sagte er mit freundlicher Stimme, »aber jetzt ist ja alles gut.« Er stand auf und kam um seinen Schreibtisch herum. »Ab mit dir ins Bett. Es ist spät, und ich habe noch nicht einmal zu Abend gegessen.«

Carina stand auf und sah ihm voll ins Gesicht. Große Tränen rollten ihr langsam über die Wangen.

Der Vikar hielt wortlos seine Arme auf, und sie eilte hinein.

»Ist ja gut«, tröstete er, »es ist ja alles vorbei.«

»Aber ich liebe ihn, Papa«, sagte Carina mit erstickter Stimme.

Der Vikar erstarrte. »Dann wirst du darüber wegkommen müssen«, sagte er barsch. »In dieses Haus setzt Wentwater keinen Fuß.«

»Nein, nicht ihn«, heulte Carina auf und weinte noch heftiger als zuvor.

»Wen denn, in Gottes Namen?«

»Lord Harry.«

Die plumpen Hände des Vikars spannten sich um ihre Schultern. Er hätte sie schütteln mögen, bis sie mit den Zähnen klapperte. Statt dessen sagte er erschöpft: »Wir sprechen morgen noch einmal miteinander. Geh jetzt ins Bett und sei ein liebes Mädchen.«

»Oh, Papa«, schluchzte Carina. »Ich liebe dich auch. Ich bin ja so ein Dummkopf gewesen.«

»Wirklich?« grinste der Vikar, dem plötzlich alle Sorgen der Welt wie ein Stein vom Herzen fielen. »Nun, das ist recht. Geh, und vergiß nicht zu beten.«

Er stand strahlend da, bis sie das Zimmer verlassen hatte. Aber als Mrs. Armitage ein paar Minuten später hereinkam, um ihn zu fragen, ob er sein Abendessen wolle, stieß der Vikar von St. Charles and St. Jude den Kopf in rhythmischen Bewegungen gegen die Wand seines Arbeitszimmers.

Mrs. Armitage vermutete, es handle sich um irgendein geheimnisvolles männliches Jagdritual – Männer waren so seltsam, genau wie Kinder – und zog sich wieder zurück, um der Köchin und Betty zu sagen, daß der Herr zweifellos ganz bald zum Essen kommen werde.

Carina war froh, daß sie wieder ein Zimmer für sich allein hatte. Sie saß am Fenster, aber diesmal träumte sie davon, Lord Harry auf dem Weg gehen zu sehen. Warum hatte sie nicht eher gemerkt, daß sie ihn liebte? Warum hatte sie ihren Vater so gehaßt? Es war, als hätte sie die Welt durch einen Zerrspiegel gesehen und erst jetzt sähe sie sie auf einmal so, wie sie wirklich war.

Es war sehr bitter, unmittelbar nach Auflösung der Verlobung zu erkennen, daß man den ehemaligen Bräutigam liebte.

Betty kam geschäftig mit einem heißen Milchgetränk in der Hand hereingeeilt: »Mr. Armitage hat mich damit heraufgeschickt und mir gesagt, daß Sie ins Bett gehen wollen.«

»Jawohl, Betty«, sagte Carina. »Vielleicht habe ich einen Schlamassel angerichtet, aber vielleicht kriege ich einen reichen Mann, und dann können du und John heiraten.«

»Es ist schade, daß es nicht Lord Harry ist«, sagte Betty. »Aber er war zu schön. Irgendwie zum Angst haben. Und machen Sie sich um mich keine Sorgen, Miss, aber es ist nett von Ihnen, daß Sie daran denken. Der Vikar hat versprochen, daß wir noch vor der Ernte heiraten, keine Angst.«

»Das ist wunderbar, Betty. Aber wie hast du denn Papa herumgekriegt?«

»Da gibt es schon Möglichkeiten«, sagte Betty grinsend. »Jetzt lege ich Ihnen die Wärmflasche zwischen die Laken, und Sie ziehen Ihr Nachthemd an.«

Als Carina schließlich warm eingepackt im Bett lag, sagte sie schläfrig: »Betty, wie kann ich Latein lernen?«

»Ich weiß nicht, Miss. Warum fragen Sie nicht Mr. Pettifor? Er ist doch so ein Bücherwurm.«

»Du hast recht, Betty. Ich möchte so vieles lernen.«

»Sie können doch lesen und schreiben, Miss, und Klavier spielen. Was braucht eine Lady mehr?«

»Ja, nur, ich habe herausgefunden, daß ich wirklich ziemlich dumm bin, Betty.«

»Aber Sie doch nicht«, sagte Betty besänftigend, als sie die Kerzen ausblies und das kleine Nachtlicht in dem durchlöcherten Gefäß neben dem Bett anmachte. »Miss Minerva, ich meine Lady Sylvester, hat immer gesagt, daß Sie der Kopf der Familie sind.«

»Dann hat sie sich schwer geirrt«, seufzte Carina.

»Ach, Sie sind jung«, lächelte Betty und stopfte die Bettdecke fest, »und es gibt niemanden auf der weiten Welt, der nicht Dummheiten macht, wenn er jung ist. Morgen früh kommen Sie sich wieder klug vor.«

Und damit verließ sie leise den Raum.

Am nächsten Morgen kam eine Abordnung zorniger Bauern zum Pfarrhaus, um sich bei Hochwürden zu beschweren, weil er über ihre Felder gejagt war, wo doch das Frühjahrsgemüse gerade aufging. Dazu kam, daß der Tag klar und frostig war, so daß der Vikar zwei Gründe hatte, seine Hunde nicht rauszulassen.

Statt nach London zu eilen, um die Clubs und Kaffeehäuser nach Guy zu durchforsten, beschloß er, zuerst Squire Radford aufzusuchen.

Wentwater hatte nie so richtig zur Gesellschaft gehört, überlegte der Vikar. Er war einer, der behauptete, jeden zu kennen, und doch kannte ihn niemand. Er war bei White's und Brook's und Watier's ein Unbekannter. Man sah ihn auch nie in den Salons und Empfangszimmern der Leute, die zählten.

In der Grafschaft Berham hielt man ihn für etwas Besseres. Aber er kam nur selten zu Besuch, und Lady Wentwater wurde als eine Art Einsiedlerin angesehen.

Squire Radford lauschte den Verwicklungen der Geschichte um Carina gespannt.

»Was mir angst macht«, schloß der Vikar, »ist, daß sie hergegangen ist und dasselbe noch einmal machen wollte, daß sie ihn ein zweites Mal gebeten hat, mit ihr durchzubrennen. Glaubst du, sie hat nicht alle Tassen im Schrank?«

»Ich glaube, daß sie für ihr Alter sehr kindlich ist und daß sie sehr unglücklich war. Minerva hatte ihr eine Rolle zugedacht – nämlich die eines hochintelligenten Mädchens. Und diese Rolle hat sie gespielt und daran geglaubt. Plötzlich war das Ganze nicht wahr, und sie hat sich verloren und minderwertig und dumm gefühlt. Sir Thomas Browne sagt, daß jeder Mensch sein eigener Henker ist, und ich glaube das. Meine arme Tochter hat sich entschieden, sich das Leben zu nehmen, indem sie mit einem Taugenichts davonlief.

Wenn wir uns nicht selbst zerstören, finden wir jemand anderen, der das für uns übernimmt. Carina wird bald entdecken, daß sie eigentlich beinahe so klug ist, wie ihr Minerva eingeredet hat, aber eben sehr jung und unwissend.«

»Ja, aber das ist noch nicht alles, Jimmy«, sagte der Vikar eifrig, »sie liebt ihn.«

»Um Himmels willen!«

»Nein, nicht Wentwater, sondern Desire.«

»Und wann hat sie diese Entdeckung gemacht? Meinst du nicht, es ist wieder eine ihrer augenblicklichen fixen Ideen?«

»Kann sein. Wie dem auch sei, die dumme Gans merkt das erst, nachdem Lord Harry die Verlobung aufgelöst und sich verabschiedet hat. All das Geld. Jeremy Blewett soll ein Krösus sein. Wenn ich mir nicht solche Sorgen um den Zustand meiner Tochter machen würde, hätte ich ihr eine Tracht Prügel gegeben. Jetzt gibt es keine Hoffnung mehr.«

»Das würde ich nicht sagen«, gab der Squire vorsichtig zu bedenken. »Ich kann mir nicht helfen, aber auf der Fahrt nach Hopeworth haben sie sich bemerkenswert gut verstanden. Die Atmosphäre war von einer gewissen Intimität erfüllt.«

»Dann ist es am besten, sie ganz schnell wieder nach London zu schicken.«

»O nein. Ich meine, Miss Carina sollte eine Zeit der Ruhe gegönnt werden, wenn nötig, auch der Langeweile.«

»Aber was, wenn Desire hingeht und heiratet eine andere?«

»Er hat dir doch gesagt, daß er genug Geld an der Börse gemacht hat und das Geld seines Onkels nicht braucht«, machte ihn der Squire aufmerksam.

»Aber irgendeine Frau wird ihn sich todsicher schnappen.«

»Sie haben es bis jetzt auch noch nicht geschafft, und er ist bestimmt um die Dreißig rum.«

»Aber er war jahrelang im Krieg«, erwiderte der Vikar. »Da hatte keine eine Chance, ihn zu erwischen.«

»Hmm, ich glaube, wir sollten nichtsdestoweniger warten. Aber um auf Guy Wentwater zurückzukommen. Es ist mehr als seltsam, daß er es gewagt hat, sich Miss Carina auch nur zu nähern. Ich meine wirklich, wir sollten vielleicht wieder nach London gehen – nur einen oder zwei Tage lang – und Lord Harry fragen, was genau passiert ist, als er die Hutschachteln abholte, und ob er Carina in irgendeiner Weise bedroht hat.«

»Sie sagt, sie hat ihn gefragt, ob er sie heiraten will.«

»Es hat wohl keinen Sinn, Spekulationen darüber anzustellen, bis wir ein bißchen mehr wissen. Ich habe mir eigenartigerweise nie viele Gedanken über Guy Wentwater gemacht, obwohl ich fürchte, daß er ein haltloser und schlechter junger Mensch ist. Aber ich habe ihn für einen zu großen Feigling gehalten, als daß er sehr gefährlich werden könnte.«

»Wir könnten vielleicht mit einem Besuch bei Lady Wentwater beginnen«, sagte der Pfarrer.

Lady Wentwater war zu Hause, wie fast immer, und saß allein in ihrem düsteren Salon, wo sie beim Schein von billigen Talgkerzen einen Roman las.

»Meine Töchter werden Ihnen in Zukunft nicht mehr vorlesen«, begann der Vikar ohne Einleitung, »bedanken Sie sich bei Ihrem Neffen dafür.«

»Was ist los mit ihm?« fragte Lady Wentwater, »mal abgesehen von Ihren ungewöhnlichen Ansichten zum Sklavenhandel.«

»Er hat wieder versucht, eine von meinen Töchtern zugrundezurichten«, sagte der Vikar wütend, »und ich will Ihnen eines sagen, Mylady, ich gehe nach London und spüre ihn auf, und ich werde dafür sorgen, daß er seinen Fuß nicht noch einmal in dieses Dorf setzt.«

»Immer wird Guy angegriffen, und er tut doch niemandem was zuleide«, entgegnete Lady Wentwater ungewöhnlich lebhaft. »Wenn Ihre Mädchen sich ihm an den Hals werfen, dann können sie ja wohl nichts anderes von ihm erwarten.«

»Da will ich Ihnen aber mal erzählen, was passiert ist«, sagte Hochwürden, »und wenn Sie auch nur ein Sterbenswörtchen davon ausplaudern, dann wird es Ihrem Neffen schlecht ergehen.«

Lady Wentwater hörte sich die Geschichte von der erfolglosen

Flucht mit zur Seite geneigtem Kopf an, während der Efeu an den Fensterscheiben raschelte und den Raum mit tanzenden Schatten erfüllte.

»Genauso habe ich es mir gedacht«, stellte sie fest, als der Vikar geendet hatte. »Mehr der Angegriffene als der Angreifer. Wenn ich es recht verstehe, hat sich Ihre Tochter ihm an den Hals geworfen und ihn gebeten, mit ihr wegzulaufen, weil Sie sie zwingen wollten, einen Mann zu heiraten, den sie nicht mag. Guy beschließt, bei der Sache nicht mitzumachen. Sie taucht hier auf. Er hat mit zwei Freunden reichlich getrunken. Er neckt sie ein wenig, um sie wieder zur Vernunft zu bringen. Und seine Freunde, nicht gerade höflich, versuchen, sie lächerlich zu machen – also rennt sie weg. Mein armer Guy bildet sich dann ein, daß er in sie verliebt ist, und lauert ihr in London auf. Wieder bittet sie ihn, mit ihr durchzubrennen, aber entschließt sich dann anders und schickt ihm nicht einmal ein Briefchen, um ihm das mitzuteilen. Was soll nun daran so böse und schrecklich sein? Ich würde Ihnen, Hochwürden, als Frau ohne Begleitung auch nicht gerne begegnen, wenn Sie angeheitert sind.«

Der Vikar lief rot an. Auf einmal erinnerte er sich, daß er einmal, als er noch viel jünger war, mit zwei Freunden in einem Gasthaus am Straßenrand gezecht hatte. Eine Frau war hereingekommen und hatte ganz ruhig eine Mahlzeit bestellt. Sie hatten sie dermaßen mit Fragen und Komplimenten belästigt, daß sie aus dem Gasthaus lief.

Später stellte sich heraus, daß sie eine adlige Dame war, deren Mädchen unterwegs krank geworden und deren Kutsche zusammengebrochen war. Ihr Mann hatte den Vikar damals äußerst heftig beschimpft und ihn als eine Beleidigung für den geistlichen Stand bezeichnet.

»Aber ich glaube kein bißchen daran, daß er sie liebt«, brüllte er. »Verdammt noch mal, ich möchte wetten, daß er auf Rache aus ist.«

»Das wäre Ihre Art, Hochwürden«, sagte Lady Wentwater liebenswürdig, »aber Sie dürfen andere nicht mit Ihren Maßstäben messen. Guy ist ein lieber, hübscher junger Mann, der keiner Fliege etwas zuleide tut.«

»Wer war Ihr Gatte, Madam?« fragte der Vikar, abrupt das Thema wechselnd.

Es war einen Augenblick lang ganz still. Die asthmatische Uhr in der Ecke gab ein kurzatmiges, pfeifendes Geräusch von sich, bevor sie die volle Stunde schlug.

»Sir William Wentwater«, antwortete Lady Wentwater schließlich. »Warum fragen Sie?«

»Nie gehört«, sagte der Vikar grob.

»Nein, warum sollten Sie auch. Er ist schon lange tot.«

Der Vikar rollte seine Augen in Richtung Squire.

Dieser hüstelte diskret. »Vielleicht könnten Sie uns sagen, wo sich Mr. Wentwater augenblicklich aufhält? Wir wollen nach London und ihn aufsuchen.«

»Ich weiß nicht, wo er ist. Versuchen Sie es bei Long's oder Limmer's.«

Beide Männer erhoben sich, um sich zu verabschieden.

»Aber grüßen Sie ihn herzlich, wenn Sie ihn finden«, sagte Lady Wentwater. Dann nahm sie ihr Buch wieder auf und schien vergessen zu haben, daß sie noch da waren.

Als die beiden Herren ein Stück die Straße hinuntergegangen waren, platzte der Vikar heraus: »Die Sache gefällt mir nicht. Ganz und gar nicht.«

»So wie Lady Wentwater es dargestellt hat, klang es, als würden wir uns irgendwelche Schurkereien einbilden, die gar nicht existieren«, meinte der Squire.

»Nein, nein, die Sache ist faul«, sagte der Vikar. »Jedesmal, wenn ich die alte Schachtel anschaue, meine ich, ich sehe Zollhauswaren vor mir.«

»Zollhauswaren, Charles?«

»Oh, das ist Slang«, antwortete der Vikar. »Das ist das Lager und das Gewerbe einer Prostituierten, weil sie sicher in den Hafen eingelaufen ist, weißt du.«

»Charles, du schockierst mich.«

»Sie hat etwas an sich«, sagte der Vikar, der die Bemerkung seines Freundes überhörte, »das mich an diese Bordellbesitzerin vom

Covent Garden – Peggy Jones hieß sie – erinnert.« Er lachte genüßlich. »Das war so eine. Was die Frau mit einem Federwisch alles anstellte ...«

»Charles! Jetzt reicht es aber. Denk an deinen Beruf. Wenn dich ein Pfarrkind so sprechen hörte?«

»Entschuldige«, murmelte der Vikar. »Mörderische Kälte. Meinst du, das Wetter ist morgen auch so? Wird es denn niemals Frühling?«

»Wenn du jagdlustig bist, dann ist es besser, du freust dich auf die nächste Saison«, sagte der Squire ernst. »ich möchte jedenfalls nicht, daß du meine Frühlingssaat ruinierst.«

»O Gott!« schrie der Vikar plötzlich auf. »Sieh dir das an!«

Sie gingen gerade an einer dichten Dornenhecke entlang, die eines der Güter des Herrenhauses umgab. In der Hecke war ein schmaler Spalt, durch den man einen Fuchs sitzen sah, der sie mit seinen gelben Augen ungeniert musterte.

»Du siehst ihn auch, nicht wahr, Jimmy?« flehte der Vikar.

»Ja«, sagte der Squire und starrte den Fuchs erstaunt an. »Ich schwöre, das Tier weiß, daß wir es wegen der Dornen nicht kriegen können.«

»Was können wir nicht?« rief der Vikar aus und stürzte sich wie ein Wilder auf die Öffnung in der Hecke. Dabei schrie und fluchte er, weil ihm die Dornen Gesicht und Hände zerkratzten.

Der Fuchs legte den Kopf zur Seite und schaute ihn neugierig an.

»Ich hole die Hunde«, japste der Vikar, der sich geschlagen geben mußte und wieder zurückgekrochen kam. »Ich will dieses Vieh haben, die Pfoten, den Kopf und den Schwanz.«

»Nein, nein«, sagte der Squire. »Du kannst die Hunde bei so einem Frost nicht rauslassen. Der Boden ist zu hart. Er zerschneidet ihre Pfoten.«

»Dann stranguliere ich Reineke selbst!« brüllte der Vikar, während ihm Tränen der Enttäuschung in die Augen traten.

Bevor der Squire ihn aufhalten konnte, war er auf und davon. Er lief die Straße hinunter, zum Tor des Herrenhauses hinein und auf der anderen Seite der Hecke wieder zurück.

Der Fuchs ließ ihn ruhig herankommen und war dann mit einer

blitzschnellen Bewegung verschwunden.

Der Vikar brach durch das Unterholz, schrie und schimpfte und fluchte, daß er Tote hätte wecken können.

Beinahe wurde er von einem Wildhüter seines Bruders erschossen, und als der Squire ihn endlich eingeholt hatte, sah er so aus, als würde er gleich an einem Schlaganfall sterben.

»Du siehst, ich kann jetzt nicht von Hopeworth weggehen«, jammerte er. »Nicht, solange mich dieses kleine Biest zum Narren hält.«

»Hmm, wir werden sehen«, sagte der Squire. »Da ist Edwin.«

Der Bruder des Vikars, Sir Edwin, kam lässig durch die Bäume auf sie zu. Er war wie immer formvollendet gekleidet, im Gegensatz zu seinem derben Bruder. Er hob sein Lorgnon und musterte den traurigen Anblick, den der Vikar bot, seine blutigen Hände, das zerkratzte Gesicht, die verschmutzte Kleidung.

»Nun, Charles«, sagte Sir Edwin, »ich sehe, du bist so elegant wie früher.« Er lachte halb unterdrückt. »Immerhin beruhigend, daß du wieder ganz der alte bist. Darf ich fragen, was du auf meinem Besitz herumzufluchen und zu schreien hast?«

»Es ist der Fuchs«, stammelte der Vikar. »Er ist auf deinem Grund.«

»Nun, dann bin ich sicher, daß ihn einer meiner Leute erschießen wird.«

Der Vikar wand sich vor Schreck: »Erschießen! Du sprichst wie ein Idiot! Den Fuchs erschießen. Hast du das gehört, Jimmy? Der Mann hat sie nicht alle. Einen Fuchs erschießen!«

»Es ist mein Grund und Boden, und ich kann tun, was ich will, verdammt noch mal«, schrie Sir Edwin, der jetzt wütend war. »Ich will nicht, daß du über meine Besitzungen reitest und mein Wild zugrunde richtest, Charles, und wenn ich Männer bewaffnen muß, die dich an den Toren zurückhalten, dann werde ich das tun.«

»Du bist kein Christ. Du wirst in die Hölle kommen und für deine Bosheit schmoren«, schrie der Vikar und sprang vor Zorn auf und ab.

»Komm bitte mit«, sagte der Squire und zog ihn am Ärmel. »Bei diesem Wetter kann man sowieso nicht jagen. Komm, Charles, beruhige dich.«

Der Vikar ließ sich wegführen.

Squire Radford nahm die Einladung zum Abendessen im Pfarrhaus an, obwohl er die Bequemlichkeit seines eigenen Hauses vorgezogen hätte und die Küche des Pfarrhauses sich nicht gerade eines guten Rufes erfreute.

Der Vikar saß da wie ein Mann, der einen schweren Schock erlitten hat. Er murmelte etwas über die Bosheit seines Bruders vor sich hin und berührte sein Essen kaum.

»Wenn wir morgen nach London fahren«, sagte der Squire schließlich, »muß ich jetzt nach Hause und früh zu Bett gehen.«

»O weh«, sagte der Vikar betrübt. »Gibt es denn keine Hoffnung auf Tauwetter, was meinst du, Jimmy?«

Der Squire schüttelte den Kopf.

»London!« Carinas grüne Augen leuchteten auf. »O Papa, nimm mich mit.«

»Einverstanden«, knurrte der Vikar.

»Aber ...«, begann Squire Radford, unterbrach sich aber gleich wieder, weil er das Gefühl hatte, es wäre taktlos, der ganzen Tischrunde lang und breit zu erzählen, warum Carina nicht mitkommen sollte.

»Ich glaube wirklich, das geht zu weit«, sagte Mrs. Armitage ärgerlich. »Betty muß sie begleiten, und jetzt, wo du nicht die Kutsche von unserem lieben Lord Sylvester hast, mußt du auch John mitnehmen. Bei meiner Treu, warum nimmst du nicht gleich auch noch die Köchin mit?«

»Was sagst du da Dummes«, sagte ihr Mann grob. »Das einzig Gute an London ist doch, daß wir dort nicht in den Genuß ihrer Kochkunst kommen.«

»Das ist nicht fair, Mr. Armitage«, entgegnete Mrs. Armitage und nahm eine besorgniserregende Färbung an. »Mrs. Hammer kocht sehr gut, sogar ausgezeichnet, wenn man bedenkt, wie wenig Geld du ihr zugestehst!«

Der Vikar sah so aus, als hätte er gute Lust, sich in den Kampf zu stürzen, aber Mrs. Armitage legte den Streit dadurch bei, daß sie einen Anfall bekam. Squire Radford machte sich unauffällig davon, und Carina ging in ihr Zimmer hinauf, um zu träumen.

Gedanken an die alte Carina, die die Straße hinunterlief auf der Suche nach Guy, die ihn auf dem Friedhof traf, die ihren Vater haßte, fuhren ihr durch den Sinn. Es war, als beobachte sie das Treiben einer Fremden.

Eine neue Carina würde nach London zurückgehen und ihre neuentdeckte Liebe mitnehmen. Sie wußte nicht, ob diese auch angenommen wurde.

Aber sie konnte es wenigstens versuchen.

»Das haben Sie wirklich gut gemacht«, sagte Silas Dubois.

Guy Wentwater lächelte bescheiden.

»Ich werde Blewetts Geld jetzt bald haben«, fuhr Silas fort und rieb sich die Hände. »Er ärgerte sich furchtbar, daß Desire nicht heiratet und nicht einmal soviel Anstand hat, ihn zu besuchen. Als ich die Anzeige in der Zeitung sah, daß die Verlobung aufgelöst ist, wußte ich, daß das Ihr Werk ist. Wie haben Sie das bloß geschafft?«

»Ich habe ihr gesagt, daß ich sie liebe«, sagte Guy, »und sie hat mir geglaubt.«

Die beiden Männer saßen im Kaffeehaus Humbold. Guy besuchte das Kaffeehaus das erste Mal seit längerer Zeit. Er hatte sich verborgen gehalten und sich ausgemalt, daß sein Ruf ruiniert sei. Nur zufällig, da er so gut wie nie Zeitung las, hatte er erfahren, daß die Verlobung aufgelöst war. So war sein Ansehen gerettet, und nicht nur das, Silas glaubte, daß er die Ursache für die Beendigung der Verlobung sei.

»Sie sollen natürlich nicht leer ausgehen«, lächelte Silas selbstgefällig.

»Ich habe genug Geld«, antwortete Guy.

»Oh, ich habe dabei nicht an Geld gedacht. Ich habe das Gefühl, ich bin Ihnen eine Neuigkeit schuldig. Der liebe Vikar und dieser alte Squire von Hopeworth suchen alle Clubs, Gasthäuser und Kaffeehäuser nach Ihnen ab. Der Vikar dürstet nach Rache. Weiß der Himmel«, lachte Silas äußerst gut gelaunt, »Sie haben ihm seinen Plan ganz schön durchkreuzt.«

Guy wurde blaß. Er hatte sorgfältig darauf geachtet, daß er Lord Harry Desire nirgends begegnete. Aber jetzt jagte der Vikar hinter ihm her. Er war nirgends mehr sicher.

»Ich muß gehen«, sagte er und blickte gehetzt um sich, als ob er bereits das Hallo-Geschrei des Vikars hörte und hinter ihm seine Meute von Höllenhunden durch St. James's galoppieren sah.

Er wollte sich irgendwo auf dem Land weit weg von Hopeworth niederlassen. Aber eines Tages würde er zurückkommen und an der ganzen Familie Armitage Rache nehmen, besonders an Carina.

Eine Carina, die vor Liebe zitterte, war eine Sache für sich; eine Carina, die einen anderen Mann so liebte, daß sie seine Gegenwart nicht einmal zu bemerken schien, war eine andere.

Er wollte sie auf alle nur mögliche Weise demütigen. Wenn er sie nur nach Bristol locken könnte. Da war ein Bordell, dessen Besitzerin es fertigbrachte, selbst die gottesfürchtigsten Mädchen in die Geheimnisse ihres Gewerbes einzuweihen.

Ein Schatten fiel auf den Gang zwischen den Tischen; Guy sprang auf wie von der Tarantel gestochen. Es war ein Mann, den er noch nie gesehen hatte, aber der Schreck ließ ihn erzittern.

Er murmelte dem grinsenden, boshaften Silas ein hastiges Lebewohl zu und eilte wie der Blitz aus dem Kaffeehaus.

Silas bestellte sich noch eine Flasche Wein. In seinem ganzen Leben hatte er sich noch nicht so wohlgefühlt. Er konnte sich gut vorstellen, wie die unnachgiebige Minerva die Hände über die Schande ihrer Schwester rang. Silas war sich nämlich ziemlich sicher, daß Guy etwas sehr Schlimmes angerichtet hatte. Und was den Streich so toll machte, war, daß keiner von den Armitages wußte, daß er dahintersteckte.

Wäre Carina Armitage danach gefragt worden, hätte sie vielleicht geantwortet, daß die Einladung zum Abendessen bei Lady Godolphin zu den furchtbarsten Dingen gehörte, die ihr in ihrem bisherigen Leben untergekommen waren.

Lady Godolphin gab ein Dinner und führte ihre Gäste hinterher in die Oper aus.

Carina hatte sich auf den Abend so gefreut, daß sie vor Erregung zitterte, denn Lord Harry hatte gesagt, er käme vielleicht, man solle aber nicht auf ihn warten, wenn er um sechs Uhr nicht dort sei.

Trotzdem war Carina so sicher, daß er kam. Sein leerer Platz neben ihr wirkte wie Hohn auf sie.

Obwohl sie nicht viel Zeit gehabt hatte, sich zu bilden, hatte sie alle erreichbaren Zeitungen gelesen und Unterhaltungen mit Lord Harry eingeübt, bei denen sie ihn mit ihrem Wissen über das Tagesgeschehen verblüffen wollte. Und sie wollte ehrlich gerne wissen, was Lord Harry von der letzten fixen Idee des Prinzregenten hielt. Er hatte die Liberalen erzürnt, weil er im Parlament verkündet hatte, daß er in Rom ein Denkmal von dem Bildhauer ... Casanova errichten lassen wolle. Nein, das stimmte nicht. Canova! So hieß er. Es sollte an die Stuarts erinnern. Die Liberalen kochten vor Wut über diese Glorifizierung der Stuarts, die für sie eine Familie war, die schottische Konservative und Walter Scott beeindrucken mochte, aber bei ihnen keinerlei nostalgische Gefühle hervorrief. Vielleicht würde sie nie wieder eine Chance haben, mit ihm zu reden. Vielleicht wollte Lord Harry sie nicht wiedersehen.

Der Rest der Gesellschaft bestand aus dem Vikar und dem Squire, Lady Chester und Mr. Anstey, Colonel Arthur Brian und natürlich Lady Godolphin. Die Atmosphäre war gespannt – um es milde auszudrücken. Der Vikar und der Squire waren erschöpft von ihrer Jagd auf Wentwater. Mr. Anstey war noch gekünstelter und gezierter, als Carina ihn in Erinnerung gehabt hatte.

Lady Chester warf unentwegt leidenschaftliche Blicke aus ihren wäßrigen Augen auf ihn, wenn sie nicht gerade triumphierende in Lady Godolphins Richtung warf.

Lady Godolphin sagte denn auch mit leiser Stimme, sie einzuladen, sei ein Fauxpas. Sie sprach das französische Wort so aus, daß der Vikar gespannt aufhorchte, weil er dachte, es sei von einem Fuchs die Rede.

Colonel Brian machte einen peinlich berührten Eindruck und

tröstete sich mit mehr Wein, als gut für ihn war.

Carina fuhr bei jedem Geräusch von Wagenrädern auf dem Platz draußen zusammen.

Ihr Herz wurde immer schwerer, als sich das nicht enden wollende Dinner länger und länger hinzog. Natürlich würde er nicht kommen. Sie hatte sich so schlecht benommen. Wie konnte sie da erwarten, daß er kam? Sie hatte ihm gesagt, daß sie nicht zusammenpaßten, sie hatte allen Leuten gezeigt, daß sie Angst vor ihm hatte. Deshalb war es dumm, bei jedem Laut aufzuhorchen.

Wahrscheinlich war er sogar gerade deshalb nicht gekommen, weil er erfahren hatte, daß sie da war.

Es war nur ein einfaches Dinner, aber der Umstand, daß die Atmosphäre so unangenehm war und daß niemand so recht Appetit hatte, ließ das Essen üppiger erscheinen als es war.

Carina versuchte sich dadurch von ihrer Sehnsucht abzulenken, daß sie die Gerichte beim Namen nannte und zählte, bis sie eine reichhaltige, hübsch garnierte Speisekarte im Kopf hatte.

Erster Gang

Täubchen	Fischsorbet	Hühnerfrikassee
Lammohren	Klare Brühe	Kabeljaukiemen
Französischer Hefekuchen	Grüne Bohnen	Kalbsschnitten in Sauce
Gekochter Truthahn	Gespickter Schweinebraten	Schinkenscheiben
Lammsteaks und Nierchen in Reis	Broccoli usw.	Süße Brötchen à la Royal
Überbackenes Kaninchen	Kalbskopf Eingelegte Erbsen Salat, Lamm, Gefüllte Austern, Ochsenplatte, Riesenoliven, Hasensuppe, Wildsorbet	Enten à la mode

Zweiter Gang

Eischneebällchen	Fasan	
	Fisch in Gewürzgelee	Mondschein
Fischteich	Eingelegter Lachs	
	Marmoriertes Kalb	Strohkörbchen
	Gedeckter	mit goldenen
	Apfelkuchen	Fäden
	Gedämpfte	
	Artischocken	
	Crème Pompadour	
Gebratene	Grütze mit	Hühnchen mit
Schnepfen	Silberfäden	Erbsen und Spargel
	Maccaroni,	
	Gedämpfte Pilze	
Pistaziencreme	Bratäpfel mit Krokant	Schwimmende Insel
	Eingelegter Aal	
Felseninsel	Schnepfen in Gelee	Flambierte Creme
	Hasenbraten	

Dazu trank man Wein aus Lissabon, vom Rhein, Champagner, Rotwein (Château Maraux, Lafite, Pontack), alten Burgunder, Portwein und Sherry.

Als die Tischdecke abgenommen war und sich der Portwein, der Sherry, die Walnüsse und die Süßigkeiten in der polierten Tischplatte spiegelten, waren alle leicht angetrunken, aber nicht heiter, sondern bedrückt und niedergeschlagen.

»Hmm, mir scheint, Lord Harry kommt nicht. Rausgeworfenes Geld«, grollte Lady Godolphin, die überredet worden war, das Dinner zu geben, damit Carina ihre Beziehung zu Desire wieder aufnehmen konnte. Natürlich hatte sie die Gelegenheit ergriffen, ihrerseits die Beziehung zu Mr. Anstey neu zu beleben, wobei sie sich liebevoll ausmalte, wie der junge Mann Lady Chester mit Verachtung strafen und ihr stumme Blicke zuwerfen würde.

Aber im Gegensatz zu Lady Chester war Lady Godolphin geizig, und daher war Lady Godolphin aus verletztem Stolz gezwungen, sich ihrem früheren Liebhaber, Colonel Brian zuzuwenden.

Mr. Anstey fingerte an seiner neuen Rubinkrawattennadel herum und lächelte Lady Chester verliebt an.

Der Abend war schlimm genug, aber es sollte noch schlimmer kommen. Kaum waren sie an der Oper abgesetzt worden, als eine gestrenge Matrone auf sie zukam.

»O mein Gott«, flüsterte der Vikar Carina zu. »Das ist Lady Mason, Lady Chesters Tochter.«

»Mama«, sagte Lady Mason, nichts Gutes verheißend, »was höre ich? Ist das der berühmte Mr. Anstey, von dem ich soviel gehört habe? Ist das der Tunichtgut, der auf das Geld älterer Damen aus ist? Du bist zum Gespött der Londoner Gesellschaft geworden.«

»Auf meine Ehre«, blökte Mr. Anstey, der unter dem giftigen Blick aus Lady Masons hervorstehenden Augen zusammenzuckte, »ich bete Ihre Mama an.«

»Sie aufgeblasener Kerl, Sie Scharlatan, Sie herausgeputzter Schnösel, Sie Krämerseele!« zischte Lady Mason. »Mason!« rief sie über die Schulter. Ihr dicker, gewöhnlich aussehender Mann kam gemächlich herbei. »Mason, das ist die nichtsnutzige Kreatur, die Mama wie ein Blutegel aussaugt.«

»Ach nein?« sagte Lord Mason mit unheilverkündendem Blick und machte sich an seinem Säbel zu schaffen.

Mr. Anstey sah seine Begleiter hilfesuchend an. Mr. Armitage und Squire Radford waren scheinbar vollständig davon in Anspruch genommen, die Leute, die an ihnen vorbeigingen, zu beobachten. Lady Godolphin klammerte sich an Colonel Brians Arm und starrte stur geradeaus.

Lady Chesters Blick verriet große Angst vor ihrer Tochter.

»Ich bin der Ansicht«, blökte Mr. Anstey, »daß Sie solche Dinge nicht sagen dürfen.«

»Wie wollen Sie das verhindern, he?« spottete Lord Mason. Er streifte einen Handschuh ab und schlug Mr. Anstey damit über das Gesicht.

»Nennen Sie mir Ihre Sekundanten«, knurrte er drohend.

»Ich will nicht!« stieß Mr. Anstey aus, drehte sich um und floh so schnell, wie ihn seine Spinnenbeine tragen konnten, in die Menge hinein.

Lady Chester begann zu weinen und wurde an den starken Armen ihrer Tochter und ihres Schwiegersohnes abgeführt.

Die geschrumpfte Gesellschaft ging schweigend zu Lady Godolphins Loge.

Es gab die Gluck-Oper ›Orpheus und Eurydike‹. Anfangs erwartete Carina mehr das Eintreffen von Lord Harry, als daß sie sich für die Ereignisse auf der Bühne interessierte, schließlich aber nahmen die Handlung und die Musik sie doch gefangen.

Und als Orpheus die tote Eurydike in die Arme nahm und in das berühmte Klagelied ›Ach, ich habe sie verloren‹ ausbrach, da liefen Carina die Tränen unaufhaltsam über die Wangen.

Und in diesem Augenblick tauchte eine Hand vor ihrer Nase auf und hielt ihr ein großes Taschentuch hin. Sie nahm es dankbar, und erst als der letzte Ton der bekannten Arie verklungen war, erinnerte sie sich an das letzte Mal, als ihr eine Hand ein Taschentuch gereicht hatte. Sie drehte sich überrascht um und schaute zu den klaren blauen Augen von Lord Harry Desire, der hinter ihrem Stuhl stand, auf.

Auf der Bühne wurde Eurydike von Amor erneut zum Leben erweckt, und Carina wurde durch die leichte Berührung von Lord Harrys Hand auf ihrer Schulter wieder in die Gegenwart zurückgeholt.

Nach der Oper entschuldigte sich Lord Harry bei Lady Godolphin für seine Verspätung. »Sie haben nichts versäumt«, sagte Ihre Ladyschaft, »außer schlimmen Szenen und Auftritten. Diese alte Schrulle, Lady Chester, wurde von ihrer Tochter, Lady Mason, regelrecht abgeführt. Mason selbst hat Anstey zum Duell gefordert, und Anstey ist wie ein Irrer davongerannt, der nichtsnutzige Feigling. Mein Arthur würde sich nie so feige benehmen.« Sie drückte die Hand des Colonel. Dieser glühte vor Freude und murmelte äußerst untertänig: »Liebe Lady.«

Lord Harry nahm seine Hand von Carinas Schulter, und sie

erschauerte, als ob ihr plötzlich kalt wäre.

Als sie dachte, er würde woanders hinschauen, blickte sie zu ihm auf. Er drehte sich auf der Stelle um und schaute ihr voll ins Gesicht. Sie schlug die Augen nieder und errötete schamhaft. Ein schreckliches Erröten. Sie konnte es irgendwo an den Fußsohlen beginnen fühlen, und dann breitete es sich bis zur Stirn über ihren ganzen Körper aus.

Innerlich verfluchte sie die funkelnden Lichter des Opernhauses. Von allen Seiten wurde sie angestarrt. Wie durch einen Nebel sah sie Lord Harry sich abwenden und etwas zu Colonel Brian sagen.

Schließlich kämpften sie sich alle inmitten von Menschenmassen die Stufen hinab.

»Niemand bleibt still in seiner Loge sitzen und wartet ab, bis alle gegangen sind«, dachte Carina ärgerlich. »Dazuzugehören bedeutet offenbar, daß man sich zerdrücken lassen muß.«

Dann warf sie das Gedränge der Menge gegen Lord Harry, der einen beschützenden Arm um sie legte, und Carina vergaß auf der Stelle alles und jeden.

Er würde sie nicht so halten, wenn er sich nichts aus ihr machte!

Aber ihr Herz drehte sich im Leibe herum, als sie bemerkte, daß sein anderer Arm um Lady Godolphins Schulter lag, da Colonel Brian etwas zurückgeblieben war.

Immerhin würde sie bei Lady Godolphin Gelegenheit haben, ein bißchen mit Lord Harry zu sprechen – denn sicher würde er mit ihnen zurückfahren zu Wein und Gebäck –, und dann war es ihr vielleicht möglich, sich eine Meinung zu bilden, ob seine Gefühle für sie wieder zärtlicher werden könnten.

Kaum waren sie jedoch alle in Lady Godolphins Kutsche – Lord Harry war in seiner eigenen abgefahren –, stellte sich heraus, daß sie heute abend noch zu einer Abendgesellschaft bei einem Mr. South wollten.

Daß Lord Harry auch dazustoßen wollte, war immerhin tröstlich.

Und so stiegen sie schließlich, nachdem sie eine Stunde lang in der Wagenschlange gewartet hatten, vor Mr. South' Haus aus und stießen und schoben sich die Treppe hinauf. Lord Harry war bereits da und unterhielt sich mit einer vor Lebhaftigkeit sprühenden Matrone, die fast so groß war wie er. Sie hatte rotes Haar.

Eingekeilt in Menschenmassen, mit einem Glas Wein in der einen und einem Biskuit in der anderen Hand, fand sich Carina schließlich in einer jener »interessanten« Konversationen wieder, von denen sie geträumt hatte. Ein penetranter junger Mann, der an sie gedrückt wurde, unterzog sie einer strengen Lektion über den traurigen Zustand der Wirtschaft, die schlechten Ernten, die Undankbarkeit der Arbeiter und die Unehrlichkeit und Dummheit des Premierministers.

In ihren Träumen hatte sie immer witzige und intelligente Erwiderungen parat gehabt, aber jetzt hörte sie sich nur murmeln, »Wirklich?« und »Wie recht Sie haben«, während ihre grünen Augen ständig auf der Suche nach Lord Harrys schönem Kopf umherwanderten.

Er schaute mit einem lässigen, verführerischen Ausdruck, der etwas Raubtierhaftes an sich hatte, auf seine Gesprächspartnerin herab.

»Und was Napoleon betrifft«, sagte Carinas Partner gerade, »so hätte man ihn im Tower enthaupten sollen. Wissen Sie, daß er auf St. Helena wie ein König lebt? Wissen Sie ...?

»Es ist mir egal«, sagte Carina unhöflich, »ob er von einem ganzen Harem tanzender Mädchen umgeben ist und von goldenen Tellern ißt. Er ist gut aufgehoben und wird die Welt nicht noch einmal in Angst und Schrecken versetzen.«

»Großer Gott«, sagte der junge Mann und versuchte sein Lorgnon vor die Augen zu heben, mußte aber feststellen, daß seine Arme eingeklemmt waren. »Sie sind ein Blaustrumpf.«

»Ich bin kein Blaustrumpf«, erwiderte Carina verärgert. »Ich habe nichts gesagt, was darauf schließen ließe.«

»Junge Damen«, sagte der junge Mann entschieden, »sollten keinerlei eigene Meinung haben. Ihre Rolle ist es, Männern zuzuhören, da sie ihnen unterlegen sind.«

»Sie können sich genauso langweilen wie Männer. Ach, entschuldigen Sie mich«, sagte Carina, und sie klang plötzlich ganz aufgeregt, als sie sah, daß Lord Harry sich offenbar mit der Rothaarigen entfernte. Was, wenn er mit ihr wegging? Was, wenn er sie heiratete?

Sie drängelte sich, unter Einsatz ihrer Ellbogen, hektisch durch die Menge und stand ihm auf einmal gegenüber. Von seiner Partnerin war keine Spur zu sehen.

»Sie sehen aus, als ob die Wölfe hinter Ihnen her wären«, sagte Lord Harry. »Ich suche uns ein ruhiges Eckchen.«

Wie von Zauberhand machten die Leute Platz, um sie durchzulassen, und bald saßen sie gemütlich in zwei Sesseln in einer Ecke, die durch einen geschnitzten Wandschirm halb verdeckt war.

»Jemand hat sich mit mir unterhalten«, stöhnte Carina, »und dabei bin ich fast erstickt.«

»Eine Abendgesellschaft ist nur dann ein Erfolg, wenn man sich halb totdrückt«, lachte er. »Miss Carina, Sie sind nicht ›in‹, wenn es Ihnen nicht gefällt, daß Ihnen jemand spitze Ellbogen in die Seite stößt oder auf Ihre Füße trampelt. Warum sind Sie in London? Das ganze Gedrängele und Gequetsche wird Sie sehr mitnehmen.«

»Papa hat es herausgekriegt ... Ich meine die Sache mit Mr. Wentwater. Er will ihn aufspüren.«

»Wenn jemand Mr. Wentwater aufspüren kann, dann Mr. Armitage. Ist es so wichtig? Er hat sich schlecht benommen, aber schließlich haben Sie sich ihm selbst an den Hals geworfen, und ich meine, Sie haben sich gerächt.«

Carina umklammerte ihren Fächer ganz fest. Er konnte nichts von diesem zweiten Fluchtplan wissen. Papa hatte keine Zeit gehabt, es ihm zu erzählen. Wußte er alles?

Um das Thema zu wechseln, sagte sie leichthin: »Wollen Sie immer noch auf das Vermögen Ihres Onkels verzichten?«

»Ich weiß es nicht«, sagte er ernsthaft. »Irgendwann muß ich ja doch heiraten, oder?«

»Warum?«

»Schon allein deshalb, weil ich gerne einen Sohn möchte.«

»Oh.«

»Möchten Sie gerne Kinder haben?«

Carina zog die Stirn in Falten. Kinder. Wie kam man zu ihnen?

Sie hatte sich die Frauen aus dem Dorf angeschaut und wußte jetzt, daß die Babys offenbar im Bauch getragen wurden.

Aber wie kamen sie da heraus? Sie hatte die Vorstellung, daß sich vielleicht der Nabel zu einer Art Tür erweiterte, aus der das Baby voll bekleidet wie Pallas Athene aus dem Haupt des Zeus sprang.

Es wäre alles sehr einfach, wenn man sich die Babys aus dem Kopf ziehen könnte.

Hatte ihre Geburt irgend etwas mit diesen erregenden Gefühlen zu tun, die ihr Inneres in Aufruhr versetzten, wenn Lord Harry sie küßte? Bildeten Babys sich im Bauch, wenn man sich nur oft genug und auf die richtige Art küßte? Und durfte man deshalb einem Gentleman nie mehr erlauben, als einem die Hand zu drükken?

»Sie haben meine Frage nicht beantwortet«, sagte Lord Harry mit einem amüsierten Blick auf ihr bekümmertes Gesicht.

»Natürlich möchte ich gerne Kinder«, sagte Carina.

»Wie viele?«

»Kann ich mir das denn aussuchen?« fragte Carina naiv.

»Vielleicht. Mein Onkel legt sehr viel Wert darauf, daß ich Kinder habe, weil niemand sonst in der Familie irgendwelche Anstalten macht, zu heiraten«, sagte Lord Harry. »Natürlich kann es sein, daß Silas heiratet, nur um mich aus dem Feld zu schlagen.«

»Silas?«

»Silas Dubois – mein Rivale um das Vermögen meines Onkels.«

»Wie seltsam«, erwiderte Carina. »Ich weiß, daß ich diesen Namen schon gehört habe. Es war, als ich einmal bei Minerva war; ich ging am Frühstückszimmer vorbei, und da hörte ich sie ihren Mann fragen: ›Hast du je wieder etwas von diesem schrecklichen Mr. Dubois gehört? Ich gestehe, daß ich immer noch Alpträume bekomme, wenn ich an ihn denke.‹ Ich wollte nicht stehenbleiben und ihrer Unterhaltung lauschen, deshalb habe ich nicht mehr gehört.«

»Tatsächlich?« Lord Harry schaute neugierig. »Silas' Aussehen vergißt man nicht. Er ist ganz Nase mit kleinen Knopfaugen, und läuft wie eine Krabbe.«

»Nein! Genauso ein Mann ist einmal direkt vor mir stehengeblieben und hat mir ins Gesicht geblickt. Damals dachte ich, er verfolgt mich, und ich habe mich gefürchtet.«

»Wann war das?« fragte er aufmerksam.

»Nun, es war an dem Morgen, als ...« Carina brach ab und biß sich auf die Unterlippe, da ihr einfiel, daß es an dem Morgen war, als sie Guy im Park begegnete. »Ich habe es vergessen«, fügte sie ohne Überzeugung hinzu.

»Es scheint da irgendeine Beziehung zu Ihrer Familie zu geben«, sagte Lord Harry nachdenklich. »Ich werde Lady Sylvester fragen.«

Carina fiel ein, daß sie noch keinen Versuch gemacht hatte, ihn mit ihrem neu erworbenen Wissen zu beeindrucken, und stürzte sich auf ihre Rede darüber, was der Prinzregent wieder Unpassendes gemacht hatte.

»Der arme Prinzregent«, sagte Lord Harry belustigt, und Carina hatte das Gefühl, daß er sich mehr über ihren Vortrag als über die Allüren des Prinzregenten amüsierte.

»Aber warum liebt er denn plötzlich die Stuarts so sehr?« wollte Carina wissen und verengte ihre Augen zu einem schmalen Spalt, weil sie hoffte, daß ihr das ein nachdenkliches und intelligentes Aussehen verlieh.

»Er ist sehr unglücklich, weil er so unpopulär ist. Ich glaube, die Stuarts faszinieren ihn, weil sie zu einer romantischen Legende geworden sind, und er würde so gerne selbst zu einer romantischen Legende werden. Dazu kommt, daß er – so widersinnig es klingt –, je unpopulärer er wird, desto entschlossener scheint, seine Unbeliebtheit geradezu zu kultivieren.«

In diesem Moment kam Lady Godolphin herbeigeschnauft, um ihren Aufbruch anzukündigen.

Irgendwie war Lord Harry verschwunden, als sie sich schließlich die Treppe wieder hinuntergearbeitet hatten und auf ihre Kutsche warteten. Lady Godolphin sagte, er würde nicht an ihrem Abendessen teilnehmen, und Carina mußte einfach fragen: »Hat er irgend etwas gesagt, daß wir uns wiedersehen?«, worauf Lady Godolphin ärgerlich erwiderte: »Wenn du meinst, dich wiedersehen, Miss, so hat er nichts davon gesagt, und ich kann nicht behaupten, daß man ihm deswegen einen Vorwurf machen kann.«

Carina errötete und ließ den Kopf sinken.

Aber als sie bei Lady Godolphin angekommen und beide in deren Boudoir gegangen waren, um sich frisch zu machen, fielen Carina die Babys wieder ein und ihre Unkenntnis darüber, wie sie entstanden. Sie wartete ungeduldig, bis das Mädchen das Zimmer verlassen hatte. Lady Godolphin war für diese Art von Fragen genau die richtige Person. Carina traute sich einfach nicht, Minerva oder Annabelle solch delikate Fragen zu stellen.

Sobald die Tür hinter dem Mädchen ins Schloß gefallen war, holte Carina tief Atem und fragte: »Lady Godolphin, wie kommt eine Dame zu Babys? Ich meine, wie bekommt sie sie?«

Lady Godolphin schaute mit nachsichtiger Belustigung in Carinas rotes Gesicht. »Und du willst ein Mädchen vom Land sein«, lachte sie. »Weißt du, ich gehöre noch zur alten Schule und bin dafür, frisch von der Leber weg zu reden. Ich halte nichts davon, wenn Mädchen im unklaren darüber gelassen werden. Deshalb will ich es dir offen sagen, wie es ist. Setz dich hin und hör zu.«

Carina setzte sich und beugte sich nach vorne. Lady Godolphin warf einen raschen Blick um sich, als ob sie erwarte, daß hinter den Vorhängen schockierte Matronen hervorspringen könnten.

»Hör zu«, sagte sie heiser. »Der Mann nimmt seinen Penis und tut ihn in ihre Vagina, und nach ein bißchen Heidi-Heida ist das Baby gezeugt.«

Carina verstand gar nichts.

Lady Godolphin stöhnte.

»Ich versuch's noch einmal. Der Mann, weißt du, nimmt seinen Shaftsbury und steckt ihn in ihr Privates.«

»Privates was?« fragte Carina.

Das Mädchen kam mit einer Wärmflasche zurück.

»Ja, so ist es«, sagte Lady Godolphin. »Ich bin froh, daß du mich gefragt hast. Delikate Sachverhalte kann ich gut erklären. Solch intime Dinge sollte man nicht der Phantasie überlassen.«

Carina war ebenso ahnungslos wie zuvor.

Als sie wieder bei Minerva war und im Bett lag, beschäftigte sie sich immer noch mit dem Problem. Sie mußte es jetzt einfach wissen.

Betty wußte doch bestimmt Bescheid. Betty war dabeigewesen, als Mrs. Armstrong aus dem Dorf im letzten Herbst ihren Jungen bekam.

Carina beschloß, in Bettys Zimmer zu gehen und sie zu fragen. Nach einem ärgerlichen Blick auf die Uhr fand sie es nicht richtig, zu dieser Nacht- oder vielmehr Morgenstunde nach ihr zu klingeln, aber wenn sie in ihr Zimmer schlich und sie leise fragte, dann wußte sie endlich Bescheid und konnte einschlafen.

Mit einer Kerze in der Hand ging sie leise und vorsichtig zu dem Zimmer des Mädchens und stieß behutsam die Tür auf.

Es verschlug ihr den Atem, und sie ließ die Kerze fallen, aber der Schein vom Nachtlicht neben dem Bett war ausreichend, um Miss Carina Armitage den wunderbaren Anblick von John Summers nackter Rückseite und Bettys erschrockenem Gesicht, das über seine Schulter blickte, zu bieten.

Carina hob die Kerze auf und eilte in ihr Zimmer zurück.

Sie schlief auf der Stelle ein, weil sie auf einmal über gar nichts mehr nachdenken wollte.

Zehntes Kapitel

Carina fühlte sich sehr müde. Ihr Vater ließ deutlich erkennen, daß er nach Hopeworth zurückwollte. Und ihre Schwester Annabelle hatte sie heute sehr früh aus dem Bett geholt – für Leute, die der feinen Gesellschaft angehörten war 11 Uhr früh – und sie auf einen Einkaufsbummel mitgenommen.

Annabelle hatte sich ihre alte Liebe zu neuen Kleidern, Schleifchen, und modischen Kinkerlitzchen bewahrt. Sie hatten mindestens zwei Stunden bei Harding in der Pall Mall verbracht. Und

Annabelle war nimmermüde zur Bond Street weitergegangen, die geradezu ein männliches Reservat darstellte mit ihren Hotels und Wohnungen, Schneidern, Perückenmachern und Buchläden, auch wenn es in letzter Zeit *comme il faut* geworden war, daß Damen dort einkauften. Annabelle hatte auch etliche Zeit bei Jane Taylor & Son, Porzellan- und Glaslieferant Seiner Königlichen Hoheit, des Prince of Wales, in der Pall Mall zugebracht, der alle Sorten Porzellan, geschliffenes und glattes Glas verkaufte. Bis jetzt hatte sie überhaupt noch nichts gekauft und schien immer noch unbegrenzte Energiereserven zu haben, die es ihr erlaubten, auch noch die Bond Street zu durchforschen.

Sie gingen am Hotel Clarendon vorbei, immer mit Annabelles Zofe im Schlepptau. Das Hotel Clarendon war berühmt für seine ungeheuer teuren Diener und wurde von Monsieur Jacquier geleitet, der bei Ludwig XVIII. von Frankreich Küchenchef gewesen war. Es lag da, wo sich die Straße verengte, weshalb sie auch ›Bond Street Strait‹, Engpaß, hieß, und hier trafen die beiden Damen Lord Harry Desire, der lässig auf sie zugeschlendert kam.

Carina hatte bis jetzt noch gar nichts von der aufreizenden Neigung ihrer Schwester gemerkt, mit jedem hübschen Mann, dem sie begegnete, zu flirten. Annabelle schnatterte ohne Punkt und Komma, und Carina war der Ansicht, daß sie viel zu aufdringlich war. Selbstverständlich war es von Lord Harry nichts weiter als höflich, daß er für Annabelles Geschwätz so uneingeschränkte Aufmerksamkeit bekundete, aber Carina konnte es nicht verhindern, daß sie wünschte, die Haare ihrer Schwester wären nicht ganz so golden und die Augen nicht ganz so blau.

»Ich nehme meine kleine Schwester auf einen Einkaufsbummel mit«, sagte Annabelle fröhlich, und Carina hätte sie für diese herablassende Bemerkung umbringen können. »Sie wissen, wie es so geht, Mylord«, fuhr Annabelle fort, »diese jungen Dinger kommen auf dumme Gedanken, wenn man sich nicht mit ihnen beschäftigt.«

Lord Harry richtete seine ruhigen blauen Augen auf Carina.

»Und was für Dummheiten haben Sie im Sinn, Miss Carina?« fragte er.

»Gar keine«, murmelte Carina und fühlte sich wie ein linkisches Schulmädchen.

»Dann müssen wir uns was für Sie ausdenken«, lächelte er. »Ich gehe heute abend zum Maskenball zu den Jamesons. Wäre das genug Unsinn für Sie?«

»Ich bin nicht eingeladen«, sagte Carina.

»Aber ich, und ich kann Sie begleiten, mit dem Einverständnis Ihres Vaters natürlich.«

»Sie können sie nicht ohne Anstandsdame mitnehmen«, rief Annabelle aus, die sich von einem Moment zum anderen in eine gestrenge Matrone verwandelte.

»Natürlich nicht«, erwiderte Lord Harry. »Eine respektable Anstandsdame werden wir auch mitnehmen.«

»Wenn das so ist«, sagte Annabelle lebhaft, »kann ich meiner kleinen Schwester einen Dominoanzug geben. Er ist blau, was zwar nicht gerade deine Farbe ist, Carina, aber er wird schon gehen.«

Lord Harry versprach, bei Mr. Armitage vorzusprechen und alles in die Wege zu leiten, dann machte er vor den beiden Damen eine tiefe Verbeugung und schlenderte davon.

»Was für ein Mann!« brach es aus Annabelle heraus, als sie ihm nachschaute, wie er in seinem tadellosen Anzug die Bond Street hinunterging. »Oh, du bist ja so ein dummes Gör, daß du ihn abgewiesen hast, Carina!«

»Ooooh! Ich wünschte, du würdest aufhören, dich die ganze Zeit aufzuspielen, Annabelle, und mich auf diese dumme Art zu bevormunden. ›Meine kleine Schwester‹, wirklich! Und du hast ihm vor allen Leuten in der Bond Street schöne Augen gemacht. Ich habe gute Lust Brabington zu erzählen, wie du dich aufführst.«

»Das würde genau zu so einer gehässigen kleinen Katze wie dir passen«, sagte Annabelle und warf ihre Lockenpracht zurück. »Wenn du irgend etwas zu Brabington sagst, reiße ich dir deine abscheulichen Karottenhaare einzeln aus.«

»Du bist fürchterlich vulgär und gemein, Annabelle«, sagte Carina hochmütig. »Du hast überhaupt keine Manieren.«

»Und du hast keinen Verstand, du Gänschen. Läßt so ein Bild

von einem Mann wie Desire auskommen. Aber du bist ja auch so eine Landpomeranze, daß der arme Mann dich zweifellos ganz abscheulich findet.«

»Wenn er mich so abscheulich findet, warum nimmt er mich dann zu einem Maskenball mit?«

»Eben, weil es ein Maskenball ist und er nicht dein stumpfsinniges kleines Gesicht anschauen muß.«

Vor Wut durch die Nase schnaubend, trat Carina auf Annabelles Fuß. Annabelle rammte dafür die Elfenbeinspitze ihres Sonnenschirms zwischen Carinas Zehen.

Carina stieß Annabelle kräftig ans Schienbein, und Annabelle holte aus und boxte Carina in die Seite.

Bei alledem bewahrten sie auf ihren Gesichtern ein liebenswürdiges und höfliches Lächeln.

Plötzlich begann Annabelle zu kichern und legte einen Arm um Carinas Taille. »Ich habe mich nicht verändert, nicht wahr?« lachte sie. »Komm, ich bestelle uns jetzt bei Gunter ein schönes Eis und benehme mich wieder anständig.«

Carina lachte zurück, und sie gingen Arm in Arm die Bond Street hinunter. Carina fragte sich, ob sie Annabelle fragen sollte, woher die Babys kommen. Aber jeder in der Familie wußte, daß sich Annabelle sehnlichst ein Baby wünschte, doch sich bis jetzt nichts tat. Wie seltsam! Vielleicht küßte sie ihren Mann nicht oft genug.

Als sie schließlich zu Minerva zurückgekehrt war, war Carina in so guter Stimmung, daß sie die Tatsache, daß Lady Godolphin als ihre Anstandsdame ausersehen war, ohne Widerspruch akzeptierte. Carina hatte Lady Godolphin gern, fand es aber peinlich, wie exzentrisch sie war, und wunderte sich oft über Lord Harrys offensichtliche Zuneigung zu ihr.

Minerva war erfreut, daß Carina Lord Harry so bald wiedersehen sollte. Natürlich lagen die Dinge anders, als Carina Angst vor dem Mann hatte, aber jetzt hatte sie keine mehr, und, na ja, es war nicht zu leugnen, daß Lord Harry ein erfreulicher Zuwachs für die Familie Armitage wäre.

Carina hatte Betty am Morgen gesehen, bevor sie mit Annabelle weggegangen war, aber es war ihr zu peinlich gewesen, dem Mädchen irgendwelche Fragen zu stellen.

Aber als Betty ihr half, sich für den Maskenball zurechtzumachen, platzte es schließlich doch aus Carina heraus: »Es tut mir leid, Betty, daß ich gestern einfach so in dein Zimmer kam.«

»Mir tut es auch leid, Miss«, sagte Betty und legte die Brennschere zum Erhitzen auf den kleinen Spirituskocher.

»Was habt ihr gemacht?« fragte Carina. »Ich meine ... ich ...« Sie konnte kein Wort mehr hervorbringen.

»Hmm, Miss, weil wir meinen, daß der Vikar uns nie heiraten läßt, haben wir beschlossen, ihn zu zwingen. Deshalb haben wir ein Baby gemacht.«

»Oh.« Carina dachte angespannt nach. Aber ihre Gedanken wurden von der Erinnerung an die Nacktheit und Größe von John Summers Hinterteil beherrscht.

»Aha, so geht das also«, sagte sie schließlich.

»Bitte, sprechen Sie nicht über solche Dinge, Miss«, sagte Betty ernst. »Junge Mädchen dürfen über so etwas nicht Bescheid wissen. Es gehört sich nicht. Ich schäme mich so, daß Sie uns gesehen haben.«

»Ich sage es niemandem, Betty«, versprach Carina. »Wenn man alle Kleider auszieht und ins Bett geht, heißt das, daß man ein Baby bekommt?«

»Das kann sein, Miss, oder auch nicht. Bitte sprechen Sie nicht darüber. Stellen Sie sich vor, wenn Lady Sylvester Sie hören würde!«

»Gut, Betty«, sagte Carina und legte ihre Stirn in nachdenkliche Falten. Ein grünes Auge schielte auf Bettys Bauch.

»Ist das Baby jetzt da drin?« fragte sie. »Ich frage auch bestimmt dann nichts mehr.«

»Vielleicht, vielleicht auch nicht«, sagte Betty und wurde tomatenrot. »Und jetzt seien Sie ein liebes Mädchen und sagen nichts mehr.«

»Genau wie bei den Stieren und Kühen«, sagte Carina schließlich. »Au! Das tut weh. Du verbrennst mir den Nacken, Betty.«

»Und Sie wollen eine Pfarrerstochter sein!« rief Betty aus, der

Tränen in die Augen schossen. »Ich weiß jetzt schon, daß Ihnen so eine Bemerkung bei einer ganz unpassenden Gelegenheit herausrutschen wird.«

»Nein, nein, Betty, das verspreche ich. Aber du mußt schon verstehen, daß mich das alles sehr neugierig macht.«

»Neugierde kann tödlich sein«, sagte Betty. »Lady Peter hat diesen Domino bringen lassen, und Miss Minerva – ich meine, Lady Sylvester hat gesagt, daß sie eine hübsche Maske hat. Ich hole sie mal schnell.«

»Laß nur, Betty, ich gehe schon selbst. Ich bin zu unruhig, um herumzusitzen.«

Carina ging den Gang entlang. Der dunkelblaue Taftrock ihres Gewandes knisterte beim Gehen.

Statt direkt zu Minervas Zimmer zu gehen, setzte sie sich auf die oberste Stufe und stützte ihr Kinn in die Hand. Sie saß immer auf Treppenabsätzen, wenn sie aus dem Gleichgewicht gebracht war. Sie schienen ihr eine passende Zwischenwelt zu sein, wo man nicht festgelegt war. Ein richtiges Zimmer zu betreten, bedeutete, daß man irgend etwas tun mußte.

Wenn sie alle ihre Kleider auszog und in Lord Harrys Bett ging, würde sie ein Baby bekommen, und dann würde er sich freuen. Natürlich würde er sie heiraten. Aber vielleicht bekamen nur die niederen Stände ihre Babys auf diese Art. Es war seltsam, sich vorzustellen, daß die elegante Welt einander bestieg wie die Tiere auf dem Feld.

Carina seufzte leise. So mußte es sein. Mrs. Armitage sagte immer: »Nur ganz gewöhnliche Leute tun das«, womit sie alles mögliche meinte, angefangen vom Erbsenessen mit dem Messer bis zum Übereinanderschlagen der Beine. Daraus konnte man doch vielleicht schließen, daß die feinen Leute auch ihre Babys auf feinere Weise bekamen.

Lady Godolphins Belehrungen waren mehr als nutzlos. Ihre vielen verdrehten Fremdwörter machten sie, wenn sie in Hochform war, geradezu unverständlich.

Dann die würdevolle Minerva, um nur ein Beispiel zu nennen.

Und ihr kühler, eleganter Gatte. Sie könnten niemals ... Nein, es mußte etwas anderes sein.

Mit einem kleinen Seufzer erhob sich Carina und ging zu Minervas Boudoir. Ganz in Gedanken versunken, vergaß sie anzuklopfen, bevor sie eintrat.

Sie traf Minerva in den Armen ihres Mannes an. Er war nur mit Kniehosen bekleidet und sie mit einem Hauch von Unterrock. Das Haar hing ihr wild in ihr gerötetes Gesicht. Lord Sylvester küßte sie mit einer Leidenschaft, die eindeutig war. Beide merkten nicht, daß sie beobachtet wurden.

Carina schloß die Tür und holte tief Atem. Sie hatte das Gefühl, als habe sie jemand ins Gesicht geschlagen.

Es war also bei allen gleich!

Sie ging langsam in ihr Zimmer zurück und murmelte, daß Betty die Maske holen solle – »aber nicht jetzt, sondern später.«

Als sie hinunterging, um Lord Harry zu treffen, war sie in einem angespannten, erregten Zustand. Ihre Augen leuchteten grün in ihrem schmalen Gesicht, und über ihren zart geröteten Zügen glühten ihre gebürsteten und pomadisierten Haare.

Erotische Visionen regten ihre Phantasie an und ließen sie abwechselnd vor Hitze und Kälte erschauern.

Carina hoffte glühend, daß Lord Harry ihre Gedanken nicht lesen konnte, denn manchmal schien er ja dazu fähig zu sein. Sie war froh, ihre heißen Wangen hinter Minervas blauer Samtmaske verbergen zu können, und betrat leise den Salon. Lord Harry unterhielt sich angeregt mit ihrem Vater und Squire Radford.

Der Vikar war in allerbester Stimmung, da er ganz offensichtlich ein neues Vermögen auf die Familie Armitage zukommen sah.

Lord Harry trug eine schwarze Samtmaske und einen schwarzseidenen Dominoumhang um die Schultern. Er sah gar nicht mehr harmlos und liebenswürdig aus, sondern geradezu satanisch. Seine Hose war hauteng.

Er hat wirklich gute Beine, dachte Carina und musterte sie eingehend. Ob sein nacktes Hinterteil auch so riesig und rund wie das von John war, oder war es ...?

Carina war über ihre eigenen Gedanken derart aus der Fassung gebracht und errötete so tief, daß ihr mitfühlender Vater sie teilnahmsvoll zu einem Stuhl führte, überzeugt davon, daß sich ihre Strumpfbänder gelöst hatten. Seiner Erfahrung nach war das das einzige, was ein Mädchen erröten ließ, wenn keiner etwas Unanständiges gesagt hatte.

Minerva betrat am Arm ihres Mannes das Zimmer, und die arme Carina errötete schon wieder.

Bevor sie gehen wollten, zog Minerva Carina ein bißchen zur Seite. »Mir scheint, daß du Lord Harry nicht mehr unsympathisch findest«, meinte sie.

Carina schüttelte verlegen den Kopf.

»Dann vergiß nicht, dich anständig zu benehmen«, sagte Minerva. »Gentlemen schätzen junge Damen nicht, die zu schnell bereit sind oder allzu freies Benehmen herausfordern.«

»Ach, wirklich«, fiel Carina sarkastisch ein. »Ich werde mich genau wie du benehmen.«

»Danke«, sagte Minerva schlicht, der der ironische Unterton in der Stimme ihrer Schwester entging. »Ich hoffe, ich bin dir ein gutes Vorbild gewesen.«

Lord Harry kam langsam zu ihnen herüber, um zu sagen, daß sie nun aufbrechen wollten.

»Die Jamesons sind ein Paar mit eher freien Ansichten«, gab Lord Sylvester zu bedenken. »Ich glaube, daß die Gesellschaft auserlesen ist, aber ich brauche dir nicht zu sagen, Carina, daß sich die ehrenhaftesten Leute, sobald sie maskiert sind, unter Umständen ganz sonderbar benehmen.«

»Weder mein Gewand noch das von Miss Carina ist so aufreizend daß irgendeine Gefahr besteht«, lachte Lord Harry, »denn das einzige Zugeständnis, das wir an den Kostümball machen, sind doch unsere Masken und Dominos.«

Wie niedergeschlagen Lady Godolphin war, sah man deutlich daran, daß sie ein normales Abendkleid trug und lediglich eine Maske vor ihr Gesicht hielt, denn gewöhnlich verkleidete sich Lady Godolphin leidenschaftlich gern. Colonel Brian hatte nicht einmal eine Maske, und aus den Blicken, die das ältere Paar sich zuwarf, konnte man schließen, daß sie erbittert gestritten hatten, bevor Lord Harry und Carina eingetroffen waren.

Als sie bei den Jamesons in Soho ankamen, stellten sie fest, daß die übrigen Gäste mit mehr Eifer an ihre Kostümierung gegangen waren. Ein Herzog war als ungarischer Husar verkleidet, ein Landedelmann war halb Müller, halb Kaminkehrer. Ein Kapitän ging als Spieler: sein Gewand war über und über mit Spielkarten benäht. Eine Gräfin war eine indische Sultansfrau, deren Kopfbedeckung aus Diamanten bestand, die gut und gerne tausend Pfund wert waren; eine Herzogin war als Laufbursche erschienen, und eine andere als die Hexe von Endor.

Aber kein Kostümfest ohne Sensation! Dieses Mal sorgte ein gewisser Major Humphries von der Garde dafür. Seine Bemühungen wurden jedoch mit viel Mißbilligung aufgenommen. Das *Magazin für den Gentleman* berichtete später darüber: »Ein Adamskostüm, welches ganz zwangsläufig das Zartgefühl verletzte; fleischfarbene Seide mit einem eingearbeiteten Schurz aus Feigenblättern offenbarte mehr vom Körper, als sie verbarg, und mißfiel der gesamten Gesellschaft aufs äußerste.« Oder, wie ein Witzbold es beschrieb:

»Als wir dies Paradies betraten, raten Sie, liebe Madam,
Mit welcher Freude wir begegneten unserem Urvater Adam,
Doch war die Erinnerung gar nicht so angenehm,
Sein Adamskostüm war eben allzu hauteng.«

Obwohl die Geladenen so taten, als seien sie von dem skandalösen Kostüm des Majors schockiert, gab es dem Ball doch das gewisse Etwas an Frivolität. Die Gäste tranken mehr und schneller als gewöhnlich, und sie flirteten und kokettierten mit übermütiger Schamlosigkeit durch die Schlitze ihrer Masken.

Ein Herr war als strohgedecktes Haus gekommen, und er hatte auch nicht das Schild der Versicherungsgesellschaft vergessen, was eine lärmende Gruppe veranlaßte, Feuer an das Haus zu legen, da es ja versichert sei. Glücklicherweise wurde das Feuer mit mehreren Flaschen Champagner gelöscht, bevor der arme Hausbewohner zu Asche geworden war.

Lord Harry mußte Carina zweimal vor einem Tanzpartner retten, dessen Zuwendung zu intensiv wurde.

»Ich hätte Sie wirklich nicht mitnehmen sollen«, sagte er. »Jetzt habe ich Lady Godolphin aus den Augen verloren.«

»Macht nichts«, sagte Carina, erfreut ihn wieder an ihrer Seite zu haben. »Vielleicht wäre es ganz angenehm, Mylord, dem Gedränge der Tanzenden etwas auszuweichen.«

»Da bin ich sehr einverstanden. Da drüben in der Ecke ist eine leere Loge. Wenn wir uns beeilen, sind wir dort, bevor sich jemand anderer setzt.«

Der Ballsaal bestand aus einer Reihe hintereinanderliegender Salons. In den Ecken eines jeden Salons waren aus girlandengeschmückten Spalieren Logen errichtet worden.

Lord Harry führte Carina zu der leeren Loge und ging eine Erfrischung holen. Die Girlanden aus Seidenblumen boten einen gewissen Schutz vor den Blicken der Tanzenden.

Einige Paare nutzten dieses halbe Versteck und benahmen sich in einer Weise, die Carina nicht mehr im ungewissen über das Liebesleben der Aristokratie ließ.

Ein junger Mann stürzte in ihre Loge und schloß sie schwungvoll in die Arme. Carina wollte ihn wegstoßen und stieß einen Schrei aus, aber der Schrei ging in dem allgemeinen Lärm unter.

Er versuchte gerade, sie zu küssen, sosehr sie auch ihren Kopf wegdrehte, als sie plötzlich wieder frei war.

Lord Harry hob den jungen Mann buchstäblich aus dem Stuhl neben Carina und warf ihn hinaus auf die Tanzfläche.

»Und ich habe keinen Tropfen verschüttet«, sagte er heiter und stellte die Flasche und zwei Gläser auf den kleinen Tisch vor sie hin.

»Es ist schon eigenartig«, bemerkte Carina und blickte um sich, »daß einem dauernd gesagt wird, wie man sich in der Gesellschaft zu benehmen hat, und dann muß man sich das hier ... alles das ... anschauen.«

»Die Gesellschaft hat zwei Gesichter«, erwiderte Lord Harry. »Ich wundere mich, daß Sie so bald nach London zurückgekommen sind.«

»Papa wollte, daß ich ihn begleite.«

»Aha, ich nehme an, Sie sind seine Lieblingstochter.«

Die Tochter, die gerade heiratsfähig ist, dachte Carina, und laut sagte sie: »Ich glaube, er liebt uns alle.«

»Möchten Sie, daß ich ihm anbiete, mit Ihnen nach Hopeworth auf einen Besuch zurückzukehren, damit Sie schneller aus der Stadt wegkommen? Ich fürchte, Mr. Armitage sieht in mir immer noch einen künftigen Schwiegersohn.«

»Nein, wir fahren sowieso in ein paar Tagen zurück – vielleicht.«

Sie fühlte sich irgendwie unbehaglich in seiner Gegenwart. Seine Gesichtsmaske machte ihn zu einem Fremden. Und doch war sie sich seiner Nähe geradezu schmerzlich bewußt.

Er blickte um sich, seine Augen glitzerten durch die Schlitze in der Maske. »Ich habe trotzdem das Gefühl, ich sollte Sie hier wegbringen«, sagte er. »Die Dinge gleiten mir sonst noch aus der Hand. Gott weiß, was mit Lady Godolphin los ist. Wenn ich Sie allein lasse, um sie zu suchen, werden Sie womöglich wieder belästigt. Wenn wir sie beide suchen, werden wir halb totgedrückt.

Es ist nicht ganz *comme il faut*, Sie ohne Anstandsdame in einer geschlossenen Kutsche heimzubringen, aber ich kann mir nicht helfen, Ihre Familie würde Sie nicht gern in einer solchen Umgebung sehen. Deshalb glaube ich, es ist das kleinere Übel, wenn Sie mit mir weggehen.«

»Ja, lassen Sie uns gehen«, sagte Carina, die nicht gerne zugeben wollte, daß sie das Benehmen der Gäste schockierte, um nicht zu naiv zu wirken. Sie freute sich darauf, mit ihm allein zu sein, weg von diesem Trubel, und sei es auch nur für kurze Zeit.

Als sie sich ihren Weg durch die Salons bahnten, sah Carina plötzlich Lady Godolphin, die mit Colonel Brian in einer Loge saß. Sie schienen eine heftige Auseinandersetzung zu haben. Ihr Schritt stockte. »Was ist los?« fragte Lord Harry. »Haben Sie Lady Godolphin gesehen?«

»Nein«, log Carina und wandte den Kopf entschlossen in die falsche Richtung.

Allein mit ihm in der dunklen Kutsche, fand sie sein Schweigen geradezu unerträglich. Auf einmal befürchtete sie, wieder Minerva übergeben zu werden, wo doch der Abend gerade erst begonnen hatte.

Und vielleicht würde sie ihn danach nie wiedersehen.

»Es ist erst elf Uhr«, begann sie zaghaft. Sie lachte ein verlegenes Lachen, das ihr selbst künstlich vorkam. »Es ist zu früh, um ans Bettgehen zu denken.«

»Das ist wahr«, stimmte Lord Harry zu, »aber da ich jetzt die Verantwortung für Sie übernommen habe, ist es am besten, ich bringe Sie auf dem schnellsten Weg zu Lady Sylvester.«

»Wo wohnen Sie?«

»In einer Wohnung in der Bond Street, ganz in der Nähe, wo ich Sie traf.«

»Fühlen Sie sich da wohl?«

»Sehr wohl.« Seine Stimme klang belustigt.

»Ich würde Sie gerne einmal besuchen.«

»Mit Vergnügen.«

»Ich könnte Sie jetzt besuchen.«

»Sie schockieren mich, Miss Carina. Sie werden nicht im Ernst daran denken, meine Junggesellenwohnung zu dieser Tageszeit aufzusuchen.«

»Es würde ja niemand merken, abgesehen von Ihren Dienern. Ich möchte nicht so früh ins Bett gehen.«

»Nana, wann gehen Sie denn ins Bett, wenn Sie daheim sind?«

»In Hopeworth? Im Winter um neun Uhr und im Sommer später.«

»Dann müßten Sie schon längst im Bett liegen.«

»Aber hier geht keiner ins Bett, bevor es dämmert, kein Mensch auf der Welt«, sagte Carina und meinte die Welt zwischen dem St. James' Square und dem Grosvenor Square.

»Haben Sie keine Angst davor, was passieren könnte, wenn Sie allein mit mir in meiner Wohnung sind?«

»Ich bin überzeugt davon, daß Sie sich wie ein Gentleman benehmen würden.«

»Ich könnte der Versuchung erliegen, Sie zu küssen, Carina.«

»Nun«, stammelte Carina, »das wäre ganz und gar unpassend, da wir doch nicht heiraten werden.«

»Nein. Auf der anderen Seite würde ich schon gerne heiraten, wie Sie wissen, und wie Sie auch wissen, bin ich faul. Allein schon der Gedanke, hinter Frauen herzulaufen und ihre Familien kennenzulernen, ermüdet mich. Ich kenne Ihre Familie bereits, und Sie die meine. Wie schade, daß wir nicht heiraten. Es würde mir viel Mühe ersparen, auch wenn diesmal niemand mehr zur Verlobung kommen und uns etwas schenken würde. Sie sagen jetzt sicher, daß das alles Unsinn ist.«

»Ja«, sagte Carina.

Die Kutsche hielt vor dem Wohnsitz der Comfreys am St. James' Square. Das große Haus war dunkel. »Ich kann Sie nicht einmal bitten, mich hineinzubegleiten«, sagte sie traurig. »Alle scheinen schon zu Bett gegangen zu sein.«

Ein Diener öffnete die Kutschtür.

»Schließen Sie wieder«, sagte Lord Harry lässig. »Wir sind noch nicht bereit, auszusteigen.«

Der Diener schloß die Tür.

»Wo waren wir?« sagte Lord Harry. »Ah ja, wir sprachen vom Heiraten. Natürlich war ich ziemlich niedergeschlagen, als Ihr Vater und Lord Sylvester mir sagten, daß Sie Angst vor mir haben. Jetzt frage ich Sie, was fürchten Sie an mir? Ich bin sauber, zahm, habe noch alle Zähne, und die Haare gehen mir auch noch nicht aus.«

»Es ist sehr schwierig zu erklären ...«

»Versuchen Sie es. Mein Glaube an die wahre Liebe wurde schwer erschüttert.«

»Sie haben mir Ihre Aufmerksamkeit zugewandt ... Sie haben mich mit äußerster Höflichkeit behandelt.«

»Richtig. Schlafwandeln Sie eigentlich immer noch?«

»Nein.«

»Schade. Ich mag es, wenn Sie schlafwandeln. Zugegeben, ich

habe Sie geküßt. War das so furchterregend? Das letztemal haben Sie sich nicht einmal gewehrt.«

»Es sind meine eigenen Gefühle, die mir angst machen, Mylord«, sagte Carina.

»Inwiefern?«

»Oh, das kann ich nicht erklären«, sagte sie verlegen. »Außerdem«, fügte sie unzugänglich hinzu, »habe ich es vergessen.«

»Dem kann man leicht abhelfen. Wenn ich Sie jetzt so in die Arme nehme und so küsse, wie fühlen Sie sich dann?«

»Atemlos und aufgewühlt.«

»Das klingt unangenehm. Vielleicht sollten wir es noch einmal versuchen.«

Obwohl sie nebeneinander saßen, schaffte er es irgendwie, daß ihre Körper sich berührten, und sie fand es seltsam, wie sich ihre innere Erregung in ihren Lippen konzentrierte. Aber wenn sie ihn heiratete, mußte sie nackt mit ihm im Bett liegen, so wie sie das bei John und Betty gesehen hatte, und das konnte sie nicht.

Er spürte ihren Widerstand und ließ sie schnell los.

»Sie haben wirklich Angst vor mir«, sagte er zärtlich. »Woran liegt das?«

Von ihren sich widersprechenden Empfindungen überwältigt, kam Carina mit einer abgehackten, immer wieder abschweifenden, tränenreichen Erklärung über John und Betty heraus – und daß sie das nicht konnte, und wenn das zur Ehe gehörte, dann wollte sie lieber als alte Jungfer sterben.

Lord Harry klopfte mit seinem Stock gegen das Wagendach. »Nach Hause!« rief er dem Kutscher zu.

»Ich rühre ich Sie nicht wieder an«, sagte er bestimmt. »Meine Dienerschaft ist sehr verschwiegen. Sie können meine Wohnung anschauen, und dann bringe ich Sie hierher zurück.«

»Das war's dann«, dachte Carina. Wie widersprüchlich ihre Gefühle waren! Was sie jetzt wollte, war, daß er sie wieder in die Arme nahm und alle ihre Ängste wegküßte.

Lord Harrys Schweizer Diener machte einen ganz verdatterten Eindruck, als sein Herr die Wohnung betrat.

»Bruno!« sagte Lord Harry. »Ich weiß, daß du dir schon lange einen freien Abend gewünscht hast. Das ist deine Chance.«

»Kurz vor Mitternacht, Mylord?«

»Die beste Zeit für Abenteuer«, sagte Lord Harry entschieden.

»Sehr wohl, Mylord«, gab Bruno sich geschlagen.

»Nun, was halten Sie von meiner Unterkunft?« fragte Lord Harry, als sein Diener gegangen war.

Er nahm seinen Domino von der Schulter und warf ihn mit Schwung über einen Stuhl. Dann nahm er seine Maske ab.

»Sehr gemütlich«, erwiderte Carina und schaute sich neugierig um.

»Ich mache jetzt eine Führung mit Ihnen«, sagte Lord Harry. »Dies hier ist mein Wohnzimmer.« Es war ein kleines, unordentliches Zimmer, voller Bücher und Papiere, die überall auf den Stühlen und Tischen herumlagen. »Und das«, sagte er, vor ihr hergehend und die Kerze hochhaltend, »ist mein Boudoir.«

Überall lagen Kleidungsstücke herum. Ein Toilettentisch war mit allem möglichen bedeckt, nur nicht mit Toilettensachen: Zeitungen, Schuhcreme, Schnupftabaksdosen, eine Karaffe Wein, ein Kartenständer und ein Stoß Briefe.

»Und drüben ist das Schlafzimmer. Jetzt haben Sie alles gesehen.«

»Alles?« fragte Carina überrascht. »Ich habe immer gedacht, Lords leben in großen Häusern.«

»Nicht dieser. Aber da ich neuerdings reich bin, habe ich vor, ein Haus zu suchen, um mehr Platz zu haben. Möchten Sie gern ein Glas Wein?«

Carina nickte, und er nahm die Karaffe und trug sie ins Wohnzimmer, wo er Platz für sie schuf, indem er mehrere Bücher und Zeitschriften von einem Stuhl fegte.

»Ihr Diener räumt nicht sehr ordentlich auf«, sagte Carina schüchtern.

»Bruno ist in Ordnung und ein besserer Kammerdiener, als ihn die meisten Gentlemen haben. Er würde gerne Ordnung halten. Aber ich will nicht, daß er meine Sachen durcheinanderbringt. Wenn er geputzt hat, finde ich nichts mehr.

Er goß Carina und sich ein Glas ein.

»Bitte setzen Sie sich, Mylord«, sagte Carina. »Sie machen mich ganz nervös, wenn Sie so herumstehen. Außerdem tue ich etwas sehr Schlimmes. Ich sollte nicht hier bei Ihnen sein.«

»Es wäre in der Tat sehr schlimm, wenn ich die Situation ausnützen würde«, bemerkte er. »Ich habe nicht die Absicht, es zu tun. Meine Diener reden nicht, Sie können also ganz beruhigt sein.«

Irgendein Teufel ritt Carina, daß sie die Konservation in intimere Bahnen lenkte.

»Als ich Ihnen von Betty und John erzählte«, sagte sie kühn, »schienen Sie gar nicht schockiert zu sein.«

»Ich kenne die Beteiligten doch nicht, außer als Ihre Diener«, sagte er. »Da sie heiraten wollen und einen Weg gefunden haben, Mr. Armitages Erlaubnis zu bekommen, kann ich wirklich nicht viel dazu sagen. Lieben sie sich denn?«

»Ja, sehr.«

»Dann war es doch nur natürlich, was sie getan haben. Wenn andere Leute sich lieben, dann sieht das immer so anstößig aus, bei einem selber aber gar nicht.«

»Aber wie kann eine Dame ... Bei Dienern ist das etwas anderes.«

»Carina, wenn Sie von solchen Dingen sprechen – ich weiß nicht, ob Sie es absichtlich tun –, dann bringen Sie meine Gedanken zwangsläufig auf die Intimität unserer Situation. Wenn Sie so weitermachen, bin ich versucht, mein Versprechen zu brechen.«

»Sie haben recht«, sagte Carina und stand auf. »Wir sollten gehen.«

»Ist es Ihnen nicht zu heiß mit der Maske?«

»Doch, ein bißchen.« Sie hob die Hände, knüpfte die Bänder auf und stopfte die Maske in ihren Ridikül.

»So ist es besser. Mit Masken sehen die harmlosesten Leute verrucht aus. Jetzt sehen Sie wie eine Jungfrau vom Land aus.«

»Danke, Sir«, sagte Carina, die sich gar nicht sicher war, ob das ein Kompliment war.

»Nun ...«, sagte sie und trat von einem Fuß auf den anderen, »ich muß gehen.«

»Natürlich. O Gott!« schrie er plötzlich. »Schauen Sie sich das an!«

Der Schrecken in seiner Stimme und seinem Gesicht waren so echt, daß Carina einen entsetzten Schrei ausstieß und sich in seine Arme stürzte.

»Was ist los? Ein Gespenst?« stammelte sie.

Sie umschloß ihn fest und barg ihr Gesicht an seiner Brust.

»Es tut mir leid, daß ich Sie erschreckt habe«, sagte er leise. »Ich habe meine Halskrause im Spiegel gesehen, und sie hat einen Fleck.«

»Sie haben mich hereingelegt«, beklagte sich Carina, änderte ihre Stellung aber keineswegs.

»Ich nicht«, antwortete er zärtlich. »Schauen Sie mich an und sagen Sie, daß Sie mir vergeben. Sie sehen, ich habe mein Versprehen gehalten. *Ihre* Arme sind um mich geschlungen, meine hängen herab.«

Sie blickte zu ihm auf und öffnete den Mund, um ihn noch einmal der Täuschung zu bezichtigen, aber die Worte erstarben ihr auf den Lippen. Seine blauen Augen waren im Kerzenlicht dunkel und gar nicht mehr ruhig und kindlich, sondern so eindringlich auf sie gerichtet, daß sein Blick sie gefangenhielt.

Er stand ganz still.

Sie seufzte leise, stellte sich auf die Zehenspitzen und küßte ihn zart auf den Mund.

Er umarmte sie immer noch nicht, aber sein heißer Mund hielt sie fest, und sie küßte ihn mit wachsender Leidenschaft. Sein Mund glitt zu ihren Ohrläppchen, dann zu ihrer Nasenspitze, zu ihren Augenlidern und dann ...

»Au!« schrie Carina auf. Ihre Augen waren vor Schreck geweitet, und sie fuhr sich mit der Hand an den Hals. »Sie haben mich gebissen!«

»Oh, es tut mir so leid«, sagte er und trat einen Schritt zurück. »Sind Sie sicher? Ich habe Ihnen doch gesagt, daß Bruno nicht saubermachen darf. Jetzt sehen Sie sich das an. Der Fall ist ziemlich klar. Ich habe Flöhe.«

»Sir, das war kein Flohbiß«, sagte Carina so kalt, wie sie eine

Minute vorher heiß gewesen war. »Ich verstehe Sie nicht. Bitte bringen Sie mich nach Hause.«

»Sehr wohl«, sagte er sanft.

Carina saß auf dem Weg zum St. James' Square ganz steif und aufrecht mit abgewandtem Gesicht.

Diesmal war das Haus hell erleuchtet.

»Große Aufregung«, sagte Lord Harry, als er Carina aus der Kutsche half. »Ich fürchte, Lady Godolphin ist hergekommen und hat einen Aufruhr über Ihr Fernbleiben veranstaltet. Ich muß mir eine gute Ausrede ausdenken.«

Carina und Lord Harry gingen in den Salon, wo sie sich einer ganzen Reihe von anklagenden Augen gegenübersahen. Vor ihnen saßen Lady Godolphin, Colonel Brian, Minerva und Lord Sylvester, der Vikar und Squire Radford.

»Wo wart ihr?« fragte Lord Sylvester.

»Wir konnten Lady Godolphin nicht finden«, sagte Lord Harry leichthin, »und ich habe mir Gedanken gemacht, weil das Kostümfest nicht das Richtige für eine Dame in so zartem Alter wie Miss Carina war. Eigentlich war es für Damen überhaupt nicht das Richtige. Lord Sylvester, ich versichere Ihnen, es war wie Rom kurz vor dem Untergang. Ich beschloß, daß es das beste sei, Miss Carina so schnell wie möglich von den Jamesons wegzubringen.«

»Verzeihen Sie mir, daß ich da skeptisch bin«, sagte Lady Godolphin trocken. »Aber ich glaube nicht, daß Sie mich sehr intensiv gesucht haben.«

»Wir haben Sie um elf Uhr gesucht«, warf Colonel Brian ein, »und konnten Sie nirgends finden. Als wir am Eingang fragten, sagte man uns, Sie seien kurz vor elf Uhr gegangen. Da Sie die Kutsche nicht zurückgeschickt haben, mußte ich die arme Lady Godolphin in einer Droschke zurückbegleiten.«

»Wir saßen die ganze Zeit in der Kutsche und haben uns über Shakespeares Werke unterhalten«, sagte Lord Harry, »und darüber die Zeit vergessen. Wie Sie sehen, hat Miss Carina keinen Schaden genommen.«

»Komm hierher, Mädchen«, bellte der Vikar plötzlich. »Und steh nicht in der Tür herum.«

Carina kam näher, die Hand am Hals.

»Sagt Lord Harry die Wahrheit?« fragte der Vikar.

»Ja, Papa«, sagte Carina.

»Komm näher.«

Der Vikar blickte seiner Tochter ins Gesicht, und dann schoß sein Arm plötzlich vorwärts, und er riß Carina die Hand vom Hals.

Alle Augen hefteten sich auf den sichtbar gewordenen purpurroten Bluterguß.

Die Augen des Vikars glitzerten wie zwei schwarze Diamanten in seinem zorngeröteten Gesicht.

»Wie kommst du denn dazu?« fragte er leise.

»Zu ... zu was?« Carina versuchte, harmlos dreinzuschauen, mit dem Erfolg, daß ihr Blick geradezu bejammernswert schuldbewußt war.

»Antworten Sie«, fuhr der Vikar Lord Harry an.

»Nein, ich antworte«, sagte Carina schnell. »Ein Mann sprang auf dem Ball in unsere Loge, als Lord Harry Erfrischungen holte, und ... er hat versucht, mich zu küssen, und bei dem Gerangel habe ich diesen Bluterguß abbekommen.«

»Da soll mich der Teufel holen, wenn das wahr ist«, sagte der Vikar kalt.

»Papa!« schrie Minerva auf. »Was für eine Ausdrucksweise.«

»Gewöhn dich daran«, sagte ihr Vater. »Ich glaube, es kommt noch schlimmer. Nun, Desire, was haben Sie für eine Erklärung?«

Lord Harry machte eine entschuldigende Handbewegung und warf einen reuevollen Blick in Carinas Richtung.

»Es fällt mir sehr schwer zu lügen«, sagte er. »Die Wahrheit ist, daß ich Ihre Tochter in den Armen hielt und sie küßte, und ich bedaure sagen zu müssen, daß ich mich vergaß.«

»Wo fand das statt, Sir? In der Kutsche?«

Glockenrein drang Lord Harrys Stimme durch den Salon.

»In meiner Wohnung, Mr. Armitage.«

Mit blitzenden Augen machte Lord Sylvester eine schnelle Bewegung auf Lord Harry zu. Carina warf sich dazwischen.

»Es war alles meine Schuld«, keuchte sie. »Ich habe mit ihm ziemlich ungeniert geflirtet. Ich habe ihn herausgefordert.«

Lord Harry ließ seine Hände auf ihre Schultern sinken und zog sie an sich.

Dann legte er sein Kinn auf ihren Kopf und schaute die empörte Gesellschaft belustigt an.

Trotz ihrer Angst und Aufregung lehnte sich Carina dankbar zurück, und es schoß ihr durch den Kopf, daß sie jetzt zum ersten Mal in ihrem Leben Minerva sprachlos sah.

»Jetzt ist es heraus«, sagte Lord Harry. »Ich habe Ihre Tochter arg kompromittiert. Wir müssen so bald wie möglich heiraten.«

»Allerdings«, knurrte der Vikar drohend. »Kommen Sie mit, Lord Harry. Sie haben mir eine Menge zu sagen.«

Lord Harry hob Carinas Hand an seine Lippen und küßte sie.

Sie blickte verwirrt und ganz benommen zu ihm auf. Sie liebte ihn. Er wollte sie doch heiraten. Das Bild von John und Betty fuhr ihr durch den Sinn, und sie erschauerte. Wie konnte sie den Mann so sehr lieben und doch solche Angst vor der Hochzeitsnacht haben?

Elftes Kapitel

Silas Dubois hielt eine kleine emaillierte Schnupftabaksdose in der Hand. Sie hatte eine Menge Geld gekostet, und Silas gab nicht gern Geld aus – außer für sich selbst.

Er wartete in einem düsteren ebenerdigen Salon in Mr. Blewetts Haus; er wartete darauf, vorgelassen zu werden.

Mr. Blewett hatte Silas mitteilen lassen, daß er sein Testament endgültig zu Silas' Gunsten geändert habe. Das war gut. Aber bei seinem letzten Besuch hatte Mr. Blewett darauf bestanden, daß Silas Lord Harry von diesem Umstand in Kenntnis setze.

Ein Katz-und-Maus-Spiel, dachte Silas gereizt.

Die Schnupftabaksdose war ein teures Mitbringsel, das Mr. Blewett daran erinnern sollte, daß er seine Geldsäcke dem hinterließ, der ihn am meisten schätzte.

Silas Dubois hatte Lord Harry eine Weile nicht gesehen und hatte nicht die Absicht, ihn jetzt aufzusuchen und ihm von dem geänderten Testament zu erzählen.

Denn was wäre, wenn Desire stehenden Fußes ans Bett seines Onkels käme und den alten Narren so umschmeichelte, daß dieser sein Testament noch einmal änderte?

Ein Lakai trat ein und sagte Silas Dubois, daß Mr. Blewett bereit sei, ihn zu empfangen.

»War der Arzt heute da?« fragte Silas begierig, als er hinter dem Diener die Stufen hinaufging.

»Ja, Sir.«

»Und was meinte er?«

»Das weiß ich ganz sicher nicht, Sir«, sagte der Lakai hochmütig.

Silas blickte auf den livrierten Rücken. Unverschämter Kerl! Du bist der erste, der geht – und ohne Referenzen, dachte er, sobald ich Blewetts Besitz übernommen habe.

Mr. Blewett lag auf Kissen gestützt im Bett. Er sah aus wie immer. Das heißt, er sah aus wie an der Schwelle des Todes.

Er hielt ein Exemplar der *Morning Post* in den Händen, und seine Augen leuchteten vor Schadenfreude.

»Jetzt gibt es ein Durcheinander«, sagte er, als sich Silas seitlich zu seinem Bett bewegte. »Hast du die Zeitung von heute gelesen?«

Silas schüttelte den Kopf.

»Desire heiratet den Armitage-Sproß doch! Ich wußte, daß er schließlich das tut, was ich will. Ich hatte nicht die Absicht, ihm mein Geld zu hinterlassen, als er unverheiratet bleiben wollte. Aber eine Frau wird ihn zur Ruhe bringen.«

Silas Dubois' Finger krallten sich um die Schnupftabaksdose. »Heißt das, daß du mir sagen willst«, fragte er und knirschte dabei mit den Zähnen, »daß diese Verlobung von Desire die Sachlage verändert? Du denkst doch wohl nicht daran, dein Testament wieder zu ändern?«

»Warum nicht?« wollte Mr. Blewett verärgert wissen. »Es ist mein Testament und mein Geld, und ich kann damit machen, was ich will.«

Silas ließ die Schnupftabaksdose in seine Tasche gleiten. Er merkte mit einer sonderbaren Teilnahmslosigkeit, daß seine Hände zittern.

»Ich würde mein Testament nicht so bald ändern«, lächelte er gezwungen. »Die Hochzeit könnte wieder abgeblasen werden.«

»Ich gebe zu, daß die Möglichkeit dazu besteht«, sagte Mr. Blewett heiter. »Aber ich habe nach Desire schicken lassen und erwarte ihn jeden Moment.«

Silas Dubois dachte fieberhaft nach. Er stellte sich vor, wie der große, hübsche Lord Harry hereingeschlendert kam und diesen alten Geizhals auf seine charmante Art überredete, sein Testament zu ändern, Lord Harry, von dem es hieß, daß er über Nacht an der Börse steinreich geworden war.

Und dann sah er den begierigen, boshaften Ausdruck auf Mr. Blewetts Gesicht.

»Du siehst nicht sehr gut aus«, sagte Silas und zwang sich ein besorgtes Lächeln ab. »Erlaube, daß ich deine Kissen aufschüttle.«

»Laß sie in Frieden«, schnauzte Mr. Blewett. »Ich mag es nicht, wenn du bei mir herumhockst wie so ein verdammter Aasgeier.« Er kicherte greisenhaft. »Da hol mich der Teufel, wenn du nicht wie ein Geier aussiehst mit deiner großen Nase.«

Es war eine Sache von Sekunden, das Kissen unter dem alten Mann hervorzuziehen und es ihm aufs Gesicht zu drücken.

Silas drückte es mit aller Kraft nach unten und versuchte, an etwas anderes zu denken. Wer hatte sich dafür entschuldigt, daß er so furchtbar lang zum Sterben brauchte? Charles II. – richtig.

Der schmächtige Körper auf dem Bett bäumte sich noch einmal auf und lag dann still.

Silas nahm das Kissen weg und schaute auf das verzerrte Gesicht.

Er setzte eine passende Trauermiene auf und griff nach der Klingelschnur.

Nein. Er wollte hinuntergehen und dem Butler in gesetzten

Tönen die Mitteilung machen.

Er ging langsam zur Tür.

Ein Geräusch hinter ihm ließ ihm das Blut in den Adern gefrieren.

Er fuhr herum, und ein Nachttopf traf ihn voll ins Gesicht.

»So leicht wirst du mich nicht los«, gackerte Mr. Blewett. Er zog an der Klingelschnur.

Silas taumelte zur Tür. Ein Lakai kam die Treppe heraufgeeilt.

»Mord!« schrie Mr. Blewett mit erstaunlich kräftiger Stimme aus dem Zimmer. »Mord!«

Das Spiel war aus. Silas floh Hals über Kopf.

Mr. Blewetts Haus lag in Streatham. Wenn er schnell ritt, konnte er seine Wohnung in der Brook Street erreichen, bevor die Polizei kam.

»Und kein Schwein bringt mich ins Gefängnis«, murmelte Silas, als er seinem Pferd die Sporen gab.

Sein einziger Gedanke war, das Refugium seiner Wohnung zu erreichen und eine Tasche zu packen. Er hatte unter den Dielenböden einen kleinen Diamantenschatz sorgfältig versteckt. Er mußte so schnell wie möglich aus England verschwinden.

Er hastete in seine Wohnung und schickte seinen Diener weg, damit er zwei Sitze in der Postkutsche reservierte. »Ich muß das Land verlassen«, stammelte er. »Dringende Geschäfte. Steh hier nicht rum und halt Maulaffen feil, Mann. Mach dich fort!«

Als er allein war, sank er in einen Sessel und biß sich die Knöchel wund; seine Augen wanderten hierhin und dahin wie die einer in die Enge getriebenen Ratte.

Dann erhob er sich und packte in fieberhafter Eile. Er riß ein Fußbodenbrett in der dunklen Ecke seines Wohnzimmers heraus und zog darunter einen schweren Waschlederbeutel mit Diamanten hervor. Diesen warf er in seinen Koffer.

Er hatte sehr wenig Zeit.

Blewetts Diener würden hinter ihm her sein, sobald sie sich gefaßt hatten.

Als er seinen Koffer schloß, hörte er einen schnellen, leichten Schritt auf der Treppe. Sein Diener war schnell gewesen.

Die Tür ging auf.

»Steh nicht wie ein Idiot herum. Nimm diese Tasche«, schnauzte Silas.

Und dann blickte er auf.

Guy Wentwater stand im Türrahmen, eine Pistole in der Hand.

»Desire heiratet also«, sagte Guy Wentwater, »und Sie werden in ganz London Klatsch verbreiten. Sie werden mich ruinieren, was?«

»Nein«, schrie Silas. »Ich doch nicht. Setzen Sie sich, mein Lieber, und tun Sie die Pistole weg.«

»Einverstanden. Ich höre, was Sie mir zu sagen haben.« Guy Wentwater kam lässig näher.

»Ich wußte, daß Sie vernünftig sind«, sagte Silas und wischte sich über die Stirn. »Etwas zu trinken, das brauchen wir jetzt beide.«

Er ging zur Kommode und holte eine Karaffe Branntwein.

Guy zielte sorgfältig und schoß Silas Dubois in den Kopf. Er wandte sich schnell von dem furchtbaren Anblick ab. Dann steckte er seine rauchende Pistole in seine geräumige Tasche und ging zur Tür.

Auf einmal gaben seine Beine unter ihm nach, und er brach auf dem Boden zusammen. Er vergrub sein Gesicht in den Händen und weinte bitterlich über sein zerstörtes Leben. Seine Absichten waren durchkreuzt. Niemals würde er das geachtete Mitglied der Gesellschaft sein, das er so gerne geworden wäre. Er würde als Flüchtling auf dem Kontinent unterwegs sein und von der Hand in den Mund leben. Er hatte nicht einmal den Versuch gemacht, sich zu verkleiden, und irgend jemand würde gesehen haben, wie er das Haus betrat.

Zur Hölle mit diesen Armitages, mit dem ganzen Pack!

Schließlich trocknete er seine Augen und rappelte sich hoch. Da hörte er von draußen die Rufe: »Mord! Mord!« Wie konnten sie es schon wissen?

Füße stampften die Treppe herauf. Zwei Polizisten, gefolgt von Mr. Blewetts Dienern, erschienen auf dem Treppenabsatz.

»Mr. Dubois?« fragte einer. Guy wies auf Mr. Dubois' Leiche

und wartete seine Verhaftung ab.

»Sie haben uns das Aufhängen erspart«, sagte einer der Beamten und richtete sich wieder auf. »Hat er Sie angegriffen?«

Guy hatte nicht die geringste Ahnung, was los war, aber er sah einen Hoffnungsschimmer am Horizont.

»Ja«, sagte er. »Ich wollte ihn besuchen, und er hat mich beschimpft und ist auf mich losgegangen; da habe ich ihn erschossen, weil ich Angst hatte, daß er mich umbringt.«

»Kommen Sie wieder zu sich, Herr«, sagte der Polizist, der neben Guy stand. »Er hat nichts Besseres verdient. Einen alten Mann umbringen zu wollen. Eine Schande! Wenn Sie jetzt bitte mit uns zur Bow Street kommen, dann halten wir den Fall fest. An der frischen Luft werden Sie sich besser fühlen. Kommen Sie jetzt bitte.«

Als Lord Harry ankam, um Mr. Blewett zu besuchen, war es viel später am Tag. Mr. Blewett war freudig erregt über seine kluge Reaktion. Sobald er das Kissen auf dem Gesicht spürte, sagte er, habe er beschlossen, sich totzustellen, wobei er sich auf den Umstand verließ, daß Dubois ihn offenbar für schwächer hielt, als er war.

»Und ich habe ihn hereingelegt!« krächzte er.

»Und du hast ihn an den Galgen oder in die Verbannung gebracht, weil du mit seiner Habgier dein Spiel getrieben hast«, seufzte Lord Harry.

»Er ist tot. Wunderbare Sache. So ein Kerl mit Namen Wentwater hat ihn erschossen. Meine Diener haben's mir erzählt«, kicherte Mr. Blewett.

»Was!« Lord Harry war aus seiner üblichen Ruhe gebracht.

»Ja, der junge Freund hat ihn in seiner Wohnung aufgesucht, und Silas hat ihn angegriffen, weil er ohne Zweifel dachte, daß Wentwater von dem Mordversuch wußte. So hat Wentwater ihn erschossen.«

Lord Harry saß in Gedanken versunken da und hörte nicht, was Mr. Blewett sagte. Minerva hatte ihm von dem Duell zwischen Dubois und ihrem Gatten erzählt, das stattfand, weil Dubois und seine Freunde versucht hatten, sie zugrunde zu richten. Carina hatte von dem seltsamen Mann erzählt, der sie an dem Tag, als sie allein ausging und dann Guy Wentwater im Green Park traf, so genau angeschaut hatte. Offensichtlich hatten Guy Wentwater und Silas Dubois sich zusammengetan, um die Familie Armitage zu schädigen. Daß die beiden sich kannten, überraschte Lord Henry nach einigem Nachdenken nicht mehr. Dubois hatte offenbar jeden schwachen, haltlosen Tunichtgut am Rande der Gesellschaft gekannt.

Lord Harry beschloß, in der Bow Street nach der Adresse von Guy Wentwater in London zu fragen. Dieser junge Mann hatte ihm einiges zu erklären.

Er verließ Mr. Blewett, der immer noch schnarrte und plapperte, wie er dem Tod entronnen war, und ritt nach London zurück.

Aber in der Bow Street wurde ihm mitgeteilt, daß Mr. Wentwater seine Absicht, das Land zu verlassen, um auf eine Geschäftsreise zu gehen, angekündigt hatte. Es war natürlich keine Anklage gegen ihn erhoben worden. Die Beamten dachten offenbar, daß er schnell und tapfer gehandelt habe.

Lord Harry kehrte zu seiner Wohnung zurück und beauftragte seinen Diener, den Mann, der damals Miss Carina Armitage überwacht hatte, wieder zu engagieren; dann machte er sich selbst auf, um den Vikar zu besuchen.

Hochwürden war schlechter Laune. Er sagte, er verstünde überhaupt nichts, blickte dann auf Lord Harry und bemerkte mißmutig, er vertraue darauf, daß seine Lordschaft nicht aus London fortgehe, denn die Hochzeit sei, da er eine Sondergenehmigung bekommen habe, bereits in zwei Wochen.

»Denn Sie müssen sie jetzt heiraten«, sagte der Vikar brummig, »nachdem, was Sie ihr angetan haben.«

»Ja«, stimmte Lord Harry traurig zu, und Carina, die in der anderen Ecke des Salons saß, schaute ihn irritiert an und fragte sich, ob er sich gezwungen fühlte, zu heiraten.

»Papa«, sagte sie plötzlich, »zwischen Lord Harry und mir ist nichts passiert.«

»Wie willst du das wissen?« antwortete der Vikar düster. »Laß nur deinen Vater machen, und wir werden so bald wie möglich eine anständige verheiratete Frau aus dir machen.«

Carina schaute Lord Harry bittend an, aber er lächelte nur freundlich zurück.

»Nichtsdestoweniger, Sir«, sagte Lord Harry und kam auf das Thema Guy Wentwater zurück, »ich habe das Gefühl, daß niemand Ihrer Familie in Sicherheit ist, solange wir nicht wissen, wo er ist. Ich schlage vor, wir beauftragen unsere sämtlichen Diener, das heißt meine, die der Comfreys, die der Brabingtons und die von Lady Godolphin, ganz London abzusuchen.«

»Er wird es nicht wagen, sich noch einmal zu zeigen«, sagte der Vikar.

»Ganz im Gegenteil. Er ist auf dem besten Weg, zu einer Art Held zu werden, weil er Dubois erschossen hat.«

»Denken Sie lieber an Ihre Hochzeit«, grollte der Vikar. »Ich bin enttäuscht von dir, Carina. Jetzt habe ich die Kosten auf dem Hals, ganz zu schweigen davon, daß Mrs. Armitage und die Mädchen kommen. Dann müssen die Jungen von Eton geholt werden. Und alle Welt macht sich Gedanken, warum die Hochzeit so schnell stattfinden soll.«

»Es ist alles sehr bedauerlich«, stimmte Lord Harry liebenswürdig zu.

Carina musterte Lord Harry heimlich. Alle diese Hochzeitsvorbereitungen jagten ihr Angst ein. Er hatte sie gebissen. Gebissen! Welche anderen unbekannten Schrecken standen ihr im Ehebett bevor? Sie kannte diesen Mann überhaupt nicht.

Squire Radford mischte sich in die Unterhaltung ein, Lord Sylvester gesellte sich dazu, und bald stellten alle Spekulationen über den Zusammenhang zwischen Guy Wentwater und Silas Dubois an.

Schließlich erhob sich Lord Harry, um zu gehen. Carina stand ebenfalls auf.

»Ich würde gerne ein paar Worte mit meinem Verlobten wechseln, Papa«, sagte sie, »unter vier Augen.«

Der Vikar verzog grimmig das Gesicht: »Ich nehme an, ihr braucht keine Anstandsdame mehr. Ihr könnt in die Bibliothek gehen, aber laßt ja die Tür offen!«

Lord Harry hielt Carina die Tür auf, und sie ging unter den argwöhnischen Blicken ihres Vaters zu ihm hin.

»Was hast du für einen Kummer?« fragte Lord Harry, als er sie in die Bibliothek führte und ganz in Gedanken die Tür schloß.

»Die Schande«, sagte Carina außer sich. »Wir haben doch gar nichts getan, und du hast trotzdem zugelassen, daß alle denken, es war etwas.«

»Ich wußte, daß sie uns sowieso nicht glauben würden«, sagte er, auf sie herabblickend. Eine rote Locke hatte sich gelöst, und er steckte sie sorgfältig wieder auf ihrem Kopf zurecht. »Willst du mich denn nicht heiraten?« fragte er, da er bemerkte, wie sie vor seiner Berührung zurückwich.

»Ich habe solche Angst«, sagte sie und ließ den Kopf hängen.

»Vor mir?«

»Ja, du hast mich schockiert. Du hast mich gebissen.«

»Ja, schamlos wie ich bin.«

»Darüber macht man keine Scherze«, erwiderte Carina und schlug ängstliche, bekümmerte Augen zu ihm auf. »Ich weiß so wenig über dich.«

»Es ist unsere Hochzeitsnacht«, sagte er. »Die bereitet dir Kummer.«

Carina ließ den Kopf wieder hängen.

Er nahm sie zärtlich in die Arme. »Ich bin ein ganz böser Mann«, sagte er rauh. »Ich muß dir etwas sagen ...«

»Hoh!« rief der Vikar, die Tür aufstoßend. Er stemmte die Hände in die Seiten. »Ihr zwei werdet jetzt warten, bis ihr verheiratet seid. Carina! Du kommst mit mir zurück nach Hopeworth, und in einer Woche fährst du mit deiner Mutter nach London.«

»Mein lieber Sir ...«, begann Lord Harry, der Carina immer noch umfaßt hielt.

»Nein, dabei bleibt es«, sagte der Vikar. »Ich tue kein Auge zu, bevor ihr beide nicht anständig verheiratet seid.«

Er blieb so lange stehen, bis Seine Lordschaft gegangen war. Carina fragte sich ganz unglücklich, welche Sünde ihr Lord Harry gerade hatte gestehen wollen.

Carina sollte auf die Tage vor ihrer Hochzeit als ein gehetztes Kommen und Gehen zwischen Hopeworth und London zurückblicken.

Die Tatsache, daß sie nicht besonders beglückt über ihre bevorstehende Hochzeit zu sein schien, wurde diesmal von der Familie Armitage entschlossen nicht zur Kenntnis genommen. Sie konnte sich glücklich preisen, daß sie heiratete und nicht auf den Kontinent geschickt wurde, um ihre schmachvollen Tage in irgendeinem abgelegenen Nest zuzubringen.

Sogar Minerva und Annabelle, die doch ganz gewiß allen Grund hatten, tolerant zu sein, was voreheliche Erfahrungen betraf, waren überzeugt, daß in ihrem Fall alles ganz anders gewesen war.

Die Hochzeit sollte in einer kleinen Kirche in Islingen stattfinden. Nur die Familie sollte teilnehmen, abgesehen von ein paar sehr engen Freunden.

Die Zeitungen hatten über die Heldentat von Guy Wentwater berichtet, als er Silas Dubois niederschoß. Obwohl die Dienerschaft der verschiedenen Häuser London durchsucht hatte, war es nicht gelungen, den jungen Mann ausfindig zu machen.

Der Vikar hatte Töchter und Hochzeiten von ganzem Herzen satt. Er wasche seine Hände in Unschuld, sagte er laut. Er wolle nichts mehr damit zu tun haben. Wenn es nach ihm gehe, könnten die übrigen Mädchen als alte Jungfern sterben.

Daphne war insgeheim enttäuscht von Carina. Von ihr hätte man am allerwenigsten gedacht, daß sie sich von einem Mann zu einer überstürzten Heirat verleiten ließ.

Sie machte das Maß von Carinas Unsicherheit und Kummer dadurch voll, daß sie sie wie eine Kranke behandelte, in ihrer Gegenwart nur leise sprach und die Köchin veranlaßte, kräftige Brühen zu kochen und Milch mit Rotwein und Eigelb zu verquirlen.

Fast gleichgültig hörte Carina dem Geplappere über die Hoch

zeitsvorbereitungen zu. Sie sollte Annabelles Hochzeitskleid tragen, das für diesen Anlaß ein bißchen geändert wurde, und ihre jüngeren Schwestern sollten ebenfalls die Brautjungferngewänder anziehen, die sie bei Annabelles Hochzeit getragen hatten.

Die Seidenanzüge der Jungen mußte der Schneider ändern, da sie inzwischen ganz schön gewachsen waren.

In einem Gasthaus in der Nähe der Kirche sollte es ein einfaches Hochzeitsfrühstück geben.

Als die Familie dann nach London aufbrach, fühlte sich Carina niedergeschmettert. Die aufregenden Gefühle, die Lord Harry in ihr entfacht hatte, waren ihr nur noch schwach in Erinnerung. Manchmal fiel es ihr geradezu schwer, sich sein Gesicht vor Augen zu rufen. Sie hatte ihn gefürchtet und gehaßt, dann hatte sie ihn geliebt, und jetzt hatte sie wieder Angst vor ihm. Aber diesmal kümmerte sich kein Mensch darum. Ihre niedergeschlagene Miene paßte sehr gut zu einem Mädchen, das vor der Hochzeit so tief gesunken war.

Lady Godolphin war auch keine Hilfe, da sie ganz verzehrt vor Eifersucht war, weil sich Colonel Brian schließlich doch von ihr abgewendet hatte; man erzählte sich, daß er eine üppige Matrone umwarb, die Witwe eines Londoner Kaufmanns, die erst vierzig Jahre alt war.

»Männer sind abscheulich«, sagte Lady Godolphin zu Carina. »Ich hätte dich warnen sollen. Als du mich gefragt hast, woher die Babys kommen, hätte ich es dir nicht sagen sollen. Aber wie konnte ich wissen, daß du hingehst und deine Jungfernschaft verlierst? Ich werde zu deiner Hochzeit kommen, aber wenn du Colonel Brian erwartest, so muß ich dich enttäuschen. Er hat eine Liebschaft mit einer Frau aus der City. Ein gräßliches, fettes Ding. Was er bloß an ihr findet? Oh, Follikel!«

Und damit brach Lady Godolphin in Tränen aus, und Carinas Unschuldsbeteuerungen trafen auf taube Ohren.

Auch Betty war kein Trost. Das Mädchen schüttelte nur den Kopf über Carinas Schande.

»Bei mir ist das etwas anderes«, sagte Betty. »Ich mußte es tun.«

»Ich habe doch gar nichts getan!« schrie Carina und zerbrach dabei vor Erregung die Stäbe des Fächers, den sie in der Hand hielt. »Es stimmt zwar, daß ich in seiner Wohnung war, aber es ist nichts vorgefallen!«

»Das glauben Sie doch selber nicht, Miss, und was ist mit dem Bluterguß auf Ihrem Hals.«

»Es passierte einfach so. Er hat nur ... ach, es hat ja doch keinen Sinn«, sagte sie unglücklich. »Jeder schleicht um mich herum, als ob ich zu einer Beerdigung ginge, und dann das Theater mit der Hochzeit, die irgendwo in Islington, wo sich Fuchs und Hase gute Nacht sagen, stattfindet. Und es hat sich in ganz London herumgesprochen, daß alle in der Familie so schockiert sind. Schau nur, was ich bei einem Drucker in der Bond Street entdeckt habe.«

Sie streckte sich nach einem kleinen Tisch aus und hielt eine bunte Zeichnung hoch.

Betty sah diese mit vor Schreck großen Augen an. Auf ihr war Carina Armitage, sehr locker bekleidet, auf Lord Harry Desires Knien zu sehen.

Darunter stand ein Gedicht. Es lautete:

Die Hochzeit kommt zustande,
nein, sie fällt aus.
Die launische Miss vom Lande,
kriecht in ihr Schneckenhaus.
Doch alle sind im ungewissen,
Miss Carina ließ sich küssen.
Nun also sagt sie »Ja, Mylord«,
Desire läßt sie nie mehr fort.

»Oh, Miss«, sagte Betty. »Es ist ein Geschenk des Himmels, daß er Sie heiratet.«

»Ich verstehe nicht, daß er sich nicht die Mühe macht, Papa zu überzeugen, daß nichts passiert ist«, sagte Carina verärgert. »O Gott! Ich wollte, ich wäre ihm nie begegnet!«

»Da können Sie jetzt gar nichts machen«, sagte Betty. »Aber die

Klatschmäuler haben die ganze Geschichte in ein paar Wochen vergessen.«

Doch Carina war tief bekümmert. Ihr Vater schien der Ansicht zu sein, daß es reichte, wenn sie ihren Verlobten bei der Probe für die Trauung sah.

Sie konnte nicht offen darüber sprechen, weil der Skandal vor den Zwillingen und Frederica und Diana geheimgehalten werden mußte. Es schien auch, als sollte sie durch die sparsame Ausrichtung der Hochzeit bestraft werden, und sie wurde durch endlose Handarbeiten, wie das Besticken von Unterröcken und Taschentüchern, in Atem gehalten.

Die Probe für die Trauung war eine feierliche Angelegenheit, eher einer Beerdigung angemessen. Die Kirche war klein und dunkel und muffig. Der Vikar, der den Gottesdienst halten sollte, war ein alter Studienfreund von Mr. Armitage.

Er gehörte zu diesen beherzten Christen, die sich rühmen, mit großer Selbstverständlichkeit über alle möglichen delikaten Angelegenheiten ganz frei sprechen zu können, und er zog das junge Paar gönnerhaft damit auf, daß sie es so eilig hatten, zu heiraten. Erst als Lord Harry aus seiner Tagträumerei auffuhr und damit drohte, den Pfarrer zur Vernunft zu bringen, war dieser endlich still.

»Gott sei Dank, dieser Teil ist vorbei«, seufzte der Vikar, als Carina sehr bestimmt von Lord Harry fortgeführt und zur Familienkutsche gebracht worden war. »Jetzt steht uns nur noch der morgige Tag bevor.«

»Ja«, stimmte Mrs. Armitage zu. »Es ist ein Unglück. Aber wir haben schon zwei große Hochzeiten gehabt, und dafür sollten wir dankbar sein, Mr. Armitage. Die Stadt wirkt auf mich immer so deprimierend, und ich habe so furchtbare Schmerzen in der Hüfte. Ich gestehe, daß ich froh bin, wenn das alles vorbei ist und ich wieder in Hopeworth bin.«

»Warum heiratest du in so einer häßlichen Kirche?« fragte Diana, nachdem sie sich im Flüsterton mit Frederica abgesprochen hatte.

»Pscht!« tadelte Mrs. Armitage. »Es gibt Dinge, die ihr nicht zu wissen braucht.«

Plötzlich rebellierte Carina. Sie dachte nicht daran, sich morgen geduldig zum Altar führen und Lord Harry übergeben zu lassen. Sie mußte wissen, was er ihr gestehen wollte. Was, wenn es etwas ganz Schreckliches wäre? Noch gab es eine Möglichkeit, zu entrinnen. Die einzige Chance, die sie hatte, war, ihn zu fragen.

Und wenn es zu schrecklich war, dann würde sie ihn nicht heiraten und für ihre Entscheidung vor ihrer Familie geradestehen.

Es gab keinen Guy Wentwater, mit dem sie durchbrennen konnte. Was war sie doch für ein Dummkopf gewesen. Wenigstens mußte sie nicht ihn heiraten. Carina fragte sich kurz, wo er wohl sein mochte.

Guy saß in diesem Augenblick in einer Gastwirtschaft in Bristol und wartete die Flut ab. Er setzte seine Unterschrift unter den Brief, den er gerade geschrieben hatte und las ihn dann noch einmal auf Rechtschreib- und Grammatikfehler durch.

Er las: »Meine liebe Miss Emily, wenn Sie dieser Brief erreicht, werde ich schon auf hoher See sein auf dem Weg zu den Westindischen Inseln. Ich habe dort gewisse Geschäfte abzuwickeln. Wie Sie in der Zeitung gelesen haben werden, bin ich inzwischen zu einer Art Held geworden, aufgrund dessen, daß ich einen gewissen Silas Dubois niedergestreckt habe. Das ist mehr Lob, als ich verdiene, da ich mich lediglich vor einem verbrecherischen, wilden und bewaffneten Mörder geschützt habe. Er war groß und kräftig und in seiner Wildheit ausgesprochen brutal, und ich bin erleichtert, daß ich mich so erfolgreich verteidigt habe.

Grüßen Sie Ihre Familie ganz herzlich. Ich hoffe, daß ich zurückkehre, damit wir unsere Bekanntschaft vertiefen können. Bis dahin verbleibe ich Ihr gehorsamer und untertäniger Diener, G. W.«

Guy schaute auf das, was er geschrieben hatte, und runzelte die Stirn. Hätte er vielleicht schreiben sollen, er hoffe, daß sie auf ihn warte? Dann lachte er. Mit dem Gesicht würde Miss Emily ganz bestimmt warten, bis er wiederkam.

Zwölftes Kapitel

Gegen Abend war Carina ängstlicher und aufgelöster als je zuvor. Schließlich rief sie Betty.

»Betty«, sagte sie, »ich möchte, daß du etwas für mich tust. Bitte setz deinen Hut auf und zieh deinen Mantel an und geh mit einem der Lakaien zu Lord Harry und sage ihm, daß ich ihn sprechen muß.«

»Das wird Mr. Armitage nicht wollen«, sagte Betty. »Und Lady Sylvester auch nicht.«

»Papa ist mit Squire Radford in irgendeinem Kaffeehaus. Mama, die Mädchen und die Zwillinge besuchen Lady Godolphin, und Minerva und Sylvester sind ins Theater gegangen. Bitte, Betty, du zerstörst mein Leben, wenn du es nicht tust.«

Betty zögerte. Tatsächlich tat ihr Miss Carina leid. Die Hochzeit sollte so eine schäbige kleine Sache werden.

»Ich gehe, Miss«, sagte sie schließlich. »Aber Sie müssen ihn dazu bringen, daß er sagt, er ist von sich aus vorbeigekommen.«

»Das werde ich, Betty. Ich verspreche es. Warte, bis ich etwas aufgeschrieben habe.«

Betty wartete geduldig, bis Carina einen Brief geschrieben hatte.

»Sag ihm, er soll, wenn es geht, gleich mit dir zurückkommen«, drängte Carina, »denn Mama kommt bald nach Hause.«

Als Betty gegangen war, zog sich Carina eines ihrer besten Kleider an. Sie ging hinunter und setzte sich ans Fenster des Salons, um auf Lord Harry zu warten. Endlich, als sie schon das Gefühl hatte, daß sie es nicht mehr ertragen konnte, noch länger zu warten, kam eine Kutsche angefahren, die Tür öffnete sich und die hochgewachsene Gestalt Lord Harrys sprang auf das Pflaster.

Carina flog in die Halle und öffnete selbst die Haustür.

»Komm schnell herein«, flüsterte sie. »Ich möchte nicht, daß die Diener merken, daß du da bist. Komm in die Bibliothek.«

Auf dem Weg dorthin sah Carina, daß Lord Harry einen Abendanzug trug und seinen Dreispitz unter den Arm geklemmt hatte.

Es wurde ihr klar, daß sie schnell handeln mußte. Er war offensichtlich auf dem Weg in die Oper.

Carina entzündete das Feuer, das schon vorbereitet gewesen war, drehte sich dann um und sah ihn an.

»Ich muß etwas wissen, Mylord ...«, begann sie.

»Wie ernst du aussiehst. Und willst du mich nicht Harry nennen?«

»Doch ... Harry. Bitte setz dich.«

Er nahm in einem Lehnstuhl Platz, Carina setzte sich ihm gegenüber auf der anderen Seite des Feuers in einen Sessel und schaute ihn forschend an.

»Liebst du mich?« fragte sie.

»Von ganzem Herzen«, antwortete er, unbefangen wie immer.

»Ich habe das Gefühl ... Ich meine, du hättest den Versuch machen können, Papa verständlich zu machen, daß zwischen uns überhaupt nichts passiert ist«, sagte Carina kläglich; all ihr Kummer brach jetzt aus ihr heraus: »Und du hast mich gebissen. Und du hast gesagt, du mußt mir etwas ganz Schlimmes über dich sagen, aber Papa hat uns unterbrochen, und jetzt weiß ich nicht, was mich erwartet, und ich soll diese schäbige kleine Hochzeit haben, als ob ich in Ungnade gefallen sei, und niemand kommt, abgesehen von unseren Familien. Und ich soll Annabelles altes Hochzeitskleid anziehen – und ich habe solche Angst.«

Sie schaute ihn an; dabei zittete sie ein wenig und wartete auf seine Antwort.

Er stand auf, ging zu ihr und hob sie mit einer blitzschnellen Bewegung hoch. Dann ging er zu seinem Sessel zurück und setzte sie sich bequem auf die Knie.

Das erinnerte Carina an die Zeichnung. »Und, o Harry, beim Drucker gibt es die schrecklichen Zeichnungen von uns«, jammerte sie.

»Laß mich von vorn beginnen«, sagte er. Er hielt sie ganz fest und schüttelte sie ein bißchen, »und du hörst geduldig zu.«

»Vor fast zwei Jahren habe ich dich mit deiner Schwester Annabelle im Park gesehen. Du hast gelacht und sie geneckt, und ich hatte keine Ruhe mehr, bis ich herausfand, wer du warst. Ich habe herausbekommen, daß du sehr jung warst. Deine Schwester hatte sich gerade mit Brabington vermählt. Ich mußte in den Krieg ziehen, aber irgendwie war ich entschlossen, dich nach meiner Rückkehr wiederzusehen.

Kurz nach meiner Rückkehr nun suchte mich dein Vater bei Whites auf. Du kannst dir vorstellen, wie erstaunt ich war. Er bot mir an, dich zu heiraten. Ich hielt dich immer noch für zu jung und fand es abstoßend von deinem Vater, dich in eine Ehe zu drängen, und deshalb habe ich mir einen Spaß daraus gemacht, ihm zu erzählen, daß ich Mädchen mit roten Haaren nicht mag und kluge auch nicht. Ich wollte, daß du dich in mich verliebst, aber als du so ängstlich und unglücklich warst und auch keine Gefahr mehr bestand, daß du dir noch etwas aus Wentwater machen könntest, habe ich der Auflösung der Verlobung zugestimmt und dann abgewartet und gehofft, daß du schon bald wieder in London warst! Ich war überzeugt, daß ich dir nicht gleichgültig war. Ich hatte Angst, daß du mir wieder entkommen könntest, und deshalb habe ich dich kompromittiert – mit deiner Hilfe natürlich, mein Liebling. Und du solltest keine schäbige kleine Hochzeit haben. Dein Vater wird feststellen, daß ich noch einige andere Hochzeitsvorbereitungen getroffen habe. Ich habe die gesamte Londoner High Society von Brummel bis zum Prinzregenten zum Hochzeitsfrühstück eingeladen.

Und die Kirche wird ganz besonders festlich geschmückt, und meine Freunde von der Armee werden eine Ehrengarde bilden. Die Gesellschaft wird noch jahrelang davon sprechen.«

»Warum hast du das Papa nicht gesagt?«

»Ich hatte keine Lust«, sagte Lord Harry lässig. »Ich zahle dafür, aber er hat sich aufgebläht und soviel Wind gemacht, bevor ich eine Möglichkeit hatte, es ihm zu sagen, und das hat mich geärgert.«

Carina spielte schüchtern mit seinem obersten Westenknopf. »Du bist so großzügig, und ich weiß bestimmt, daß ich dich liebe, es ist nur so schade«, sagte sie ganz leise, »daß wir uns nicht einfach so lieben können ... nur so zusammen sein und uns wohl fühlen.«

»Oh, meistens besteht Liebe darin. Es tut mir leid, daß ich dich gebissen habe. Ich habe einfach meinen Stempel hinterlassen, weißt du, so wie man gewisse wertvolle Dinge mit einem Goldstempel versieht, nur daß ich noch keine goldenen Zähne habe. Du fürchtest dich natürlich vor den Intimitäten der Ehe. Es wäre eigenartig, wenn es nicht so wäre. Als ich gesagt habe, daß ich dir etwas gestehen wollte, habe ich nur gemeint, daß ich dir verschwiegen habe, daß ich dich schon so lange liebe.«

»Müssen wir ... müssen wir auf der Stelle intim werden?« fragte Carina. »Ich meine, können wir uns nicht erst besser kennenlernen?«

»Natürlich«, erwiderte er und lehnte sich in seinen Sessel zurück, dabei legte er ihren Kopf an seine Schulter. »Wir können viele Abende genauso dasitzen. Es würde dir nichts ausmachen, wenn ich dich küßte?«

Carina schüttelte schüchtern den Kopf.

Er neigte sich ihr zu und küßte sie zart. Carina fühlte, wie sie von Leidenschaft erfaßt wurde und dachte, daß es nur höflich sei, ihn etwas von ihrer Erregtheit, die sie ergriff, spüren zu lassen, da er so großzügig war.

Lord Harry erwiderte ihre Küsse mit der gleichen Freigebigkeit.

Schließlich riß sich Carina los und schaute in seine blauen Augen.

»Ich liebe dich, Harry«, sagte sie schlicht.

Er hielt stumm seine Arme auf, und sie warf sich mit solcher Kraft an seine Brust, daß der Stuhl das Übergewicht kriegte und sie beide auf dem Boden lagen.

Und dann konnte Carina irgendwie nicht aufhören, ihn zu küssen, und die Kleidung wurde zunehmend lästiger, und als seine Hand tiefer glitt und zärtlich ihre Brust streichelte, schien das die natürlichste Sache von der Welt zu sein.

Oben wartete Betty geduldig. Die Stunden vergingen. Die Familie war schon lange im Bett. Sie hatte Lady Sylvester gesagt, daß Carina mit Kopfschmerzen zu Bett gegangen sei und nicht gestört werden wolle.

Sie hatte keinen Lakaien mitgenommen und hoffte, daß deshalb niemand von der Dienerschaft merkte, was vorging, und daß Seine Lordschaft soviel Verstand hatte, die Bibliothekstür abzuschließen.

Schließlich schlief Betty in einem Stuhl in Carinas Zimmer ein.

Sie wachte um fünf Uhr morgens auf, als Miss Carina Armitage in das Zimmer geschlichen kam.

Betty rappelte sich aus dem Stuhl auf. »O Miss Carina«, sagte sie ärgerlich, »Sie muten sich zuviel zu. Jetzt auf der Stelle ins Bett mit Ihnen, oder ich schaffe es nie, Sie rechtzeitig für die Kirche aufzuwecken.«

Die Hochzeit fand uneingeschränkten Beifall. Die Leute sprachen noch Monate später über den wunderbaren Chor, die herrlichen Blumengestecke, den Empfang in den Zelten in Islington Fields und darüber, daß sogar der Prinzregent erschienen war und mit Carina getanzt hatte. Sobald der Vikar seinen ersten Schreck über so viele hochgestellte Gäste überwunden hatte, begann er sich ungeheure Sorgen über die Kosten von alldem zu machen und sagte, daß er schon immer gewußt habe, daß Desire ein Dummkopf sei.

Als er aber erfuhr, daß Lord Harry alles bezahlte, kannten seine Bewunderung und Dankbarkeit keine Grenzen.

»Vernunftheiraten sind das Wahre«, sagte er fröhlich zu Squire Radford. »Diese Heirat ist mein Werk.«

»Vielleicht«, sinnierte der Squire, »aber ich habe da so eine Ahnung, daß Desire uns hereingelegt hat und Carina eigentlich schon die ganze Zeit heiraten wollte.«

»Der doch nicht! Er ist ein netter Kerl, aber er hat nicht allzuviel Verstand.«

»Carina ist endlich glücklich«, sagte der Squire und beobachtete das vor Freude glühende Gesicht der neuen Lady Desire. »Du bist ein vom Glück begünstigter Mann, Charles. Drei gut verheiratete Töchter, und alle mit Männern, die sie lieben.«

»Ja, und es ist alles mir zu verdanken«, sagte der Vikar mit stolzgeschwellter Brust. »Und auch, daß Seine Königliche Hoheit hier ist. Edwin ist so neidisch, daß er gleich vor Neid platzt.«

Der Vikar stolzierte davon.

Squire Radford seufzte und sah ihm nach. Charles war auf dem besten Weg, wieder eitel und aufgeblasen zu werden. Es war bloß gut, daß Daphne noch zu jung war, sonst würde der Vikar auf der Stelle eine Heirat für sie arrangieren, obwohl er das energisch abstritt.

Diese junge Dame war von Bewunderern umgeben. Sie tat nichts, um sie auf sich aufmerksam zu machen, bemerkte der Squire, außer einfach nur dastehen, wie eine schöne Statue.

Der Squire schüttelte den Kopf. Lange würde es nicht dauern, bis Mr. Armitage Daphne seine Aufmerksamkeit zuwandte.

Hochwürden war nicht der Mann, der eine schöne Tochter brachliegen ließ, wenn er dem Familienstamm einen weiteren berühmten Namen hinzufügen konnte.

Lady Godolphin kam angewatschelt und verschüttete dabei Champagner über das Oberteil ihres Kleides.

Sie war wieder einmal die alte: geschminkt, mit Perücke und in einem neckischen weißen Wollkleid mit breiten knallroten Streifen.

»Meine Diener haben Wind von Wentwater bekommen«, sagte sie zum Squire, »er ist auf einem Schiff Richtung Westindische Inseln. Wir werden ihn nicht wiedersehen. Schlimmes Ende für den Mann. Ich konnte ihn nie ausstehen.«

»Ich glaube nicht, daß Sie ihn je kennengelernt haben«, bemerkte der Squire.

»Macht nichts«, seufzte Lady Godolphin. »Ich habe genug über ihn gehört. Ich will nichts mehr mit Männern zu tun haben, Mr. Radford. Ich will jetzt so keusch bleiben, wie eine Frau sein soll. Es ist mir ganz egal, ob es sich um Mr. Armitage oder Desire oder Comfrey oder Brabington oder diesen wankelmütigen, nichtsnutzigen Colonel Brian handelt. Alle Männer sind nichts weiter als ein Haufen Follikel!«

»Aber Sie dürfen nicht so verbittert sein«, sagte der Squire in seiner freundlichen Art. »Unsere Neuvermählten verabschieden sich. Erlauben Sie mir, Ihnen den Arm zu reichen, Lady Godolphin. Ein alter Mann wie ich hat selten das Vergnügen, so eine taufrische

Evastochter zu begleiten.«

»Sie sind ein ganz Schlimmer!« murmelte Lady Godolphin; sie sah ihn verliebt an und klopfte ihm mit ihrem Fächer auf die Hand.

Arm in Arm gingen sie zu Carina und Lord Harry, die gerade in der offenen Kutsche Platz genommen hatten, die sie zu dem neuen Stadthaus bringen sollte, das eine von den zahlreichen Hochzeitsüberraschungen von Lord Harry war.

Carina stand auf und warf ihren Brautstrauß in die Menge; dann sank sie lachend neben Lord Harry auf ihren Platz.

»Wer hat ihn gefangen?« fragte er. »Eine von deinen Schwestern?«

»Nein. Ich habe ihn Daphne zugeworfen, aber er wurde von einem jungen Mann neben ihr aufgefangen. Sie streckte die Hand danach aus, aber er hat die Blumen so sehr bewundert, daß er es nicht einmal merkte. Arme Daphne. Es ist das erste Mal, daß man sie nicht beachtet.«

»Nicht das erste Mal, Liebes«, sagte Lord Harry. »Ich habe immer nur *dich* gesehen.«

»Oh, Harry, wie schön von dir, daß du das sagst ... Aber Harry! Du darfst mich doch nicht in der offenen Kutsche küssen, wo uns alle sehen! Oh, *Harry!*«